火焰的凶器

［日］知念实希人 著

周洁如 译

Spontaneous
Human Combustion

Ameku Takao's Crime Karte

U0781524

台海出版社

◇ 千本櫻文庫 ◇

文库，原本是指收纳书物的仓库和书库，也指收纳书与记事簿，以及不常用物品的小箱子。以前者为例，京浜急行线的"金泽文库站"就是以前镰仓时代北条氏用来收藏汉书用的，"金泽文库"名字的由来便是如此。东京都的世田谷区也存在着收集着珍贵汉书的"静嘉堂文库"。后者则更多地被称为"手文库"。

江户时代以来，可以放入袖袂的小开本书籍逐渐流行起来，被称为"袖珍本"。明治三十六年（1903年），富山房发行了小开本的丛书，起名"袖珍名著文库"。随后，明治四十四年（1911年），讲述战国时代的猿飞佐助和雾隐才藏系列故事的讲谈社"立川文库"发行出版。讲谈是日本民间艺术，以口语化的方式讲述历史故事的形式。而"立川文库"则是将讲谈收录成册集中出版的丛书，据统计，当时刊行量为200册左右。从那时起，文库就脱离了原本的释意，逐渐演变成了现在的类书集丛。

文库说法借鉴了日本出版业界的传统说法。而千本樱源自日本奈良县吉野山樱花盛开的奇景，世人皆称"一目千本樱"来形容樱花美景。千本樱文库的纳入作品皆为日系作品，题材包括推理、悬疑、幻想、青春、文化等类型，正如千本樱满山盛开的绝景。

现代日本，以"文库"命名刊行的丛书系列有200种以上，所谓"文库本"只不过是统称而已。日本传统的"文库本"常用的是A6尺寸的148mm×105mm，也叫"A6判"。千本樱文库的所有书籍将在"文库本"

的基础上提升，达到 148mm×210mm 的开本标准。追求还原的前提下，力图带给读者更清晰的阅读体验。

从 20 世纪 70 年代以来，日系推理小说逐步进入中国读者的视野。随着时代更替，涌现出一大批不同风格的作家。日系推理能够长久不衰的原因之一在于设立的各种奖项，这些奖项能为日本文坛输送新鲜血液，不断地创作优秀作品。"福山推理文学新人奖"虽不属于出版社主办的公募新人文学奖，但获奖作品将由 3 家出版社轮换出版。因为选稿自由度较高，挖掘出了很多优秀作家。当红作家深木章子和知念实希人都出道于此，他们分别获得了第三届、第四届"蔷薇之城福山推理文学新人奖"。

知念实希人自 2004 年起从医，2012 年以推理小说家的身份出道。本作品为"天久鹰央的事件病历表"系列的第二部长篇小说，该系列累计销量突破了 140 万册，是当下日本最热卖的医学推理小说。医学相关的推理作品有很多，其中多数是以外科医生为中心讲述医院内的权力斗争。本作品中则由思路清晰、博学多闻的天才女医——天久鹰央，担任"侦探角色"解开所有谜团。在这些看似不可思议的"事件"背后，其实隐藏着意想不到的"疾病"。这次，鹰央和小鸟游将探索平安时代的阴阳师——芦屋炎藏之墓诅咒的真相，揭开红莲之终章……

千本樱文库编辑部

本格

《巫女馆的密室》

《圣女的毒杯》

《哲学家的密室》

《衣更月一族》

《美浓牛》

《少年检阅官》

《宛如碧风吹过》

日常

《推理要在早餐时》

《会错意的冬日》

《喜鹊的计谋》

《午夜零点的灰姑娘》

《谷中复古相机店的日常之谜》

科幻

《电子脑叶》

《复写》

《蒸汽歌剧》

《巴比伦》

《里世界郊游》

悬疑

《千年图书馆》

《鲁邦的女儿》

《狂乱连锁》

《神的标价》

《恶意的兔子》

《癌症消失的陷阱》

《沉默的声音》

《死之泉》

轻文芸

《戏言系列》

《忘却侦探系列》

《弹丸论破雾切》

《这个不可以报销》

《天久鹰央的事件病历表》

《吹响吧，上低音号！》

《宝石商人理查德的谜鉴定》

千本樱文库

火焰的凶器

あめくたかお

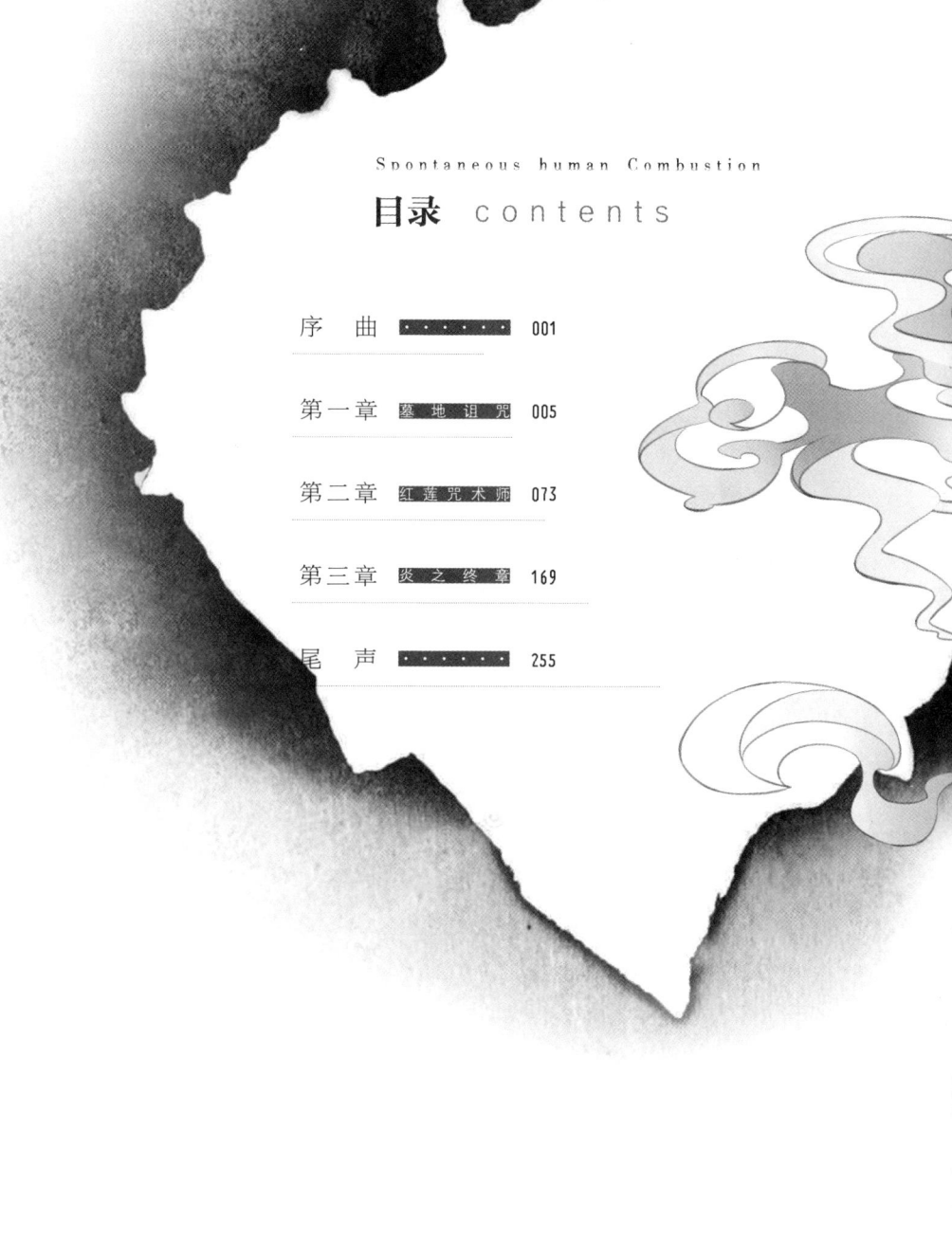

Spontaneous human Combustion

目录 contents

序曲

Spontaneous human Combustion

如火焰般灼热的液体顺着食道滑下。

内村秀典将杯中的加冰威士忌一饮而尽后，呼出一口带着酒精味道的浊气，然后再次伏案敲打键盘。

时间已经是凌晨一点，桌上的烟灰缸里堆起了一座烟头组成的小山。

从吃过晚饭到现在，他已经在屋子里对着电脑将近五个小时了。再加上为了营造昏暗环境以集中注意力，他只在房间里开了一盏夜灯，时间长了眼睛难免有些不适。

前几天去看眼科的时候，大夫就劝过他，"你应该是有点老花眼，最好换个眼镜吧"。那时秀典还坚持说自己没到那把年纪所以拒绝了，可照他现在这个疲劳程度来看，当时真不该逞强。

秀典又叹了口气，就着微弱的灯光环视着十六平方米的房间。本来他是想找个更大的房子而不是这种公寓开间的，桌子、书架也想着配齐一套古董货，而不是现在这种流水线上下来的便宜货色。但私立大学副教授的那点工资由不得他随心所欲。

按照计划，我应该在四十多岁的时候就争取到教授职称的。可不知不觉年过五十，居然还是没有熬出头……

秀典想到这，连忙用力甩了甩头，他不能让自己陷入这种负面情绪。

没关系，梦想一定会实现的，只不过晚一些而已。这篇论文公开后肯定会引起强烈反响，之后接踵而来的就是出版著作、接受电视台采访，到时候我说不定连国立大学的教授都能当上。

我是幸运的。其实这篇论文本来应该署教授的名，而非我的。要不是教授和他的合作研究者接连出现身体问题，这种好事怎么会轮到我。而现在教授甚至因为害怕"诅咒"，对这篇论文唯恐避之不及。

"诅咒？蠢货。"

秀典忍不住出言嘲讽。也不知道他是哪根弦搭错了，居然相信一千多年前就死去的阴阳师会下诅咒。

确实，教授们都是在去过那座墓葬后病倒的，但那只不过是巧合而已。没错，是巧合……

秀典突然感到一阵寒意，忍不住抖了抖身子。虽说已经是五月了，可受到异常寒流影响，最近气温骤降，仿佛又回到了冬天。秀典从衣柜最深处翻出一件毛衣套在衬衫外，却依然感到寒意刺骨。

冬天的时候，秀典是靠煤油炉撑过来的。但现在没有燃料，他只好拿个小型的红外线电热器放在身边，聊胜于无。

看来只能靠喝酒撑过去了，秀典正准备拿过威士忌填满空杯，可也许是因为醉了，他不小心手里一滑，弄翻了酒瓶，把酒洒在了毛衣上。

"哎哟，真是可惜了我的好酒……"

秀典慌慌张张地立起酒瓶。突然，他察觉到房间好像变亮了，他反射性地抬起头来。

除了夜灯外没有其他任何光源的房间里，此刻居然充满了橙色的光。

怎么回事？秀典正想着，忽然间感到下半身有点奇怪，于是向下看去，这一看把他吓得不轻。

他的腰间居然围着一团橙色的火焰。

秀典大张着嘴，僵在原地，直到皮肤传来被灼烧的剧痛时他才反应过来，这不是做梦，是真的火焰。

"嗝！嗝！"

他一边发出像打嗝一样的声音，一边连忙用两只手使劲儿拍打裤子。可火势不但没有收敛，反而愈加凶猛，如烙刑一般的疼痛感瞬间蔓延到了他整个下半身。

他哀号着站了起来，椅子被带倒在了木地板上，发出一阵巨响。

水，要去有水的地方。秀典急急忙忙地想要冲向走廊尽头的浴室，却在慌乱中绊倒了自己。他正想站起来，却看到自己裤子上的火舌已经舔到了沾着酒精的毛衣，下一秒火焰便席卷了整个身体。

秀典张大了嘴，可还没等他发出惨叫，深红的火蛇就已经顺着他的喉咙钻了进去。

声带、支气管、肺，秀典能清楚地感受到体内的所有部位都在燃烧中残破、溃烂。他倒下了，最后留在他眼里的，是一片血红。

我触手可及的梦想也要被这一把火烧没了吧，秀典想着想着，便被大火夺去了意识。

第一章
墓地诅咒

Spontaneous human Combustion

1

"阴阳师的诅咒？"

听到我的反问，坐在对面沙发上的中年男人明显沉下了脸，嘴里叼着的牙签微微抽动了一下。

五月中旬的一个周四，我正坐在清濑市一栋房子的客厅里。房间很大，地板上铺着长毛绒毯，对面是一套真皮沙发，和我们隔着一张大理石茶几。古董风的桌子、座钟、墙上装饰的油画，这个房间里的所有东西都透露着一种稳重的高级感。

"听起来有点意思。那就具体说说吧，从自我介绍开始。"

身旁传来了充满好奇的声音，我斜眼看向了说话的人。

她个子不高，身材偏瘦，穿着件宽松的毛衣和一条裙裤。虽然乍一看像个女高中生，可事实上她已经二十八岁了。不但踏上奔三路好几年了，而且还是我的上级领导。

她叫天久鹰央，是我们东久留米市天医会综合医院的副院长。我这个综合诊断部部长也得听她调遣，还要被迫在业余时间陪她参与一些莫名其妙的事情。

我是从大学附属医院被派到综合诊断部做内科实习大夫的，在这十个月里，我和鹰央一起发掘了一些神秘案件的真相，其中也包括几个让警方都束手无策的杀人案。

鹰央从未对外正式承认过这一点，可架不住人们一传十十传百，最后不知怎么就传出了一个无比夸张的传奇故事，弄得我们综合诊断部的邮箱里尽是别人发来的调查委托。其中大部分都是老公出轨、恋人失踪等不着调的案子，不知道的还以为我们综合诊断部改行做了侦探事务所。不过中间也夹杂着极少数神秘事件的调查委托，足以激起鹰央的好奇心。每当这个时候，她就会异常活跃，一心扑到案子上，和平时宅在家里模仿狗熊冬眠的她仿佛不是一个人。当然了，她也绝不会忘记带上我——小鸟游优，她的下属。

坐在我们对面的委托人，发来的就是一个足以"激起鹰央好奇心"的案子。

十几分钟前，我不情不愿地带着鹰央来到了这栋占地面积甚广的豪宅门前，按响了门铃。一个年轻女人来应门，并将我们一路引到了这间客厅。

过了一会儿，一位拄着拐杖的老人和一个拽着手推车的年轻男人走了进来。老人才刚坐到沙发上，就立马直言道："我想请你们帮我解除阴阳师的诅咒。我叫室田宗春，是翠明大学日本史学院的教授。我身后这位是我们研究室的助教，加贺谷。"

名叫室田的老人头也没回，随意地指了指身后站着的戴眼镜的男士。

"我叫加贺谷正志，平时负责贴身照顾室田教授，二位请多关照。"

戴眼镜的男士向我们点头致意，虽然他看起来只是缩了缩脖子。不过让自己的助教 "贴身照顾"这种事情，已经是老皇历了吧。我摸了摸后脖颈说："翠明大学是练马区那边的一所综合大学吧。您一位大学教授找我们有何贵干？"

"我应该在邮件里说得很清楚了。"室田的眉头深深皱起。

"对，邮件里确实是说了……但我们还是希望您能再当面解释一下，方便我们了解详细情况。"

发到综合诊断部的邮件都是鹰央管理的，邮件内容我完全不清楚，每次调查前她也几乎不会提前告诉我任何信息。对此，她本人的解释是"这样才更有意思嘛"。呵，照我看，她根本就是嫌麻烦罢了。

"我都说了，是诅咒。阴阳师的诅咒！"

室田泄愤般地大声喊道，然后就是一阵剧烈的咳嗽。加贺谷连忙帮他拍着后背顺气。

趁着这个时候，我仔细观察了一下室田。在职大学教授的话年龄大约在花甲前后，可单从外表来看，他完全就是一个八十多岁的老人。脸颊凹陷、皮肤上有明显的疮痂，后背弯曲，身材消瘦，透过衬衫还能看到他脖子上虬结的青筋，体重怕是还不到五十公斤。

而最让我在意的，还是加贺谷用手推车搬来的设备。它现在被安放到了沙发一旁，上面连接着软管，而软管的另一端就是室田的鼻子。我很清楚这台机器的用途。

他是在做家庭氧疗。这种疗法主要面向患有慢性呼吸衰竭、日常生活中需要少量吸氧的患者，医院一般会为他们提供便携式的高压储气瓶及氧气等所需物品。

"肺气肿？都到家庭氧疗的地步了，看来是病得不轻。有没有好好看大夫呀？"

好不容易停止咳嗽的室田听到鹰央这话，瞪向了她。

"去了秋津附近的医院。"

"怎么没去我们医院？你家离我们医院更近啊。"

"是我的主治医生介绍的，所以我一直都去那边。不过我女儿和妻子好像去过你们医院。"

就在这时，一阵敲门声响起，刚刚给我们带路的年轻女人单手举着一个托盘走了进来，手法娴熟地将咖啡杯一一摆到了桌子上。

"这位是我的女儿春香。"

室田简单介绍后，她微笑着打了个招呼："我是室田春香。"她看起来大约二十出头，小巧的身子上套着一件连衣裙，整个人都透着温柔与宁静。虽然额头上的黑色齐刘海让她显得有些俗气，但这也无法遮盖她出色的五官。

"打搅了，二位请随意。"

春香恭敬地低着头离开了。

"您的女儿很年轻啊。"

听到我这句话，室田一直紧绷着的表情稍微柔和了些。

"我是老来得子，春香今年才二十四岁。我妻子过世后，她就辞掉工作回来照顾我了。"

室田将嘴里叼着的牙签放到桌子上，喝了口咖啡。"那么，"他收回了脸上的笑意，"我们言归正传吧，我叫你们来不是让你们看病的。"

"哦，正好我对肺气肿这种自作孽才会得的病也没什么兴趣，你还是赶紧说说那个'阴阳师的诅咒'吧。"

鹰央刚要进入正题，我的疑问却抢先脱口而出："那个，阴阳师是真实存在的吗？"

鹰央和室田的目光仿佛要刺穿我一般。可能是心理作用，我觉得就连加贺谷的眼神里都好像浮现出一抹惊讶。

"小鸟，你认真的吗？"

"我……我其实到现在也没太弄懂，阴阳师到底是什么？"

"日本史应该学过啊。"

"是吗……我记不清了……"

"……太可怜了。"鹰央无力地摇了摇头。

"你把我当傻子就算了，可怜我是什么意思？！不就是日本史吗？你给我讲讲不就行了。"

"真服了你了。飞鸟时代[1]，天武天皇设立了一个名叫阴阳寮的机构，掌管历法制作、天文和气象观测、占卜等等。阴阳师原来就是指这个阴阳寮中负责占卜的官员，差不多就是给国家算卦的公务员。不过到了平安时代[2]中期，阴阳寮里所有人就都被称为阴阳师了，这就是所谓的官人阴阳师。"

鹰央的讲解中带着明显的不耐烦。

"官人？"

"就是国家正式承认的阴阳师。还有一种叫法师阴阳师，指善用阴阳之术的私度僧。"

"私度僧？法师？"

我还是一头雾水。

"平安时代的佛僧可以免税，所以当时很多'野和尚'为了逃税而私自剃度、身披袈裟，这就是私度僧。其中，一些能用阴阳术占卜或驱邪谋生的人也叫作法师阴阳师。"

"您作为一个大夫居然对历史也这么了解。"加贺谷镜片后的眼睛都瞪圆了。

---

1 公元593年—710年。上承古坟时代，下启奈良时代，大致相当于中国的隋代（593年为隋文帝开皇十三年）至盛唐（710年为唐中宗景龙四年）时期。——译者注

2 794年—1184年，大致相当于中国的唐末到北宋时期。——译者注

"我嘛，可以说是无所不知、无所不晓。"鹰央骄傲得挺了挺小胸脯。

确实，鹰央每天都满世界地搜索医学和其他各个领域的资料，她那高速运转的大脑就像黑洞一样源源不断地吸收着新的知识。从量子力学的最新论文到印度电影的舞蹈动作，简直包罗万象，区区日本史自然是难不倒她的。

"所以小鸟，就靠你那个小鸟脑子也应该明白阴阳师是什么人了吧。其中最有名的要数安倍晴明。"

你才是小鸟脑子！我心里抗议一番，表面上还是点了点头。

"什么？安倍晴明这个人是真实存在过的吗？"

"……"

"我都说了，别用那种怜悯的眼神看我！阴阳师的事儿我差不多明白了，那请问您说的诅咒又是怎么一回事呢？"

我把话头抛给了室田。再让鹰央那么看下去，我怕自己会气到内伤。

"我是专门研究日本平安时代历史的，研究过程中对一位阴阳师产生了兴趣。他的名字叫芦屋炎藏，是活跃在平安时代中期的法师阴阳师。"

"芦屋？和芦屋道满有关系吗？"

鹰央插了一句。我对芦屋道满这个名字倒是有些印象。

"芦屋道满就是安倍晴明的死对头吧？"

"以安倍晴明为原型的故事中是这么写的：芦屋设局欺骗晴明后夺去了他的性命，后被复活的晴明报复，两人算是宿敌。不过这些都是虚构的，实际上关于芦屋道满的性格，史学上还没有定论。"

室田严肃地点了点头，对鹰央这番话表示认同。

"没错，现在虽然有证据表明芦屋道满这个人真实存在过，但还没有研究证实他到底是个怎样的人。而解开这个谜团的线索，一定就在这个芦屋炎藏身上。他们二人同姓芦屋，要么是有血缘关系，要么就是师徒关系。所以，我认为对炎藏的研究必定会成为解开道满之谜的重要线索。"

"那现存的资料里有关于芦屋炎藏的记载吗？"鹰央得意道。

"在我发现的检非违使[1]所留记录中，清楚地写着这个名字。"

"那个……检非违使又是什么人？"

我小心翼翼地提问，鹰央再一次用那种悲悯的眼神看向了我，好像我是个得了不治之症的病人一样，真是受够了这个眼神。

"检非违使是当时类似于警察的……算了，回头我给你准备些你能看懂的资料。"

鹰央像赶苍蝇似的挥了挥手，转身看向室田。

"被检非违使记录在册，也就是说这个阴阳师曾因犯罪而被追捕？"

"对，没错。我对照了各种资料之后，发现芦屋炎藏当时因某件事非常出名。"

"某件事？"

鹰央反问，室田的嘴角微微上扬。

"诅咒。芦屋炎藏是一名非常优秀的诅咒师，他的身份一经公开，马上就引来了检非违使的追捕。"

"咦，诅咒就是给人下咒，对吧？"我眨了眨眼，"那这不就是犯罪吗？"

"小鸟啊，那时候和现在可不一样。在平安时代，诅咒是很常见的铲除异己的方法。不过下咒本身是非常严重的罪行，一旦被诅咒的对象死亡，诅咒师也是要担上杀人罪的。对吧？"

面对鹰央的提问，室田再次郑重颔首。

---

1 平安时期管理治安司法的官职。——译者注

"正如你所言。记录上说，因为被炎藏诅咒而丢掉性命的不下十人，其中还包括一些贵族。"

"他下咒杀害了平安贵族？怪不得检非违使对他紧追不舍。不过你是在哪里找到这些资料的？我以前从来没听说过这个叫芦屋炎藏的阴阳师啊。"

"在我家。"室田挠了挠头发稀疏的头顶。

"你家？"

"我们家族世代收藏古籍文献和各式古董。不过直到我父亲那一代都只是收藏而已，但我不同。我大量翻阅了那些尘封多年的文献并作为研究成果公开，也正是因为这样，我才一路升到了翠明大学教授的位置。"

"你是说这些古籍就在你家？！快让我看看！"鹰央激动得整个人都向前倾去。

"……有必要专门看那些资料吗？"

"没有人知道解开谜团的线索到底在哪里，所以我们才更要获取所有可能的信息，然后再进行调查嘛。"

鹰央站了起来，把脸凑近室田。说得倒是很像那么回事儿，但我知道，她就是单纯想看那些古籍罢了。对于求知欲凌驾于一切欲望之上的鹰央来说，那简直就是座宝藏。

室田面露难色，但思考了几十秒之后，他还是撑着拐杖站了起来说："跟我来。"

室田带着我们出了玄关，绕到了房子背后。进门前，光是从正面看我就感受到了这座宅子占地面积之广，但其深还是超出了我的想象。就算是离市中心有一段距离，但能在东京都内拥有这么大一片土地，看来室田家底颇丰。

房子后面铺着草坪，最里面屹立着一座巨大的仓库。

室田拄着拐杖走向仓库，呼吸有些凌乱。加贺谷拉着载有便携高压氧气瓶的手推车跟在旁边，时不时搀扶一下脚步蹒跚的室田。

"冷……好冷……"

鹰央开始不停地发抖。大概是因为最近几天寒流持续来袭，室外温度低得像是又回到了寒冬。

这对于一向怕冷，或者说是对外界一切变化都极其难以适应的鹰央来说更是种折磨。

"不是都告诉你多穿点了嘛。"

说着，我还是把身上的大衣脱下来披到了鹰央肩上。

"嗯？这是要给我穿吗？"

"穿着吧，要是你感冒了不能看诊，倒霉的还是我。"

"哦，这样啊。"

鹰央拢了拢大衣。因为尺寸不合，她看起来像是穿了件斗篷。再仔细看看，就能发现大衣的下摆已经拖到了地上。

回头还得送去洗……

"不过小鸟你倒是一点都不怕冷啊。肯定是因为个子太高了没有末梢神经，所以感觉不到吧？"

"……大衣还我。"

"哇，你这是干吗。你既然给了我，那这大衣的所有权就归我了。而且强迫女孩子脱衣服可是性骚扰……诶，别动我衣服。"

不知不觉间我们已经走到了仓库门前。趁着室田还在调整呼吸，我抬头看了看这座仓库。高度足有十米，外墙上密布着细小的裂缝，昭示着这栋建筑经历过的漫长岁月。

"这是什么时候建的？"鹰央敲了敲锈迹斑斑的厚重铁门。

"江户末期。"室田好不容易才稳住呼吸，回答道，"大约从三百年前，我们家就开始在这片土地上经营店铺，世代富商。后来战时遭到空袭，家里的东西都烧光了，但唯独这座仓库保存了下来。"

室田从裤子口袋里掏出钥匙，打开了仓库大门上的挂锁。加贺谷双手推开大门，一股湿润的泥土味道扑面而来。

打开入口旁的开关，装在房梁上的灯泡被点亮。

仓库内部约有小型体育馆那么大，中间开出一条通道，两边都堆满了大量藏品。我们沿着通道走向最深处，脚下踩着的地板变成了泥土，每踏出一步都能感受到脚底传来的柔软。

鹰央眼睛里充满好奇，她仔细观察着仓库中的一切。这里确实有很多引人注目的收藏，甲胄刀剑、陶器、挂轴等等，无一不是年代久远的珍品。

"这些藏品可真是了不得。那个甲胄是安土桃山时代的，这个陶器是江户时代大陆的舶来品，还有那边那个烟袋，那可是大正时代的上等货，这里的古董几乎横跨了所有朝代吧。"

鹰央说着，将放在通道旁保险柜上的烟袋拿在了手里。室田停下脚步，回头道："这里的藏品是我祖上花费三百多年才收集来的。那个烟袋，当年是相当于我曾祖父的一位长辈生前使用的。每一任家主过世后，他们用过的东西就会全部封存在一个保险柜里，再也不会打开。"

"咦？可是这个保险柜是开着的啊。"

鹰央指着的保险柜里，放着怀表、书写工具、吸烟用品，还有和服等物品。

"那是我最近找锁匠帮忙打开的，毕竟一直把它们锁在保险柜里也不是事儿。不过这不重要，我刚刚说的古籍文献就在这里。"

室田已经走到了通道尽头，并示意加贺谷打开了堆在旁边的一个木箱。里面塞满了卷轴和书册，一看就都是有些年头的。

"天哪！这么多。"

盯着木箱的鹰央一把推开加贺谷，拿出其中的一幅卷轴，小心翼翼地打开。

"这是战国时代[1]大名[2]的日记吧。我看看啊……"

室田俯视着正在阅读卷轴的鹰央，惊讶地问："你能看懂吗？"

"那当然。不过这日记又臭又长，都是些牢骚话，没什么意思。你说的那个记录阴阳师芦屋炎藏的古籍是哪本？"

"……这个。"

室田表情有些紧张，他拿出了一本已经氧化泛黄的书册递给鹰央。鹰央翻看书册的时候，我干脆站到了离她远一点的地方等着。

"你是室田研究室的助教吧？你一直都跟在他身边吗？"

我闲着无聊，小声地和旁边的加贺谷搭话。

"也不是，平时都是教授的女儿春香小姐陪着，我就负责整理资料、开车接送还有日程管理之类的。不过最近教授身体情况恶化，需要更多的照顾，所以我会一直跟在身边直到他晚上回房休息。"

"一直跟着，那肯定很累吧。"

比起助教，这更像是秘书……不对，应该是打杂的用人。

"能跟着室田教授学习，这点累不算什么。教授是研究平安时代的顶尖学者，尤其是在研究阴阳师方面，说是日本第一人也不为过，能跟在他

1　1467年—1600年或1615年，日本室町幕府后期到安土桃山时代。——译者注

2　日本古时封建制度对领主的称呼。由比较大的名主一词转变而来，所谓名主就是某些土地或庄园的领主，土地较多、较大的就是大名主，简称大名。——译者注

身边，近距离看着他工作也是我的福分。"

加贺谷的回答充满热情。这种事情，本人自得其乐就够了。我轻耸了下肩，将视线放回鹰央身上。她专心致志地用几分钟快速浏览完并合上了书册。

"这上面说，芦屋炎藏这个阴阳师因犯下诅咒杀害十人以上的重罪而被检非违使追捕，不过里面缺少很多细节。所以芦屋炎藏最后被捕了吗？"

"没有，他一直没被抓住。"室田摇了摇头，"甚至还杀害了好几个追捕自己的检非违使，然后逃出了平安京，再然后的事情很长一段时间都是个谜。"

"很长一段时间？那就是说现在已经有眉目了？"

"是的，关东地区出现了一些疑似与他相关的痕迹。"

"关东？所以他是从平安京一路逃到了关东的吗？当时关东应该正处于武士之间争夺霸权的时候吧？"

"没错。我们就是在关东找到了炎藏使用咒术的记载。他当时可能是为了讨好当权武士，通过下咒帮助他们杀害对手以获得权力与财富。他的子孙后代继承了这笔财产，并一直保留到了今天。"

"保留到今天？"

"我们查到芦屋炎藏的后代住在镰仓，从平安时代开始，经过镰仓、战国、江户，一直到近代，他们都是当地有名的望族，现在也拥有大片土地。不过最重要的是，那里有一座坟墓，芦屋炎藏的墓。"

"坟墓？确定是他的吗？"鹰央身体前倾，激动地问。

"确定。他们家世代相传是芦屋炎藏的子孙，还说家族之所以兴旺都要多亏炎藏死后的荫庇。我大约是在五年前查到了这些，然后就马上联系了芦屋家的家主，想要去炎藏的墓里进行调查。"

"成功了吗？"

"没有，被拒绝了。他们一直以来的家训就是绝对不能碰炎藏之墓。当时他们家主还说，担心挖墓之后会受到炎藏的诅咒，所以尽管我使出了浑身解数，对方还是不为所动。不过三年前，事情出现了很大的转机。"

"家主改变主意了？"

室田对我的问题嗤之以鼻，

"不是，是因为中风，人突然没了。他老婆继承了他的所有遗产，却苦于没有钱付继承税。他们家本是名门，但也经不住战后财富剧减，所以经济状况不太好。我就稍微支援了一下，来换取查阅他们家所存资料的权利。后来又多次斡旋，终于在上个月，他们同意了让我调查炎藏之墓。"

"也就是说，你已经去调查过了对吗？"鹰央等不及地问道。

"大概三周前，我们四个人一起进入了墓葬。我和我的合作研究者——帝都大的教授，还有我们学校的副教授以及帝都大的一位工作人员。"

"嗯？你那位助教没有进去吗？"

被鹰央指着的加贺谷遗憾地歪了歪嘴角。

"我也到现场了，不过只是搬东西打杂，没有进去。"

"炎藏的墓是在自然形成的洞窟基础上改造而成的，在通道的尽头有一间小屋子。"室田沉声继续，"屋子里放着一副石棺，里面是一具干尸，肯定就是芦屋炎藏的尸体了。"

光是想象那个场景，我就后背一阵冷汗。

"也就是说，你终于找到了你想要的。后来又发生什么了？'阴阳师的诅咒'是什么意思？"

鹰央抬头看着室田。室田舔了舔唇，也许是因为过于紧张而引起了呼吸不畅，他调整了一下便携高压氧气瓶的按钮，加大了吸氧量。

"从炎藏墓回来后一周，我的身体渐渐有些奇怪。"

"身体？"鹰央微微挑眉。

"是的。一开始只是咳嗽，后来出现了低烧、乏力，再然后就是呼吸困难，甚至到了要吸氧的程度。另外还得了严重的口腔炎症。"

"肺气肿患者本来就容易出现呼吸系统感染，而且一旦感染，由于本身呼吸功能较差，出现重症的情况也更多。"

"我去看的大夫也是这么说的，还给我开了抗生素。可是我从上周一直吃到今天，情况不但没有好转，反而越来越严重了！"

"这样啊……你没有肺气肿之外的病史吗？"

"还有腕管综合征导致的神经压迫，右手大拇指使不上力。再有就是几年前因为瓣膜病做过心脏手术，也就这些了，我的身体以前从来没有这么糟糕过。"

室田面露惧色，微微颤抖的手伸向外套暗兜，竟然拿出一盒烟来，抽出一根叼在嘴里。

还没等我提醒，鹰央就迅速从室田嘴里把烟夺了过来。

"你这是干吗？"

室田出声抗议道，鹰央猛地把脸凑近，怒视着他。

"我还想问你要干吗呢，肺气肿患者可不能吸烟。"

鹰央把手里捏碎了的香烟塞到了大衣口袋。完了，这下口袋里肯定全是烟草了，能不能考虑一下我的心情……

"呼吸功能不好还抽烟，你怎么想的？"

鹰央头痛得按了按脑袋。

肺气肿多是由于吸烟引发的。长期吸烟会破坏肺部末端的肺泡，使其失去弹性，最终导致呼吸衰竭。因此，治疗肺气肿最重要的就是戒烟。

"不用你教训我。"

室田动作粗鲁地将烟盒放回暗兜，又拿出一根牙签叼在了嘴里。看来他是嘴里必须要叼着点什么，不然就会很烦躁。

"那个……我还是觉得您身体变差和调查阴阳师的墓没有关系。如果服用抗生素之后还是没有改善，我建议您还是再去找主治医生看看，因为有些病原菌可能对抗生素有耐药性。"

我硬着头皮提出建议。肺气肿严重的患者还持续吸烟的话，什么后果都有可能发生。室田也不知是怎么了，偏要说这是"诅咒"。

"不止我一个人！其他两个人身上也都出现了诡异的反应。"

"其他两个人？"我条件反射地问。

"没错。当时和我一起去墓里的帝都大教授，姓碇，两周前身体也出现了问题。最开始只是发烧，没过几天就连饭都吃不下了，还一直说些莫名其妙的话。"

"莫名其妙的话？具体说了什么？"

"三天前，他突然打来电话大喊大叫，说'我们被诅咒了！我们闯进了炎藏的墓地，我们会被诅咒而死的'，和他平时冷静的样子简直判若两人……准确来说，就像是被什么东西附身了一样。"

"附身……那请问这位碇先生去过医院了吗？"

"还没有，他实在太害怕了，所以每天把自己关在房间里，连家里人都不见。"

"这种情况……应该是病得很严重了。请问他有病史吗？"

"我印象中他应该得过溃疡性大肠炎。可是这病就算再怎么恶化，也不会让人精神错乱吧。"

室田焦躁地挠了挠头。

溃疡性大肠炎是一种病因不明的疑难杂症，会导致大肠出现炎症性溃疡。不过确实，这种病就算出现恶化也很难导致精神上出现问题。可不管怎么说，也不会是诅咒吧……

"……还有一个人。"一直安静听着我们谈话的鹰央突然小声嘟囔了一句。

"嗯？鹰央大夫你刚刚说话了吗？"

"我说，发生诡异事件的应该是三个人对吧，还有一个也是身体变差了吗？"

室田的身体开始颤抖，加贺谷脸上也出现了紧张的神情。空气渐渐凝固。

"……他死了。他叫内村，是我研究室的副教授。"

室田仿佛是从嗓子眼里挤出了这句话。

"死了？"

我惊讶得破了音。鹰央无视了我，低声询问道："是因为生病吗？"

"不，是烧死的。上周的一个深夜，因为火灾被烧死了。"

室田咬咬唇，再一次调整了氧气瓶的按钮，加大吸氧量。

"可、可是，身体变差和因火灾去世这完全是两回事啊，应该只是碰巧撞上了吧……"

感受到室田投射过来如刀剑般锐利的视线，我赶紧闭上了嘴。

"有一件事我忘了告诉你们，你们知道被炎藏诅咒的人都是怎么死的吗？"室田话说到一半，平复了一下呼吸，然后闷声低语道，"是被烧死的，所有受到炎藏诅咒的人，都是在大火中被烧死的。"

2

"我们真的要查这个案子吗？"

我手握方向盘，询问坐在副驾驶的鹰央。

这是第二天，也就是周五下午六点多。结束了医院的工作后，我载着鹰央，开着我心爱的 RX-8 奔驰在路上。

"怎么？你怕被诅咒吗？"

鹰央还穿着昨天那件毛衣，开玩笑地问道。

"怎么可能，这世界上绝对不会有诅咒。"

"那可说不准。挖人墓穴后被诅咒的传说多了去了，其中最有名的还要属'法老的诅咒'。"

"是说那些去探查古代埃及王室之墓的人接连死亡的故事吗？"

"对，没错。1922 年，霍华德·卡特率队前往帝王谷，这是古埃及法老的主要陵墓区，他们在那里发现了图坦卡蒙墓。在此之前，埃及法老墓几乎都已经被盗墓者洗劫一空，唯有这个图坦卡蒙墓幸免于难。被卡特他们发现时，墓里的黄金面具以及其他金银财宝都还保持着刚刚埋葬时的状态，卡特因此青史留名。但没过多久，与图坦卡蒙墓发掘有关的人就接连丧命。先是调查团队的资助者——卡纳冯勋爵在次年四月因传染病暴毙，接着参与发掘的考古学家也都离奇死去。再结合坟墓入口处的那句警告，'谁扰乱了这位伟大法老的安宁，死神之翼将在他头上降临'，大家就都认为这是所谓'法老的诅咒'显灵了。"

"……这一定是巧合。发掘古墓也不是什么罕见的事，基数大了，难免会有一两个碰上这种事，从统计学上来说这不能证明什么。再说了，这些传说也不知道有几分是真的。"

我尽力控制自己声音里的颤抖。

"你可真无聊，怪不得一点女人缘都没有。"

"这和女人缘有什么关系！别总抓着这事儿说！"

"不过，'法老的诅咒'里确实是包含了很多夸大和流言的成分。发现法老墓后一年内死去的只有卡纳冯勋爵一个人，而且他本来身体就不好。其他相关人员也并非英年早逝，平均死亡年龄七十三岁，在当时甚至可以算长寿。再说那个坟墓入口处的警告碑文，完全没有相关的记载，更是彻头彻尾的谣言。"

"说到底'诅咒'这东西还是不存在的嘛。"

"可'亡灵的诅咒'又不只有'图坦卡蒙的诅咒'这一个，类似的传说要多少有多少，也不能一口断定它们全都是谣言吧。"

鹰央不满地噘了噘嘴。

"好好好，那你觉得这次的案子真的和'阴阳师的诅咒'有关吗？我还是觉得这单纯就是两个人病情恶化，一个人因火灾去世而已。"

"有可能，但也不排除还有其他情况，这才是我们现在要调查的呀。如果真的是'阴阳师的诅咒'的话就有意思了。"

"一点意思都没有！"我疲惫地打着方向盘。

我们现在正在赶往那位帝都大学教授的家里，那个因为害怕诅咒而闭门不出的室田的合作研究者。昨晚，鹰央接受案件委托后，室田就联系了这位教授的家人，提前约好了时间。

室田昨天的话让鹰央对"阴阳师的诅咒"充满了无限的好奇，她现在就像咬住猎物宁死不放的鳖，只不过她的猎物是一个又一个的难解之"谜"。而我的任务，就是在这种时候协助她。

这些事情并不属于医院的业务范畴，所以我本来是可以拒绝的。可是如果放任几乎没有半点社会常识的鹰央单独行动，最后只会让我也卷入一些意想不到的麻烦里。比起最后给她擦屁股，我还不如一开始就跟着她做个万金油，还能少费些力气。这就是我在综合诊断部工作十个月以来学到的处世之道。

我把车开进了田无站附近一座高层住宅的地下停车场，然后和鹰央一起坐电梯上到了最高层。

"住在顶楼啊，大学教授赚得可真够多的。"

鹰央按响了对讲门铃，里面马上传来了一个女人的声音："您好。"

"我是天医会综合医院的天久鹰央。"

报上名字后，对方回答"请稍等一下"。过了几秒，门开了，里面站着一位中年女性。

"我是碇道子，碇的妻子。室田教授已经和我联系过了，非常感谢二位今天特意过来。"

她恭敬地鞠了个躬，然后将我们请到了屋里。虽然言谈举止礼貌得体，但她眼睛下面严重的黑眼圈和表情中掩饰不住的疲惫骗不了人，一看就是已经心力交瘁了。

"咦？你是谁？"

鹰央抬高声音问道。原来玄关处还站着一个年轻女孩，她身材高挑，穿着粗斜纹的棉布牛仔裤，上搭一件紧身黑夹克，外形很时尚。黑色短发，年龄看起来和我差不多。双眼皮，眼神坚定，紧盯着我们，稍显丰满的嘴唇浮现出一丝笑意。我的目光不禁被她的风姿所吸引。

"我叫仓本葵，幸会。"

"你是那个自闭男的亲戚？"

"不是，我是帝都大学日本史讲座的副教授。"

"副教授？"鹰央脱下脚上的运动鞋，毫不顾忌地直盯着小葵的脸。

"怎么？觉得我这么个年轻女人不像？"

"那倒不是。学术与年龄、性别都无关，只要优秀、能出成绩，谁都可以胜任。"

"没错。我就是因为太优秀了，才这么年轻就当上副教授的。"

小葵恶作剧般地微笑着。虽然她外表的端庄会给人带来距离感，可每次一笑起来，她的表情就像花季少女一般，极富魅力。

"那我很好奇，你这位优秀的副教授在这里做什么？"

"教授的表现有些奇怪，他夫人不知如何是好就联系了我们，我是作为研究室代表来的。还有就是，听说你——天久鹰央也会来，所以我才来的。"

"哦？你听说过我？"

鹰央扑闪着她那大得像猫一样的眼睛。

"我们都是帝都大毕业的，我大你四届。虽然专业不同，但我当时经常听人说起你，说你是个超级天才。"

那就是大我两届了，我在脑海中计算着。这时，小葵走近了鹰央。

"我一直想和你当面聊聊，没想到居然在这里见到了。"

"可惜我不是为了和你聊天来的，是为了那个叫碇的人。你见到他了吗？"

"没有……"笑容从小葵脸上消失，"我在门外喊他了，可是他不愿意出来。"

"那我来和他谈。他把自己关在哪个房间了？"鹰央转身看向道子。

"啊，请跟我来。"道子说完后，拖着沉重的步子迈向走廊深处。我们跟在她身后，踩在走廊柔软的地毯上。

"你好，幸会。我是天久大夫的同事，我叫小鸟游。"

我鼓起勇气和旁边的小葵主动搭话。

"小鸟游大夫对吧，幸会，请多关照。"

小葵笑得很温柔，我莫名感到了一阵燥热。

道子在走廊尽头的一扇房门前停下了脚步。

"这里是我老公的书房。"

"他把自己关在书房里了？"

"是。他从里面反锁了房门，这几天就连半夜也不怎么出来。一日三餐我都会送到门口，但他也几乎一口没吃……我真的是，不知道该怎么办了……"

道子双手掩面。

"他身体状况不好吧，没去医院吗？"

"他不愿意去，说什么'出去就会被诅咒杀死'，莫名其妙地……就连他最相信的仓本小姐来了也没用……"

"这样啊！"鹰央小声说了一句。下一秒便握紧拳头重重地敲在了门上，走廊里回荡着巨大的敲门声。

"喂，你出来让我问几个问题。"

"等，等一下鹰央大夫，你怎么能突然……"

鹰央不顾我的阻拦，继续粗鲁地敲打着房门。

"用不了多久的，就和我说几句话总行吧。"

"烦死了！"

一声怒吼透过门板传来。对于声音异常敏感的鹰央，保持着手臂扬起的状态僵在了原地。

"不管谁来，我都绝不会跨出这个房间半步！出去我就会被杀掉的！炎藏要杀了我！"

道子伸手贴着门，说："老公，求你出来吧。医生们来看你了，你不是身体不舒服吗？他们会把你治好的。"

"医生？医生怎么可能治得好我。这是诅咒！都给我滚！"

门板震了震，大概是因为他从里面大力锤击导致的。道子无力地垂下了头。

"他一直这样吗？"鹰央终于从僵硬中解脱出来，问道。

"刚开始只是身体不舒服，没多久就开始说些莫名其妙的话……前几天知道翠明大学那位副教授火灾去世之后，他就一直这样把自己关在房间里。"

"哦……"

鹰央把手指放在下巴上思考了几秒，回头看向我。

"小鸟。"

"怎么了？"

我有种不祥的预感。

"踢开。"

"啥？"

"我说，把门踢开。他不出来，那我们不就只能硬闯了？行了，赶紧的，你不就是负责干这些的吗？"

"不是！你把你的下属当成什么人了？！"

这人怎么能面不改色地说出这种话来。

"你们要是敢硬闯我就报警了！我要告你们非法入侵和故意损坏他人财产！"

里面的人应该是听到了我们的声音，马上发出了警告。

"他说要报警。要是被抓了会很麻烦的，我们想个别的办法吧。"

"为什么？就算警察来了被抓的也是你，和我没关系啊。"

"我要被抓了，就告诉警察是你指使我干的，反正我一定会带你一起走的。"

"那不行……算了，只能想其他办法了。"

所以我被抓就无所谓吗？我投给鹰央一道控诉的眼神，却见她拍了下手。

"那我们就来一个天照大神作战计划吧。"

"啊？天照大神？"

我问道。鹰央故意凑近房门，大声说道："啊——汝为何闭门不见，吾专程而来，不得见君，甚憾。"

"……你在念经吗？还有，这台词也太装腔作势了吧？"

"既如此，吾归矣。可叹吾千方百计寻来这破解诅咒之法，却不料尔不予露面，如此这般，诅咒难解。实在是，遗憾至极。"

鹰央无视了我，继续发挥着她那蹩脚的演技。怎么可能会有人因为这种拙劣的花招上钩……突然，门开了。我不禁为这出乎意料的剧情发展而瞠目结舌。

"真的吗？诅咒真的能解除吗？"

看到门对面站着的圆脸男人，我吓得微微向后仰了一下，他的状态极其糟糕。

瞪大的双眼里布满了蜘蛛网一般的红血丝，眼角沾满眼屎。头发油光发亮，些许白色发丝的根部被染成了黑红色，也许是用力抓挠头皮后留下的出血痕迹。嘴角滴着口水，呼吸像是刚刚完成冲刺跑一样急促。房间里飘散着腐烂的酸臭味，应该是呕吐物散发的。

能被刚刚那种拙劣的演技骗到，看来这个人已经失去了正常的判断能力。

道子仿佛承受着巨大的痛苦，忍不住转过脸去。小葵也紧抿着嘴，皱起了眉头。只有鹰央，一动不动地与碇对峙着。

"你说话啊，诅咒真的能解除吗？"

碇将双手伸向了鹰央，我这才回过神来，连忙隔在两人中间。

"小鸟，没事的。"

鹰央推开了我，上前一步近距离观察着碇。我只好守在旁边随时保持警戒，准备一有异动就冲上去。

"你说你被诅咒了，具体发生了什么？"

"我犯不着跟你说这些，你赶快告诉我怎么才能解除诅咒！"

碇唾沫横飞，歇斯底里地大喊。

"不同的诅咒需要不同的破解方法，所以你如果真的想活命，就一五一十地告诉我你身上到底发生了什么。"

鹰央淡然道。碇又开始双手挠头，许是头皮上的疮痂被挠破了，他指尖也沾上了淡淡的血迹。

"我越来越热……头疼得好像要裂开一样。还有……我能听到，我能听到脑子里有个声音！"

"声音？什么样的？"

"一个男人的声音……仿佛是从地底传来的，他说'我诅咒你不得好死''居然敢挖我的墓'，不停地说……"

碇双手捂住耳朵，蹲在了原地。

"是炎藏。因为我挖了他的墓所以他诅咒了我！我会被诅咒杀死的！"

痛苦不堪的呻吟声在我们耳边响起。碇蜷缩着身子，仿佛这样就能保护自己一般。我俯视着他，愣在了原地。虽然听说了他状态很差，可我没有想到居然到了这个地步……

看着精神明显失常的碇，我、小葵、道子都僵住了。就在这时，鹰央动了，她居高临下地看着缩成一团的碇，开口道："你的主要症状我听明白了。我们走吧。"

"……走？"碇慢慢地抬起头来。

"是的，接下来请你跟我们回医院接受全面的检查。"

"为、为什么要去医院？我没有病，我只想解开炎藏的诅咒。"

"我们得先弄明白，你现在这样到底是因为诅咒还是因为其他医学能解释的原因，然后才能采取相应对策。听明白了就跟我们走。"

鹰央迅速解释完原因，催促着碇，但他依旧蜷在原地。这也不奇怪，鹰央的解释自然在理，可现在的碇怎么可能听得进去。果然，碇抬头望向鹰央的脸上浮现出失望的神色。

"来，快站起来。"

鹰央将手伸向了碇，却被他一把甩开。

"别碰我！我不去医院！这是'诅咒'啊，去医院有什么用？"

"我刚刚不是已经和你解释过了吗？"

鹰央烦躁地摇了摇头。

"闭嘴！不管你们说什么，反正我是哪儿都不会去的！"

碇逃跑一样地钻回了房间。眼看房门就要关上，我连忙把脚挤进了仅存的一道缝隙，被夹住的疼痛瞬间袭来，我忍不住说了句"疼……"

"你这是干什么？"

碇凶狠地瞪着我，眼睛里满是血丝。但我只是下意识地伸出脚去，现在面对他反而不知所措，只好瞟了鹰央一眼，示意她帮忙。

"麻烦死了，要不直接绑走吧。"

鹰央自言自语着，言辞间的危险让碇的脸上出现了一丝害怕。

"你，你要是敢绑我，我就告你们绑架！"

鹰央摸摸下巴，发出"哦——"的一声，视线转向我说："要不把我撇开，算你单独作案，把这男的绑到医院……"

"绝对不行！"

"……真是靠不上。"

鹰央小声嘀咕着对我的不实控诉，挠了挠脸颊。

"现在，立刻给我滚出去！这是我家，不然我要报警说你们非法入侵了！"

碇毫不留情地用力踩上我还被门夹着的脚尖。

"疼……"

我疼得缩回脚来，耳边立刻传来了巨大的关门声。道子踉跄着靠近房门，努力挤出声音说："老公，算我求你了，你出来吧。我们去医院好好让医生看看……求你了。"

然而没有任何回应。道子回过头来，泪眼蒙眬地看着我们。

"求求你们，无论如何，哪怕生拉硬拽都行，请你们一定要把我老公带到医院。再这样下去，他……"

"抱歉，我们也无能为力。"鹰央摇了摇头，"我们做医生的，是没有权力在违背患者本人意愿的情况下，限制其自由或进行治疗的。如果硬来，就像他刚刚说的那样，足以构成绑架罪。"

"怎么会！我是他的妻子，我同意了啊！"

"这和配偶同意与否无关，只要患者本人拒绝，我们就不能把他带去医院。"

"那……那这可怎么办啊……"

道子双手捂着脸，声音里悲痛欲绝。

鹰央抱着胳膊想了几十秒，突然喃喃道："……墓。"

"嗯？鹰央大夫，你刚刚说什么了吗？"

"我说墓，芦屋炎藏的墓，我们去探个究竟吧。"

"啊？可是也不能把碰先生就这么放着……得想办法带他去医院啊。"

碰身上到底发生了什么，我们现在还不清楚。但毋庸置疑的是，就这样放任他不管非常危险。我们必须想方设法把他带去医院，哪怕只接受最基本的治疗。

"我们探墓就是为了带他去医院啊。"

"为了带他去医院？"

"我没空和你解释，就按我说的，我们去芦屋炎藏的墓。"

鹰央一股脑儿地说，她这个状态是听不进任何劝的。

"那，那这样吧。我们先通过室田先生联系到墓葬所有者，再和对方约个时间……"

"我们现在就去。"

鹰央打断了我的话。

"现在？"

"对，现在就去探墓。"

"等、等一下，那个墓可是在镰仓啊。"

"镰仓怎么了？"

"我的意思是，马上就要晚上七点了。现在出发去镰仓，到了都几点了，大晚上的突然登门实在是……"

"小鸟。"鹰央直视着我的眼睛，她眼神中的认真让我噤声，"就是现在，我需要立刻马上去那座墓调查，你陪我一起。"

我沉默几秒，长出了口气。

"好，走吧。"

虽然我这位上司不大好伺候，一向任性，又喜欢心血来潮，但她坚持认为要做的事情，那就一定没错。这是我和她相处至今的亲身体会。

"我马上联系室田教授或者他的助教加贺谷先生，询问墓葬的详细地址。另外，我们去的话还得和土地所有者打个招呼，不然被当成非法入侵招来警察就不好了。"

"这些都由我负责吧。"

小葵突然插了一句。

"你？"鹰央惊讶地问。

"嗯，不过你们要带我一起去。"

"等等，你说什么？这事和你没关系吧。"

"那关系可太大了，如果教授的症状真的是因'炎藏的诅咒'而起，我也不会好过的。"

"什么意思？"

鹰央微微蹙眉，小葵玩笑似的拍了拍她肩膀。

"因为和教授他们一起调查炎藏之墓的最后一个人，就是我。"

3

透过挡风玻璃，能看到国道在昏暗的夜色下不断向前延伸。我手握方向盘，不经意地瞥了眼后视镜，看到后座上的小葵正举着手机。

"……事情大概就是这样，我们马上就到，麻烦您了。"

小葵挂掉电话，长叹了口气。

"谈妥了？"鹰央坐在副驾驶回头问。

"嗯……不能算谈妥，应该说是知难而退，暂时鸣金收兵。"

"是不是因为我们这么晚突然上门？"

小葵听到我的问题，露出苦笑。

"估计和什么时间没关系，对方就是不想让我们去炎藏墓而已。"

"欸？可是室田先生不是已经用赞助换取了调查权吗？"

"当时同意我们调查的，是前任家主的夫人，她现在已经搬到镰仓市内的高级公寓住了。现在还在炎藏墓所在的那片地上住着的，是前任家主的儿子，一个三十多岁的单身汉。他原来是电机制造公司的技工，不过自从去年被裁员之后就一直靠打零工为生。"

"就是他不欢迎我们去墓葬调查？"

"还欢迎呢，他简直就是暴跳如雷，说想挖他们世代守护的炎藏墓根本就是无稽之谈。不过好在前家主的夫人继承了所有土地，所以这个儿子在法律上没有任何权限，他也是因为这个才总是一肚子无名火。"

"实在不好意思，拜托你做这么棘手的事。"

"哦，没事儿，这点小事不用在意，本来和芦屋家的谈判基本也都是我负责的。研究室其他人实在是不怎么擅长这种交涉，就只能我来了。"

小葵说得很随意。她的性格完全像个大姐大，和端庄的外表完全相反，和她聊天让人感觉很舒服。

"而且还能和盛名在外的天久鹰央大夫一起调查，我可是非常期待。"

"鹰央大夫在学生时代就那么出名了吗？"

我瞄了眼副驾驶，鹰央正兴致索然地望着窗外。

"那个时候就很出名了，不过最近的事儿在帝都大校友中广为流传。再加上我爸是帝都大附属医院的医生，他也跟我说过挺多次。听说你搞定了警方都束手无策的案子，是真的吗？"

小葵越说越兴奋。

"……你怎么知道这么多？"

这消息一旦传出去，我们不知道又要收到多少莫名其妙的委托了，说不定还会影响正常工作……

"因为警察局里也有很多帝都大的校友啊，从他们嘴里传出来的。"

当警察的居然也这么口无遮拦吗？我一阵头痛，用力踩下油门。

"天久医生啊，你实在是太可爱了，我可以直接叫你鹰央吗？"

小葵将身体探到了前面。

"随你喜欢，我们还没到吗？"

"还有十五分钟左右。"

我看着导航回答道。周围是一片安静的住宅区，偶尔路过的几座寺院沉静悠然，颇有几分镰仓特色。

"好久没来了……"小葵看着窗外喃喃自语。

"你是镰仓人？"

我问道，小葵摇了摇头。

"不是，不过我高中的时候和一个同校同学交往，当时我们经常来这里约会。"

小葵有几分羞涩。能和这样的美女在镰仓约会，那该多幸福啊，我不禁有点嫉妒起来这个素未谋面的男人。这么想着，目的地也越来越近。

方向盘一转，RX-8驶入了岔道。又开了几分钟，导航响起了机械的提示声：您已到达目的地附近。

"啊，是那里左手边的宅子。"

小葵指了指挡风玻璃前面。透过蜿蜒伸展的院墙，能看到一角日本传统宅邸的楼顶。前面大约五十米处，是一扇厚重庄严的大门。我把车停到大门前。

"天哪，虽然离市区够远，但这院子也太夸张了点吧。"

我下车后环视了一圈，周围只有零星的几盏路灯，基本上没有车辆通过，十分冷清。

"毕竟之前是有钱人家，你看那边，那些山也全都是芦屋家的。"

小葵指了指离院墙老远处屹立着的几座山。这么大片的土地，的确是需要一大笔继承税。

"在车上坐了这么久，弄得我全身都僵硬了。"

小葵双手举过头顶仰了仰身子，她那极具冲击力的胸部凸显出来，我的视线不由自主地被吸引过去。

"色眯眯地看什么呢！赶快给我打开后备厢。"

不知什么时候站在我旁边的鹰央冲着我的小腿踹了一脚。

"我……"

我连忙将视线从小葵身上移开。她恶作剧似的看着这边，发出"哎呀"一声，脸上带着笑意。

"啊，那个……后备厢对吧，我现在就开。"

我打开后备厢，从里面拎出一个超大号双肩包，两只胳膊感受着它沉甸甸的分量。

"这也太重了，你都往里面放什么了？"

出发来镰仓之前，我按照鹰央的指示回了一趟天医会综合医院。在医院的停车场等了十五分钟之后，鹰央用手推车推着这个背包回来了。

"到时候你就知道了，你走快点。"

鹰央迅速回答道。从碇家里出来以后，鹰央就显得有些不高兴，或者说是……焦躁。

鹰央走近了挂有"芦屋"名牌的大门，连着按了好几声门铃。十几秒之后，对讲里传来一声怒吼："吵死了！大晚上的叮咚叮咚一直按人门铃，你们到底想干吗？！"

"我们是来调查芦屋炎藏墓的，你应该听说了吧。"

鹰央大声喊道，对讲机里又传来了重重的咂舌声。

"刚刚那个女人说的就是你们啊，我已经明确地拒绝过了。"

"我一定要进去，哪怕砸了这扇门，所以你最好赶快给我打开。"

一阵沉默后，对方回答道："……等着。"

几分钟后，开锁的声音响起。紧接着，大门嘎吱一声打开了，里面站着一个稍显圆润的男人。

"这位是芦屋雄太，目前算是芦屋家的现任家主。"

听到小葵的介绍，芦屋雄太明显沉下了脸。

"不是'算是'，我就是现任家主。"

"哦，那真是抱歉了。"

小葵冷哼一声。从她的态度来看，应该是很讨厌这个雄太。

"所以你们到底什么人？"

"我是天久鹰央，是东京都东久留米市天医会综合医院的医生。这位是我的下属，小鸟。"

鹰央指了指我。都说了不要给别人介绍我的外号了，雄太一副惊讶的表情看向我："小鸟？"

"我姓小鸟游。"

我连忙自我介绍。雄太思考了一下"小鸟？小鸟游"，然后不耐烦地甩了甩头。

"那二位到底想干吗？"

"你没接到消息吗？墓啊，我们是来调查炎藏墓的。"

"我没有问这个。我是问你们为什么大晚上的不请自来，还一点儿都不客气地命令我开门？"

我低头看了眼手表，马上就要晚上十点了，我们现在的做法确实有些不合规矩。不过天久鹰央这个人和"规矩"这个词从来就扯不上关系。果然不出我所料，她下一秒就干脆地回道："这和时间有什么关系。"

"怎么可能没关系！你要来，就必须提前和我联系好，配合我的时间。听懂了的话就开着你们那辆玩具车赶快回去。"

玩具车？听到我的爱车 RX-8 被如此侮辱，我皱紧了眉头。而鹰央则走近了雄太，抬头盯着他。

"不论你说什么，我都要现在立刻马上去芦屋炎藏墓里调查，一定要。"

"未经允许私闯他人土地可是非法入侵，我会报警的。"

这似曾相识的警告，和在碇家听到的一样。我凑近鹰央耳边小声说："鹰央大夫，他说的没错。要不咱们今天先撤，然后重新约个时间……"

鹰央如剑光般锐利的眼神向我射来，让我的后半句话憋在了肚子里。

"没时间了。作为一名医生，我今天晚上必须要去芦屋炎藏墓里，搞清楚这个'诅咒'到底是什么。"

作为一名医生……也就是说，她这么做并非出于单纯的好奇，而是为了挽救患者。她话说到这份上了，说明我们确实有必要这么做。可是，怎么样才能……

我觉得芦屋雄太是不可能同意我们进入他的领地的。

"雄太先生，其实我们也不需要你的许可。"小葵突然开口。

雄太拧了拧眉："你说什么？"

"我说，就算你不同意，我们也能进去。之所以联系你，只是出于礼貌而已。"

"你，难道……"

"是的，我刚刚已经联系了这片地的所有者，也就是你的母亲，并且向她取得了今晚探查炎藏墓的许可。你要打电话和她确认吗？"

小葵从外套口袋里掏出手机。雄太气歪了嘴，沉默几十秒后，大声咂着舌原路返回了。

"随便你们。"

"那我们就自便了啊。鹰央，我们走吧。"

"哦，好！"

鹰央大声回答。说着我们便穿过大门进入了院子。

映入眼帘的是一个树木成荫的日本庭院。我本来以为室田家算很大了，但和这里还是没法比。比起说是一户人家，这里给人的感觉更像是一所古香古色的旅馆。不过仔细观察就能发现，庭院里杂草丛生，树枝也野蛮地生长着，一副未经打理的样子。我们正对面是一栋面积很大的平房，却因为没有亮灯而显得像是一座废墟。旁边稍远处有个类似仓库的小型板房，窗户玻璃已经碎掉，楼顶开始坍塌，满目寂寥。

"这边的小路通向后山，炎藏墓就在山上不远处。"

小葵指了指一旁的羊肠小道。正当我们准备出发的时候，雄太板着脸跟了过来，开口叫住我们："等等。"

"干吗，又要拦着我们吗？"

"我不拦你们，我就是好奇，你们是真的想进那座墓吗？"

"……你想说什么？"鹰央马上眯起眼睛。

"之前挖掘炎藏墓的那些人不是都被诅咒了吗？"雄太抬起一边嘴角，"我知道。帝都大那个姓碇的教授几天前给我打过电话，让我告诉他解除诅咒的办法。听说还有一个被火烧死了？这完全符合被炎藏诅咒后的死法，他们都是因为挖了炎藏墓才受到了惩罚。"

"你是真的相信有'诅咒'啊。"

雄太脸上浮现出自我折磨式的痛苦。

"当然了，炎藏的故事我可是从小听到大。我们家之所以世代繁荣，都是因为有炎藏守护。因为炎藏，我们的房子才能在战争中免于大火，我们家的子弟才能在应征出战后活着回来，所以我们必须延续对炎藏的崇拜。还有，绝对不能踏入炎藏墓半步，这样我们家才能永远昌盛。"雄太毫无起伏地念叨完这段话，然后摊开双手，"这些话，我爷爷跟我爸每天念经似的和我重复，听得多了怎么可能不信。不过前阵子我还真有点怀疑这是迷信来着，没想到那些教授的遭遇证明了炎藏之力是真的。从这一点上来说，我还是很谢谢他们的。"

"那你告诉碇破解诅咒的办法了吗？"

"破解的办法？怎么可能有，被炎藏诅咒了就只能等死。所以我才来问你们，是不是真的要进炎藏墓。不过那位小姐已经来不及了，她上次进去过，应该已经被诅咒了。"

被雄太指着的小葵默不作声，只是绷紧了嘴角。

"但是你们两不一样，你们还没有被诅咒，何必非要跑到炎藏墓去呢？不怕被诅咒吗？"

我咽了咽口水。虽然我不相信什么诅咒，但是进过这个墓葬的人都厄运当头也是无可否认的事实。我们真的有必要冒这个险吗？我瞟了眼鹰央，她冷着脸开口道："谢谢你的警告，但是尽快探查这个墓穴是我的义务，无论如何我都要去。"

雄太脸上的肌肉抽动着说："随便你！最好被炎藏下咒杀死，反正不关我的事。"

甩下这句话后，雄太便回到了屋里。鹰央目送着他走远，然后抬头看了看房后的山，说了句"好，出发了"，接着就整理好姿势向前走去。

"鹰央，你还好吗？"

小葵拿着鹰央从背包里掏出来的手电筒走在最前面，打光探路的同时，还回头担心地询问鹰央。

"好……才怪。"

鹰央走在我前面，上气不接下气地回答。

刚刚斗志满满冲向炎藏墓的鹰央，走上山路还没几分钟就开始肉眼可见地减速，仰着下巴气喘吁吁。

虽然鹰央一旦被激起好奇心，就会瞬间活跃起来，可她本质上还是个宅女。平时就在天医会综合医院楼顶的"家"里看看书、玩玩电脑，连医院大门都不怎么出，体力还不如那些好吃懒做的懒汉。我们现在走的山间小道又过于陡峭，对她确实是个挑战。

鹰央停下脚步，双手扶膝，回头看向我。

"小鸟……背我。"

"别任性啊。"我指了指背上的巨型双肩包，迅速回绝，"我背着这么重的行李，怎么可能再背上你？"

"把包放前面……我在后面。"

"不行，你自己走。"

"冷酷……鬼……"

鹰央连骂人都充满了无力。

"好啦，鹰央，再坚持一下，我拉你。"

"……嗯。"

握上小葵伸出的手，鹰央继续慢慢悠悠地在山路上攀登。

"小葵你体力很好嘛。"

我气喘吁吁地说。小葵得意地扬起了嘴角："这都是高中时参加垒球部锻炼出来的。虽然我当初喜欢的是棒球，但可惜我们高中没有棒球部。不过也好，我们的训练可比一般棒球部还要苦。"

"你们是垒球强队？"

"嗯，在全县比赛拿过冠军。所以训练很可怕，当时我一下课就立马回教室换运动服，然后冲到操场。"

"在教室里换衣服……"我张大了嘴。

我们就这么边聊边走。没过多久，路面就变得平坦起来，我们来到了一个比较开阔的地方。

"在那里。"

小葵指了指前面。距离我们十米左右的地方峭立着一面岩壁，岩壁上开着一个洞，勉强够人弯腰进入。

"终于……到了吗……"

鹰央扶着膝盖，一副坚持不住的样子。小葵抚摸着她单薄的脊背问："你没事吧？"

"这就是……芦屋炎藏墓……"

我踏着过膝的杂草走近洞穴。入口旁胡乱堆着几层厚木板，还散落着一些以前常用的稻草绳。再仔细一看，发现木板上还贴着好几张符。

"它们本来是用来封印入口的，被教授撕开了。"

刚刚还在帮鹰央顺气的小葵不知什么时候站在了我旁边。

"看起来像是强行打开的，这扇门被破坏得很严重。"

我指了指门的残骸，小葵秀气的眉毛拧成了八字。

"这次的调查是翠明大学室田教授的多年夙愿，可能也是因为这个，他当时非常兴奋，还没等我阻止就拿出工具把这门破坏了。"

用这么粗鲁的手段挖别人的墓，别说阴阳师了，就是普通人也会诅咒他的吧。一个历史学家，难道不是更应该对死者心存敬意吗？

我心里有些郁郁，但还是用手电筒照了照洞穴内部。里面好像比我预料的更深，光线被尽数吞噬，丝毫看不真切里面的情况。

"那我们进去吧。"

我一回头，发现鹰央就站在我后面。她的脸上已经恢复了活力，大概是好奇心化解了她的疲惫。

看着鹰央单手拿着手电筒准备进入洞穴，我下意识地抓住了她。

"干吗？"鹰央不满地噘嘴。

"额，怎么说呢……我就是在想，我们真的要进去吗？"

"不进去我们来这儿干吗？"

"不是……我们来这儿确实是为了调查这座墓，可是进去过的人身上都发生了怪事……"

"所以我们才要进去找到原因啊。"

鹰央一副不明白我在说什么的表情。不过马上，她的脸上就浮现出一丝坏笑。

"你是不是怕了？"

"我，我不是……就是心里有点发虚……"

"哦哦，原来像你这样的大块头也会害怕啊。"

鹰央抬起下巴，对我嗤之以鼻。

"当然会害怕了！"我放弃挣扎，直截了当地承认，"就算我知道这世界上不存在什么诅咒，可是大半夜来这种诡异的地方还是会害怕啊，这不是很正常吗？"

"不不不，我们现在还不能断定世界上到底有没有诅咒，毕竟诅咒杀人的传说数不胜数，就比如……"

"我现在不想听这些！"我用两只手堵住耳朵。

"反正我一定要进去。你要是害怕的话，可以在这儿等着。"

我犹豫了几秒后，紧握拳头，拦住了走向洞穴入口的鹰央。

"嗯？怎么了，你不是要在这儿等着吗？"鹰央调笑着说。

"可我也不能让你一个人去啊，没有我在，你一个人太危险了。"

"……并没有，我又不是小孩儿了。"

鹰央鼓了鼓腮。

我指着她的脸颊道："你这个动作不就是小孩儿嘛。先不说这个，时间不早了，明天还有工作，要进去的话我们还是尽快吧。"

"好嘞，那我们今天就来个超豪华洞穴探险之旅。"鹰央大声说道。话音刚落，一直在旁边笑着听我们商量的小葵就站到了最前面。

"那就由我这个二次探险者引路吧，里面很滑，要小心哦。"

小葵风情万种地抛了个媚眼后，躬身进入了洞穴，我们紧随其后。穿过入口，一阵发霉的腐朽气味钻入鼻腔，潮湿而浑浊的空气席卷全身。

我用手电筒照了照周围，光线碰到了湿润的绿色岩壁又反射回来。里面的高度勉强够我站直，但是头顶距离洞顶也就不到十厘米，宽度也仅容一人通过，强烈的压迫感让我觉得呼吸不畅。

"这里很窄，大家小心。"

走在最前面的小葵提醒着，狭小的空间里回荡着她的声音。

"这里面好潮啊。"鹰央擦了擦脖子上的水。

"因为岩石的缝隙之间会渗出地下水。虽然由于地面的斜度，大部分水会顺势流出，但里面湿度还是很大。"

小葵小心翼翼地摸索着前进，然后是鹰央，我跟在最后。一行三人向着芦屋炎藏墓的最深处走去。

"好痛……"

几分钟后，我突然撞上了洞顶凸出的岩石。

"你当心点啊，这么大块头真是白长了。"

前面的鹰央惊讶地回过头来。

"真是不好意思，没能像你一样袖珍。"

"袖珍？你这是用来形容美女的词吗？"

鹰央对我怒目而视，一旁的小葵却偷笑出声。

"你笑什么啊？"鹰央语带不满。

"没什么，就是觉得你们俩关系可真好。之前一直没机会问，你们俩是男女朋友关系吗？"

"不是！""才不是！"

我和鹰央异口同声。

"啊，不是吗？我看你们这么默契，还以为十有八九是一对呢。"

"我干吗要和这种不修边幅的臭男人在一起啊，我也是有要求的。"

"没错，我也是有选择的。"

"……你什么意思，和我谈恋爱你很不满吗？"鹰央抬起头，恶狠狠地盯着我。

我慌忙摆手："不是，我没有那个意思……"

"你难道感受不到我身上成熟女人的魅力吗？"

"成熟女人的，魅力？"

"为什么要用疑问句？我一看就是个不折不扣的性感女郎啊。"

"性，性感？"

这个和天久鹰央八竿子打不着的词让我陷入了混乱，甚至惊讶得破了音。

"……我杀了你。"

鹰央面无表情地低声威胁，手也伸向了外套口袋，好像在翻找着什么。

"啊，性感！就是因为你太性感了，所以我才看得出了神。"

面对生命危险，我终于反应过来，连忙出声示好。鹰央看向我，湿漉漉的眼神里满是水汽，与洞穴里的湿度不相上下。

"……恭喜你捡回条命。"

鹰央闷声低语。看到她把手从口袋里拿出来，我才松了一口气，也不知道那个口袋里到底有什么。

"果然默契，我真的觉得你们很般配欸。"

小葵忍不住笑了出来。鹰央看向她："现在最主要的是，我们还有多久到炎藏墓？"

"马上了。"

小葵指了指一片漆黑的洞穴深处，又一次迈开了步子。

"那个，鹰央大夫。"

"……干吗？"

对于我的主动搭话，鹰央语气中充满了不耐烦，看来是真的闹别扭了。平时碰上这种情况，我都是靠送她好吃的主动求和的，可惜现在手头上没有。

"我们来之前，你说你是'作为一名医生调查炎藏墓'的，对吧？"

"那又怎样？"

鹰央还是不肯看我。虽然感受到了她的抗拒，但我还是坚持着问出了好奇已久的问题。

"你说作为医生，那也就是说你已经有头绪了，这次事件并不是什么超自然现象，而是由某种疾病引起的吧？"

鹰央终于给了我个正眼，不过嘴角却依旧带着嘲讽的笑。

"这个自然是做出了各种假说……疼！"

鹰央只顾着和我说话没有看清前路，不小心撞上了岩壁上突出的石块，撞击声回荡在狭小的洞穴中。

"啊啊……你不是才提醒我要当心点吗，没事吧？"

我单膝跪下，看着捂着后脑勺蹲在原地的鹰央。

"疼……"

"听出来了，你刚刚撞上去那动静可不小。"我伸手帮鹰央揉着脑袋。

"对了，你刚刚提到的假说是什么？"

"讨厌，我才不要告诉你。当然也不能排除真的是芦屋炎藏诅咒的可能哦，那你也会被诅咒的，活该！"

鹰央抱着头，泪眼婆娑地抬头看我。

"你别拿我出气啊，再说，就算真的被诅咒了，也是咱们俩一起。"

正在我们俩僵持不下的时候，小葵喊了一声："喂！虽然我也很乐意欣赏二位的夫妻档相声，不过你们看，那里就是放炎藏灵柩的屋子了。"

顺着小葵所指的方向望去，前方十几米处有一个比洞穴入口还要小的门洞。

"哦哦，那里啊。"

也许是到达目的地的兴奋抵消了疼痛，鹰央迅速站了起来，快步走向那个门洞。

我们跪着钻进了门洞。里面大约有网球场那么大，楼顶不同于之前走过的通道，很高，呈圆拱形，最高处约有五米。

屋子里随处可见的木箱中，堆满了古籍和法器，大概是炎藏生前使用过的。不过只消一眼就能看出，它们的保存状态极差，仿佛稍稍一碰就会轻易碎掉一样。当时教授他们没能把这些东西带出去倒也情有可原。

"这就是芦屋炎藏墓了吗？"

我把一直背着的双肩包放在地上，拿出手电筒四处查看，注意到了屋子正中央的一个长方形物体。那是一副棺材，一副布满青苔的石棺。

里面放着的是尸体……室温好像瞬间下降了好几度，我不自觉地开始发抖。

"是的，没错。三周前我们还打开过这个，距离上一次开棺也有一千年了。"

小葵走近石棺，抚摸着棺盖。

"尸体还在里面吧？"

鹰央站在小葵旁边，用手电筒照着石棺表面，仔细观察。

"就算已经过了一千年，可尸体毕竟是尸体，要想搬出去需要办很多手续。"

"但是在办这些手续之前，那些挖墓的人就遭遇了不测。"

鹰央说完后，小葵露出了一丝苦笑。

"没错，除我以外的所有人。"

"原来如此。那事不宜迟，我们现在就和芦屋炎藏打个照面吧。"

"欸？你要开棺吗？"我放大了声音。

鹰央惊讶地回头看我："你怎么还在问这种愚蠢的问题，面对现实吧。"

"可是……开棺这个事我还是有点抵触……"

"害怕尸体？可你不是在急诊科帮忙吗？应该也看习惯了吧。"

"这是两回事……"

"行了，赶紧动手吧，没时间了。要想知道诅咒的真相，就必须得检查尸体。"鹰央强硬地说。

我也下定了决心，挺直身子："好，我们开棺。"

"那就拜托你了。"

鹰央挪到旁边，给我留出了一条小道。小葵也有样学样。

"欸，我来开吗？"

"除了你还有谁啊。你看看这个棺盖，至少有几十公斤，我们俩怎么可能搬得动嘛。"

鹰央伸手拍了拍石棺盖。小葵也带着娇俏的笑意说了句："有劳啦。"

"……好，我搬就我搬。"

放弃挣扎的我一步步走向石棺，将手指伸进了棺盖与石棺之间的缝隙。

"这样最先被诅咒的就是你了哦，毕竟是你亲手开的棺。"

鹰央一阵窃笑。

"不要再说这种话了！"

我一边大声抗议一边胳膊用力。这棺盖比我想象的还要重，我紧咬牙关才终于将它挪开一点。

"哇，好厉害。上次三个男人一起抬才好不容易推动的。"

"厉害吧，毕竟力气大是我们小鸟唯一的可取之处了。"

什么叫"唯一的可取之处"啊！我暗自不满，但手上还是加大力气继续推动棺盖。

"好，差不多了。"

听到鹰央的口令后，我才松了手。石棺盖已经偏移了几十厘米，但光线过于昏暗，看不清里面的东西。

"哎。"

鹰央将手电筒对准了石棺内部。一具干尸的头部瞬间出现在我的视线里，我忍不住发出"嘶"的一声。

头盖骨上贴着的一层已经氧化变成红褐色的皮肤，头顶残留着的几根碎发，加上嘴唇萎缩后裸露在外的牙齿，这简直就是教科书一般的干尸。他那完全干缩空洞的眼窝中，只留下了无尽的黑暗。

"啊，确实是干尸化了。不知道这是人为的，还是由于埋葬地的原因自然形成的……"

鹰央探出身子，靠近干尸，距离近得仿佛在与他深情对望。

"我们还没做相关研究，暂时不能下定论。不过我推测这应该是个偶然，有很多即身成佛的僧人也会自然形成干尸。"

小葵和鹰央一样，也将身子探向棺材里察看。

于是我眼前的景象就变成——在漆黑一团的洞窟深处，两个女人目不转睛地盯着干尸的脸。这样的超现实主义场景，让我感到自己在渐渐脱离真实世界。

"他下葬时穿的是佛教僧人的服饰啊。"

"是啊，因为炎藏是法师阴阳师。不过周围的陪葬品里倒是有好多阴阳师特有的东西，特别是看起来和诅咒有关的。"

"这样啊，有意思。"

鹰央用手指抚摸着下巴喃喃自语道。突然，她像猫头鹰一样快速转头，看向了我："小鸟，把包拿来。"

"背包吗？好的。"

我把放在入口边上的双肩包拎到鹰央身边，她拉开背包侧面口袋的拉链，窸窸窣窣地翻找起来。

"鹰央大夫……你怎么会带这种东西……"

我用手电筒照着鹰央从包里拿出来放在地板上的东西，颤抖着声音问。那是一把放在无菌包里的手术刀。

"当然有用啊。"

鹰央打开包装，将手术刀取出拿在手上，然后又从背包口袋里取出几个小的塑料容器，接着再一次紧盯着石棺内部。手术刀刀刃静静地反射着手电筒的光。

"等、等一下！你这是要做什么？"

看着手术刀一点点靠近干尸的脸部，我急忙出声询问。

"什么做什么，你不是都看到了嘛。"

"不、不行，你怎么能擅自对尸体开刀？"

"我可不像你，外科出身，动不动就开刀。我就是稍稍刮取一些表皮而已。"

"那也不行。但凡对遗体造成任何一点伤害，都会出大问题的。对吧，仓本小姐？"

面对我发出的同盟邀请，小葵显得很为难。

"我们在调查过程中，也有要破坏遗体的情况，这种时候必须要事先取得许可，不然的话……"

"会构成侮辱尸体罪。这我当然知道，可是现在没有时间申请许可了。"

"你为什么这么着急？我们先冷静一下可以吗？"

我循循善诱。可鹰央却干脆地摇了摇头："没时间了，我是个医生……"

"所以呢？"

"医生就要做到患者第一。所以即便要被问罪，我也要现在立刻马上检查这具尸体。"

她语气和表情中强烈的决心让我一时语塞。此时，鹰央已经再一次转身面对着那具干尸。

我从背后一步步靠近，在刀刃碰到干尸的前一秒，将手术刀从鹰央手中夺了过来。她回头看着我，表情不善。

"还给我，立刻马上。"

"……不行。"

我叹息着拒绝了她，然后跪在她身旁，将手术刀贴在了干尸的颧骨旁。

"你这是干吗？"

"我不是说了嘛，像你这样笨手笨脚的人不能做这种事。只有我这个用惯了手术刀的前外科大夫，才能最大限度地减少对尸体的伤害。"

鹰央不可思议地眨了眨眼，嘴边绽开了笑容。

"你说的也有道理，那就靠你了。"

"把样本放到这个容器里就可以了吧。取一小部分表皮可以吗？"

"嗯，这就够了。"

鹰央用手电筒帮我照明。我将手术刀无限靠近干尸的脸颊，轻轻一蹭，锋芒逼人的刀刃便刮下些许表皮。我将它放在了左手上的容器中，皮肤组织在容器底部无声地破碎。

"成了，这下皮肤的取样就完成了。"

鹰央将手术刀从我手中一把拽走，拿着其他的容器去了屋子各个角落，用手术刀分别取了古籍、法器、岩壁表面的样本。

"其实我还真没想到，你会帮我取炎藏皮肤的样本。而且棺也是你开的，这样一来，不管是被诅咒还是因为侮辱尸体被捕，你都首当其冲了。"

"……正常人会在这种时候说这些吗？"

在我们无聊的对话过程中，鹰央已经完成了十几种样本的采集，蹲在了双肩包旁边。

"接下来，正式开工！"

鹰央双手拍拍两颊，为自己打气。她将背包拉链完全拉开，里面是一个简易显微镜、一堆装有各种化学药物的瓶瓶罐罐，还有一堆玻片。

原来里面装了这些，怪不得那么重。

"鹰央大夫，你这到底是要做什么？"

"安静点，别妨碍我。我得集中精力认真做。"

鹰央连一个眼神也没有分给我，专注于将采集到的样本放在玻片上。

我努了努嘴，暗自腹诽鹰央凶巴巴的语气。这时，小葵走了过来。

"仓本小姐，不好意思啊，这么晚还麻烦你给我们带路。"

"啊，你千万别客气。还有，直接喊我名字就行，怎么说我们也是一起冒险的战友了，我可以直接叫你小鸟游吗？"

"嗯，当然可以。"感觉到自己和小葵之间的距离拉近了一些，我不自觉地缓和了表情。

"话说，鹰央她平时也是这样吗？"

"嗯，她专心做一件事的时候基本上都这样。"

不过我能感觉到她今天好像比平时更有紧迫感。

"你应该也挺不容易的吧。"

"嗯，挺难的……是非常难。"

"不过看你们俩这么默契，我还有点吃醋呢。"

"欸？什……什么意思？"

我吓了一跳，连忙追问，但小葵只是意味深长地微笑着，没有给我答案。另一边，鹰央已经将做好的标本依次用药剂进行了染色。

四面都是岩壁的狭小空间里，只有玻片摩擦发出的声音在不断回响。

"成了！"

鹰央高举着双手喊道，这是显微镜出场后大约三十分钟的时候。越过她的肩膀，我看到她面前摆着十几个已经染好色的标本。鹰央取出其中一个，放置在显微镜上。

"帮我把光集中到显微镜上。"

鹰央紧盯着显微镜说。我和小葵对视一眼，同时将手里的手电筒照向了显微镜。

"光！再多来点光！"

鹰央大喊，让人联想起歌德临终前的那句"多一些光"。她调整着镜头的焦距，一个个地观察着所有的标本。

"……果然。"鹰央看着显微镜小声低语。

"看出什么了吗？"

我话音刚落，鹰央就猛地站了起来，

"我们马上出去，赶紧把显微镜放回包里。"

"啊？这就走了吗？"

感觉到鹰央迫不及待离开的心情，我急忙将显微镜和药剂一股脑儿地塞进了包里。收拾好之后，鹰央说了句"走啦"，便向着出口走去。

"等一下，得把石棺盖回去。"

"来不及了。"

鹰央捡起手电筒，转眼便离开了屋子。

"啊，真是的。"

我只好和小葵一起，跟着鹰央离开。

开棺，用手术刀刮取面部皮肤，最后甚至没有还原石棺就大摇大摆地离开，如此行径，就算被诅咒也只能乖乖认命了吧。

"鹰央，你发现什么了？"

狭窄的通道中，小葵出声询问。

"这个嘛，我现在也还不太确定。不过……"

我望向前方。鹰央在黑暗中视力异于常人，这会儿已经超出了摸索着前进的我们俩一大截。

"我想她一定已经知道'阴阳师诅咒'的真相了。"

我和小葵拼命追赶着一马当先的鹰央，一路走出洞穴。下了山路，离开了芦屋家。

"现在不是休息的时候，我们得马上出发。"

我才刚刚把背包放进后备厢，就听到鹰央在副驾驶上下达着命令。

"出发是指去哪里？"我关好后备厢，坐到了驾驶座上。

"当然是去碇家。"

"难道你已经知道碇教授是怎么回事了吗？"

小葵从后座探了过来。

"嗯，知道了。"

"真的是某种病吗？"

"这个回头再解释，现在最重要的是要尽快带他去医院。"

"可是鹰央大夫，我觉得碇先生是不会去医院的……"

我一边发动引擎，一边插了一句。看他之前的状况，就算是有理有据地解释，他恐怕也不会同意。而且从法律层面来说，我们也不能强制将他送往医院。

"我知道。所以去他那儿之前，我们得先去另一个地方。"

"另一个地方？"我反问道。

鹰央一脸坏笑着告诉了我。

"……你认真的吗？"我的表情有些僵硬。

"当然。行了，快走吧！"

鹰央指了指挡风玻璃前方。

4

"我说鹰央大夫……我们真的要去找那位吗？现在可是三更半夜。"

我站在电梯里询问鹰央。

"当然。"

鹰央看着液晶屏上跳动的层数回答我。

"可是我们为什么要特意来找她呢？"

"你别问了，跟着我就行，马上你就明白了。"

电梯显示到了十一层。伴随着机械的提示声，电梯门打开了。我和鹰央下了电梯，进入了荧光灯映照着的开放式走廊。

我们现在所在的公寓到天医会综合医院只需要步行几分钟。小葵没有跟来，在停车场的车里等我们。

"啊啊，这里这里。"

鹰央在其中一户的玄关前停下了脚步，伸手准备按门铃。

"等、等一下，你应该还没有联系她说要过来吧。"

"那也不是我的错啊，路上我都打过好几次电话了，是她不接嘛。应该是手机没电了吧。"

不，不是电量的问题，是你被拉入黑名单了。我敢肯定。

"所以我们现在不请自来也是迫不得已嘛。"

鹰央用力按下，门铃仿佛也被抽干了力气，筋疲力尽地发出"叮咚"声。然后就是长达数十秒的寂静。

"估计是没在家吧，我们换个时间再来？"

"不在家？不可能。她一个单身猫奴，晚上绝对会回家的。是不是睡着了啊，我得把她叫起来。"

鹰央不停地按着门铃，刺耳的机械声穿破了黑暗。下一秒，房门猛地被打开了。

"叮叮咚咚的吵死人了！"

出来的是一个穿着睡衣的中年女人，她额头青筋暴起，愤怒地冲我们大吼，镜片后是一双上挑的三角眼。这位就是天医会综合医院的精神科部长——墨田淳子，也是鹰央的天敌（准确来说只是她单方面讨厌鹰央）之一。

"哟，你真的在睡觉啊？"

"不是！我就是在对讲屏幕上看见了你，才故意假装不在的。没想到你居然大半夜的一直按门铃，会吵到邻居的！"

"你喊这么大声才会吵到他们吧。"

墨田的脸瞬间红得像关公一样。她浑身上下散发出的怒气，让我忍不住向后撤了一步。

三年前，鹰央在精神科实习，当时她的指导医生就是墨田。实习过程中，鹰央发现了墨田的误诊，居然当着患者和患者家属的面直接说了出来，从那之后，墨田就一直对鹰央避之如蛇蝎。

当然了，鹰央当时没有任何看不起墨田的意思。她只是缺少那种察言观色的能力，也不懂得要为了维护指导医生面子，私下里委婉提醒。可是这并不能改变她区区一个实习医生就让精神科科长颜面扫地的事实。

事情远不止这样，鹰央在精神科实习期间还惹了很多其他麻烦（我没敢问，所以不清楚具体情况），导致她到现在都被禁止出入精神科病房。

"够了……你给我马上消失……"

墨田的声音仿佛从地狱深处传来。

"那可不行，我有话和你说。"

"有什么话明天到医院再说。"

"不行，就得现在，我必须马上问你。"

"你知道现在几点了吗？怎么一点人情世故都不懂！"

墨田的忍耐大概是到了极限，声音已经接近于在尖叫。

"火气别这么大嘛，你看，都吓到小猫了。"

鹰央指了指墨田脚边。那里蹲着一只黑白条纹花色的猫，长得很可爱，这会儿正缩起脖子看着墨田。

"哎呀，对不起啦。吓到你了吧。"

墨田瞬间缓和了表情，声音也变得又娇又嗲。她把猫抱在怀里亲昵地蹭了蹭脸颊。

"这是美短吧，好可爱哦，我可以摸摸它吗？"

鹰央伸出手去，却被墨田一巴掌拍了回来。

"别碰我家宝贝。说吧，找我干吗？"

鹰央不开心地鼓了鼓腮，收回被打掉的手。

"我想让你和我们去个地方。"

"去个地方？你要带我去哪儿？"

"详细情况我稍后会和你解释，反正你先跟我们走，有个人想让你看一下。"

"啊，这孩子说什么呢？"墨田一脸疑惑地看向我。

"额，其实我也不太清楚……"

我想鹰央应该是要带墨田去碰家吧，但我还不明白她为什么这样做。

她是觉得碰的症状是精神疾病导致的，所以要让墨田这位精神科大夫做诊断吗？可如果真的只是这样，那她没有理由这么争分夺秒啊。

"我说，我明天一早还要出门诊，你们俩明天也有工作吧。如果是想让我看诊，就让患者写好申请，然后到精神科门诊……"

"来不及了！"

鹰央激动地打断了墨田。墨田怀里的猫被她突然抬高的声音吓到，嗖地竖起了尾巴上的毛。

"如果不马上处理，他会没命的，他和我们都需要你的帮助。"

鹰央直勾勾地看着墨田的眼睛。墨田沉默着与她对视了一下，握着门把手准备关门。

"等等，算我求你了。"

鹰央拼命抵着门。墨田长叹了口气，把怀里的猫放在了鞋架上。

"我现在就去换衣服收拾，你们在这儿等一下。"

"……你愿意跟我们去了？"鹰央眨眨眼。

"你都说是救命了，我这个做医生的怎么可能不去。"

"那个，是有什么发现了吗？"

碰道子在玄关处迎接我们的同时小声问道。此时，我们已经带着墨田一路赶回了碰家公寓。

"碰的情况怎么样了？"

鹰央没有回答，自顾自地脱下脚上的运动鞋。

"还是老样子，完全没有要出来的意思。房间里偶尔还会传出他的叫喊声，我实在是不知道该怎么办了……"

鹰央点点头，回了一句"这样啊"。然后也不顾主人是否邀请，就自行穿过玄关，进到房里。道子不安地靠近小葵："仓本小姐，现在是什么情况？我老公还有救吗？"

"天久大夫应该已经有想法了……"

小葵和我一样，没有得到鹰央任何解释，只能含糊不清地回答。

"还有这位是？"道子看着墨田。

"我是天医会综合医院精神科科长，我叫墨田。"

听到墨田的自我介绍，道子皱起了眉。

"精神科大夫来这儿是？"

"这个……是天久大夫要我来的……"

墨田也只能闪烁其词。

"你们干吗呢？赶紧过来啊。"

造成现在混乱状况的当事人——鹰央，大步迈向了走廊。我们几个互相看了看，也跟上了她。

"接下来怎么做？"

和几个小时前一样，我们再次来到了被碰反锁着的房间门前。然后，我按照鹰央的指示将带来的双肩包放在地上。

"果然还锁着。"

鹰央拧了拧门把手，房门依然紧闭。

"喂，开门。我知道怎么解除诅咒了。"

鹰央对着门大喊。另一边对目前情况一无所知的墨田，惊讶地小声重复："诅咒？"

"滚！快给我滚！从我家滚出去！炎藏会进来的，开门的话炎藏会……"

门里传来一阵怒吼。但声音明显比几个小时前更加虚弱，甚至有些支离破碎。

"没办法了。"鹰央斜看着我，"小鸟，把门踢开。"

"我都说不行了，开玩笑也要有个度……"

鹰央抓住我的衣领，猛地将脸凑了过来。

"我这不是在开玩笑，你马上给我把这扇门踢开。"

鹰央眼里少见的认真让我僵在了原地，而她则转身看向道子，问道："为了救你丈夫，我们现在需要马上撞开这扇门，可以吗？"

"可以！只要能救他，撞坏多少门都无所谓。"

"行了，现在有家属同意了。小鸟，动作快点。"

"……行。"

我做好心理准备后，后退几步调整呼吸，其他人都躲得远远的。

我用力蹬地，然后一口气冲到门前，将全身重量沉在腿上，一个加速前踢撞上房门。房门发出了一阵开裂声，冲击感从我脚底一路传到了膝盖和腰间。房门的表面只有些许凹陷，不过合页部分已经彻底被撞坏了，房门咣地朝着房间内倒下。

"成了，干得漂亮！"

鹰央欢欣鼓舞地越过我冲进房间。里面的摆设很简单，只有一张桌子、一个小沙发，和一个几乎铺满整面墙的书架。而碇正躺在，不，应该说是倒在角落的地毯上，无法动弹。

"站住！别过来！啊，门怎么……炎藏会进来的……"

他嘴角淌着口水，挣扎着发出破碎的抗议。

"这是什么情况？"

墨田也走进房间，语带不解。

"我们想把他带到医院。"鹰央指了指碇。

"不行！我绝对不会出这个门。你们要是强迫我离开，我就告你们绑架！马上给我滚出去！"

碇不顾自己奄奄一息的身体，强撑着吐出一句支离破碎的威胁。

"他本人都不同意，怎么带去医院啊。话说他是怎么变成这样的？"

墨田问道。碇大张着嘴，勉强维持着呼吸，

"诅咒，我是被炎藏诅咒了，一旦我走出这个门，立刻就会没命。"

墨田目瞪口呆地看着地上双手抱头的碇。

"这，我虽然不太清楚具体情况，但我真的无能为力。他本人都明确表示拒绝了，我甚至没法给他问诊。"

"从法律上来说是这样，不过……"鹰央弯了弯唇，"他现在已经因为'诅咒'而失去判断能力了。"

"诅咒？你认真的吗？"

"是啊，我认真的。这个男人就是因为探查了某个阴阳师的墓穴，才受到诅咒病倒的。所以我们今天晚上也到那座墓里去了一趟，并且发现了所谓'阴阳师诅咒'的真相。"

鹰央摊开双手道。道子激动地上前几步："真的吗？"

"嗯，真的。"

鹰央突然双手托起了碇的后脑，碇发出一阵痛呼，上半身向上弓起。这一幕让我不禁小声"啊……"了一下。

"正常来说，应该只有头部抬起而不是整个上半身。这种症状意味着什么？"

鹰央将碰的头部重新安放置地毯上，眼神望向我。

"颈强直……会不会还有 Kernig 征[1]。"

"没错，对应的病症有？"

"蛛网膜下腔出血，还有……脑膜炎。"

我一板一眼地回答，鹰央满意地点了下头。

"对，就是脑膜炎。头痛、发热、呕吐，还有颈强直，完全符合脑膜炎的症状。"

"那个，脑膜炎是……"道子小心翼翼地插话。

"我们的脑和脊髓内部，都充满着一种叫作脑脊液的液体，一旦它被病菌感染，就会导致脑膜炎。"

鹰央紧接着我的回答继续解释："脑膜炎的成因根据病菌类型又可以分为病毒性和细菌性两类，而他感染的，恐怕既不是病毒，也不是细菌，而是……"鹰央顿了顿，然后唰地立起左手食指，"真菌！"

"真菌就是……霉？"小葵也跟着认真思索。

"包括霉菌、菌菇还有酵母菌等生物。真菌导致的传染病，比如白癣菌感染皮肤导致的白癣就很常见，就是我们平时说的脚气、铜钱癣等。这些都属于浅表性真菌皮肤病，一般不会致命。"

鹰央滔滔不绝的介绍让我们都不知不觉地沉浸其中。

"但是还有一种情况是真菌会感染肺部、心脏、脑等重要脏器，这种深部真菌感染病非常容易转为重症，而且一般都很难治疗。"

---

1 克尼格氏征，简称克氏征，是神经科常用的一种检查方法。和布鲁金斯氏征、颈强直统称脑膜刺激征。——译者注

"我老公就是得了这种病吗？"道子着急得声音都变了调。

"嗯，对。其实在他和翠明大学的室田教授身上下'诅咒'的，是一种叫作隐球菌的真菌。"

"隐球菌……"

依然站在一旁的小葵重复着。鹰央重重点了点头："我调查了芦屋炎藏尸体和墓葬内残留的陪葬品，在所有地方都发现了隐球菌的存在。墓葬被封后的近千年时间，它们大量繁殖，甚至飘浮在空气当中。他和室田应该是因为当时吸入了大量隐球菌，现在才导致隐球菌病发病。"

"等，等一下，"小葵伸手打断了鹰央，"我当时也下墓了，那我也会得这种病吗？"

"不一定，甚至可以说可能性很小。真菌的传染能力极弱，就算感染一般也都是免疫缺陷性感染。也就是说，由于某种原因而导致免疫力低下的人群才会被感染。"

鹰央看向呆站着的道子，问道："他是有溃疡性大肠炎对吧？"

面对突然起来的提问，道子有些踌躇："额，啊……是的。"

"溃疡性大肠炎是指大肠黏膜出现炎症所导致的溃疡，还会引起便血和腹泻等症状，这是一种病因不明的疑难杂症，病情严重时患者需要服用类固醇剂和免疫抑制剂进行治疗。可你们仔细看这个男人，就会发现他虽然脸上很多肉，但是手和腿都很瘦。"

鹰央指着碰：

"这就是我们所说的满月脸，由于长期服用类固醇而导致的副作用。喂，他应该一直都在内服类固醇吧？"

"……是的，我老公吃类固醇药已经好多年了。"

"类固醇有抑制免疫的效果。所以这个男人是在易感状态下进入炎藏墓，将自己暴露在了充满隐球菌的环境中。结果就是隐球菌完全没有被免疫系统所阻碍，直接进入脑脊液并快速繁殖，最终导致了真菌性脑膜炎病发。"

"那室田先生的呼吸功能下降也是……"我若有所思地喃喃道。

"他本来就有肺气肿，居然还不戒烟，这种情况非常容易引发肺部感染。再加上肺气肿患者呼吸消耗的能量要比普通人多得多，所以还会导致营养状况变差。总而言之，他也处于易感状态。"

"真菌性肺炎"，我不自觉地说出了这个词。

"没错。室田的肺部不是被一般的细菌，而是被隐球菌感染而引起了肺炎，呼吸功能下降也是因此出现的。他之前内服抗生素却毫无疗效也能印证这一点，因为抗生素本来就是针对细菌的药物，治疗真菌感染则需要相应的抗真菌药物。"

鹰央用左手食指指了指小葵："你之所以没有被'诅咒'，就是因为你当时没有处于易感状态。健康状况良好的人即使暴露在隐球菌中，也很少会出现相应病症。"

鹰央解释完之后，照例轻轻挥了挥左手。

"我，我老公还有救吗？这病能治好吗？"

道子仿佛抓住救命稻草一般大声追问。这让本来面带轻松之色的鹰央突然表情紧绷："真菌性脑膜炎死亡率很高，而且看他的情况，病情已经发展到一定程度了，我不敢保证他能被救回来。"

"怎么会……"道子两只手掩住了嘴。

"但还是有希望的。不过我们必须先把他送到医院，接受集中治疗，并且服用大量抗真菌药物。"

"请您救救他吧，请您赶快把他送到医院吧。"

"我也想……"

鹰央面色阴沉地俯视着碇。碇打了个哆嗦："我，我哪儿也不去！"

"我刚刚都和你解释过了，你没有被'诅咒'。我们可以肯定，你的症状都是因为一种叫真菌性脑膜炎的疾病所导致的，要治好这个病你就得先去医院。"

"这是'诅咒'！我出门就会被杀掉的！你们别管我！"

碇一边流着口水，一边歇斯底里地尖叫。他现在已经完全失去了思考能力，听不进去鹰央的任何解释。

"老公，求求你去医院吧。去医院你就能治好了，就能变回原来的你了。"

道子泣不成声，紧紧抱着自己的丈夫。可是碇却大喊一声"放开我"，用力推开了她。道子趔趄着坐在地上，整个人的表情都凝固了，不可置信地看着碇。

"你们就是想害死我！想让我被炎藏杀死，我早就知道了。立刻从我家里滚出去，不然我就报警了。"

碇断断续续地挤出一句完整的话来，任谁都看得出来，此时的他已是强弩之末，威胁不了任何人。

"请你们赶快带他去医院吧，拜托了。"

道子双手合十，祈祷一般地请求着鹰央，可鹰央却沉重地摇了摇头。

"抱歉，我做不到，我没有权力强迫他住院。"

"可，可是你都说了，他只有住院接受治疗才有救……"

"就算如此，一般的医生也不能违背患者意愿强制他住院。日本法律规定，只有两种人有权限制他人人身自由。一个是法官，在法院作出有罪判决后可以对嫌疑人进行羁押或监禁。还有一种，你猜是什么人？"

鹰央突然皮笑肉不笑地把问题抛给了我。

"啊？嗯……警察？"

我迟疑着回答。鹰央的眼神闪过一丝寒光。

"你说什么？"

"我说……警察不是抓犯人的吗？"

"那是因为他们拿到了法院下发的逮捕令，从根本上来说还是要经过法官的同意。如果是现行犯的话警察确实可以直接进行逮捕，但是他们在拘留犯人之前还是要拿到法院的许可。你回去就把《六法全书》从头看一遍。"

"可我、我本来也没有《六法全书》啊……"

"我借你，下周之前你给我全部背下来。"

"你这也太为难人了！"

"为难也给我背！虽然'学医'不需要懂法，但'行医'必须懂。好好背，我下周检查。"

"到时候再说吧。你刚刚说还有一类人有限制他人人身自由的权利？"

我连忙扯回话题。鹰央冷哼一声："你觉得我特意把墨田找来是为了什么？"

"额，为什么……"我看了看稍远处站着的墨田。

"因为她和我们不一样，她是有资格的。"

墨田指了指自己："我吗？"

"什么资格？限制他人自由的资格？"

鹰央对我的提问点头表示肯定：

"是的，除了法官，拥有这一资格的就只有精神保健指定医生[1]了。《精神保健福利法》第二十九条规定，'确诊为患有精神障碍，且若不使其住院即有因精神障碍而自伤或伤及他人之虞的患者'，可以强制其住院治疗。只要有两位精神保健指定大夫做出这一诊断，就可以进行入院处置，也就是强制患者住院治疗了。我说的没错吧？"

突然被问到的墨田表情一僵，说："等一下，你该不会是想对他进行入院处置吧？我的确是有精神保健指定医生资格证，但是入院处置一般只针对产生妄想或幻觉、大脑陷入混乱，有自伤或伤及他人危险的患者……再说了，这里只有我一个指定医生，虽然相关制度也确实允许根据一名医生的判断进行紧急住院治疗，但是他现在的情况也并不适用……"

"我也没打算对他进行入院处置，我们有其他办法能让他强制住院。"

鹰央抬头看向墨田。

"……医疗保护入院。"墨田若有所思地低语。

鹰央拍了拍手："没错。"

"根据《精神保健福利法》第三十三条规定，只要一名精神保健指定医生认为有必要对患者进行医疗保护入院并取得其家属同意，就能实施强制住院。"

鹰央顿了顿，向依旧坐在地上的道子问："你同意吗？"

"同意！我当然同意！"

"成了，家属同意了。接下来只要你这个精神保健指定医生允许，我们就可以合法地让这个男人到咱们医院住院治疗了，你就同意吧。"

---

1 可以强制患者住院治疗、一定程度上限制患者行动的精神科大夫。需要具有较为丰富的精神科临床经验，同时参加法律培训等相关学习后，由日本厚生劳动大臣进行指定。——译者注

鹰央对墨田步步紧逼。

"可，可是医疗保护入院是针对由于精神疾病而基本失去判断能力的患者啊。现在的情况……"

"他得的可是隐球菌引起的脑膜炎。"

鹰央指着倒在地上的碇。他眼神呆滞，明显处在神志不清的边缘。

"隐球菌性脑膜炎也会导致昏迷、性格大变等精神症状，明显和这个男人的情况吻合。换句话说，他现在就是患有广义上的精神疾病且拒绝住院治疗，且完全可以成为医疗保护入院的对象。"

"……你确定这个诊断没错吗？"

"我刚刚已经到他调查过的洞窟里去采了样，在所有样本中都发现了隐球菌的存在。症状也完全吻合，肯定没错。你不相信的话，包里有显微镜，你自己看。"

墨田瞥了一眼走廊上的双肩包，挠了挠头："我可不找这麻烦。"

"等等，你看一下显微镜就知道了，真的是隐球菌引起的。"

鹰央的声音里透出一丝急切。

"我不知道，"墨田拢了拢头发，"不是所有人都和你一样上知天文下知地理的。我是精神科大夫，从学生时代的病理学课程结束之后，我就再也没碰过显微镜这玩意儿了，更别提用它判断病原体是什么了。"

"可是……"

还没等鹰央做出反驳，墨田就伸出手来打断了她："我真的看不惯你。"

鹰央的脸颊微微抽动了一下。

"完全不懂得察言观色，还目无尊长，自说自话地对其他科室的诊断和治疗指手画脚。还有今天，哪个正常人会大半夜咣咣咣咣敲别人家门？"

墨田将积压已久的不满一口气吐了出来。

"那个，其实吧……"

我刚想帮着劝两句，就被墨田一句"你给我一边儿安静待着去"给挡了回来。

"……我懂了，那我去找其他精神保健指定医生。"鹰央咬咬唇，低下了头。

"等等，我话还没说完呢。"墨田长叹了口气，又挠了挠头，"我确实很讨厌你，但是这不影响我对你诊断能力的认可。"

鹰央抬起头，惊讶地"欸"了一声。

"我说，虽然我很讨厌你，但你的确是一个非常优秀的大夫，我不会蠢到要去否认这个事实。"

"你的意思是？"

鹰央绞尽脑汁，还是猜不出墨田的话外之意。

"所以既然是你做的诊断，那我就不需要看显微镜了。我相信他确实是得了隐球菌导致的脑膜炎，还有他是因为精神症状才拒绝住院治疗的。但我还要确认一件事，天久大夫。"

墨田语气中的郑重让鹰央端正了姿势。

"你是作为一名外科医生，判断这个人必须要住院接受治疗的对吗？"

"嗯，当然。治疗拖得越晚，他的生存概率就越低，所以我们必须争分夺秒把他送往医院。"

"我明白了。"墨田长出了一口气，"作为精神保健指定医生，我认为这名患者需要马上住院，加上患者家属的同意，他现在满足医疗保护入院的条件了。"

得到墨田的认证，鹰央表情瞬间明朗起来。

"小鸟，马上叫救护车。还有联系咱们医院急诊和内科的值班大夫，通知他们现在要送去一名真菌性脑膜炎的重症患者。"

"好的，明白。"

我迅速从口袋里掏出手机。倒在地上的碇也许还没意识到现在的情况，所以没有做出反驳，只是嘟嘟囔囔地说着胡话。

"救护车说马上就来，急诊那边也做好接收准备了。"

我和鹰央汇报联络结果，她却走近了我，得意地挺直腰杆说："看吧，我就说行医要懂法吧。"

"我这几天就去书店买《六法全书》……"

第二章

红莲咒术师

Spontaneous human Combustion

1

"……好，我知道了。"

我小声回复后，放下了内线电话的听筒。

"碰的事情？"

鹰央坐在沙发上询问。我点了点头说："对。"

现在是周五傍晚，距离我们取得墨田同意并对碰实施医疗保护入院已经过去了两周，我又来到了鹰央建在天医会综合医院楼顶上的"家"里。这栋兼做综合诊断部办公室的房子由红砖建成，从外观上看别具一格，像是欧洲童话里会出现的建筑。但里面却是经常不见天日，再加上鹰央藏书甚多，堆得房间里到处都是，种出了一片"书的森林"，所以这儿总给人一种阴森诡异（从某种意义上来说这也很欧洲童话风）的感觉。

上上周，碰被紧急送到天医会综合医院，注射镇静剂后接受了脑脊液检查。结果发现所采样本中含有大量隐球菌，也证明了鹰央的诊断是完全正确的。

碰入院后住在精神科的封闭式病房，由墨田和另一位传染病内科大夫负责治疗，开始服用大剂量的抗真菌药物。同时，我们也和室田取得了联络，通知他很有可能是患上了真菌感染引起的肺炎，让他尽快到医院做检查。听说他后来住院治疗并服用抗真菌药物之后，呼吸功能得到了明显改善，昨天就出院了。

但是，碰的病情却没有像室田一样有所好转。他体内的隐球菌已经通过脑脊液，顺着血液流向了身上的各个脏器，抗真菌药物也没能控制住其病情发展。

四天前，碰由于真菌性肺炎病情加重，转为使用人工呼吸仪器。更糟糕的是，他的肾脏、肝脏以及心脏功能都明显变差，现在患上了真菌感染引起的多脏器功能衰竭。

"……怎么说？"

鹰央声音沉郁。一丝傍晚的阳光透过窗帘的缝隙，映照着昏暗的房间，也让鹰央的表情直接暴露在了光线下。她在害怕。

"心率持续下降。"

"哦……"鹰央喃喃道，紧咬薄唇。

临终患者的心率下降，相当于死亡的预兆。昭示着他一直拼命跳动、保证血液流动的心脏迎来了极限。再下一步，就是血液减缓流动，全身脏器走向衰竭，随即便是心脏停止工作。

"我准备现在去一趟碰的病房，你要一起吗？"

我们综合诊断部并未参与碰的治疗，但毕竟是我们对他做出了诊断，将他送进了医院。我想去送他最后一程，哪怕只有我一个人。

鹰央的表情有些踌躇。平时她都会避免出现在这种场合，因为她知道自己不懂察言观色，所以生怕自己在这种庄重严肃的场合下做出一些不合时宜的举动，伤害患者家属。

"你别勉强自己。"

看着鹰央痛苦挣扎的样子，我慌忙安慰道。

"……不，我去。诊断是我下的，我有义务去看他最后一眼。你说是吧？"

鹰央站起身来，拿起搭在沙发靠背上的白大褂，套在了平时穿的浅绿色手术服外面。

"是的，没错。"

我不由地露出一个微笑。如果是十个月前的鹰央，就算明白这个道理，肯定也会因为内心的恐惧而无法迈出这一步的，但现在的她不一样了。

鹰央在门前停下了脚步。"小鸟，"她抬起一双大眼睛看向我，"我要是有什么做得不合适的，你记得阻止我啊。"

"好，没问题。"

我一边开门一边重重地点头。

我们离开楼顶上的"家"，出发去八楼，碇所在的内科病房。由于肺炎病情，碇需要使用人工呼吸仪器，同时还要有人二十四小时重点监测身体状况，所以他从精神科的封闭式病房转入了内科的单人病房。

我们敲了敲门，然后进入房间。十几平方的病房里此时已经聚集着几个人。碇所躺的病床旁，是他的妻子——道子，她泪眼蒙眬地站在床边，不停摩挲着丈夫的手。旁边是一个三十岁左右的男人，从年龄上看应该是他们的儿子。他们身后，是满脸严肃的传染病内科主治医生，正随时准备着应对紧急状况。

墨田和小葵站在门边。小葵看到我们后用眼神示意了一下，我也和她打了个招呼："辛苦了。"

她那天和我们一起进炎藏墓的时候，还是一副活力四射的样子，可今天的她却判若两人，看起来十分虚弱。毕竟自己敬爱的老师处在生命垂危之际，这也是人之常情。

我望向床边的监护仪，心率已经不到每分钟四十次了，他的所有脏器应该都进入了缺氧状态。

"嗯？你怎么在这儿？"鹰央眨眨眼，询问墨田。

"我怎么在这儿？当然是因为我是主治医生了。"

"之前，他不是住院之后马上就进入昏迷状态了吗？你应该没怎么参与治疗吧，也就一开始同意了医疗保护入院而已……"

眼看着鹰央又要出言不逊，我连忙用手肘顶了顶她。"干吗？"她瞪大双眼问我。

不是你说让我看着你，阻止你胡说八道的嘛……

我无奈地指了指监护仪，心率已经跌下至每分钟三十次了。鹰央的表情马上严肃起来。

房间里的氛围十分沉重，所有人都沉默地等待着"那一刻"的到来。

几分钟后，监护仪上的心电图归为一条直线。"哔——"，冷漠的电子音在空气中回荡。道子紧紧拽着丈夫的身体，痛哭流涕。

主治医生关闭了监护仪电源和人工呼吸机，碇原本规律地上下起伏的胸膛慢慢趋于平静。

道子的情绪稍微稳定一些之后，主治医生开始进行死亡确认。他用医用手电和听诊器，确定碇的瞳孔对光反射消失，呼吸和心跳也都停止了。于是他低下头，庄重地宣布："患者已经去世。"

我和墨田也跟着低下了头，鹰央看到之后也慌忙跟着一起低头。

"接下来，我们会拔掉病人身上的管子，清洁遗体，然后留给家属们一些时间和病人做最后的告别。现在先请各位移步到谈话室稍做等待。"

听完主治医生的话，碇的儿子点了点头，回道："我知道了。"然后他便单手扶着母亲的后背走向门外，不知道是不是因为腿上使不上力气，道子的身体突然摇晃了一下，小葵连忙冲上去撑住了她。

道子在儿子和小葵两个人的搀扶下勉强地迈着步子。经过我们面前的时候，她有点惊讶地抬起了头，像是根本没有注意到我们什么时候来的。

"节哀顺变。"我沉重地表达了哀悼之情。

"谢谢你们，在我老公生前帮过他……天久大夫，请把头抬起来吧。"

道子的声音里有些困惑，我这才发现，原来鹰央还保持着头埋在胸前的状态，连头顶的发旋都看得一清二楚。大概是因为不知道什么时候可以抬头，所以一直没敢动吧。

"鹰央大夫，现在可以把头抬起来了。"

我在她耳边小声说道。她小心翼翼地抬起头来，刚好和面前站着的道子四目相对。紧接着，她的身体明显地抖了一下。

"那个……我……节、节哀顺变。"

鹰央紧张地连话都说不清了，扭头递给我一个求助的眼神。正当我准备伸出援手的时候，道子抢先一步开口道谢：

"您和各位大夫已经帮了我们很多了，谢谢。"

"没有，其实到最后我也没有帮上什么……"

鹰央的眼神有些闪躲。道子摇了摇头："怎么会，是您帮忙找到了我老公生病的原因，也是您找来了墨田大夫才能让他入院治疗的。要不是您，我们可能都没办法陪他走完最后一程，真的非常感谢。"

说完后，道子又一次低下了头，在儿子和小葵的陪伴下走出了病房。紧接着，护士们进来拔掉了碇身上插着的管子，开始认真清理遗体。

"鹰央大夫，我们回去吧。"

听到我的话，鹰央紧抿着嘴唇，微微点了点头。

回到鹰央楼顶上的"家"已经三十多分钟了，现在时间是晚上八点。

虽然手头上没有什么工作了，但我还是没敢回去。我偷偷地瞄了眼坐在沙发上的鹰央，她就这样像雕塑似的一动不动，盯着眼前的"书树"呆坐了三十分钟，我实在是不放心她一个人待着。

亲眼看到碇的离世，让她思绪万千吧。可是她这么一副郁郁寡欢的样子，又让我找不到开口的时机。

"……小鸟。"

她的声音穿破了被黑暗笼罩的房间，声音小到我差点没听到。

"在呢，怎么了？"

"他还是走了……虽然我的诊断没错，但还是没有救活他……"

"这也没有办法，做医生的，不管再怎么拼命也不可能保证救回每一个患者啊。"

"我真的拼命了吗？"鹰央抬头望着天花板。

"你这是什么话，你已经做了你能做的一切了。不但解开了'阴阳师诅咒'之谜，还成功地让碇入院接受了治疗，你做得很棒了。"

"其实我第一次去碇家里的时候，就想到了他可能是真菌性脑膜炎。不管是从室田的描述，还是从他本人的症状来看。我也明白，如果我的猜想是正确的，那么只有让他马上接受治疗才能救活他。"

原来在我还为所谓的"阴阳师诅咒"而惴惴不安的时候，她就已经发现真相了，我暗自为她一如既往的高超诊断能力而咂舌。"所以你那天才要去炎藏墓确认隐球菌的存在，还大半夜把墨田大夫叫醒，通过她让碇医疗保护入院的吧。在那之前，你确实没办法把碇送来医院接受治疗。"

"真的吗？"

鹰央望向我的眼神像是溺水的人想要抓住最后一根浮木一般，她的瞳孔在昏暗的房间中反射着柔和的光。

"我是不是应该在第一次去碇家里的时候，就强行把他带到医院啊？"

"可那样做是违法的……"

"话是这么说，可那也是为了挽救患者的生命啊，我不该考虑那么多的。如果当时我能让他入院接受治疗，说不定他就不会死了。都怪我，是我只想着明哲保身才害死了他……"

眼看着鹰央的情绪越发激动，我连忙伸手阻止了她继续说下去。

"鹰央大夫你听我说，你什么都没有做错，任何事物都是建立在一定规则之上的，这些规则就是为了阻止少数人因为自己的价值观和正义感而失去控制，你已经在现有的规则之下做到最好了。"

"可碇还是没有活下来……"

"我也很遗憾，但我们的医疗手段并不是完美的，也救不了所有人，之前健太不也是这样吗。"

健太是几个月前因白血病不幸逝世的一个男孩。听到他的名字，鹰央的嘴唇抿成了一条直线。

"我们第一次到碇家里的时候，他的脑脊液、甚至全身的脏器就已经被真菌感染了，说实话，那个时候就已经来不及了。就算我们能让他早几个小时接受治疗，也很难保住他的命。"

其实这些道理鹰央远比我更清楚，毕竟她的诊断能力高出我好大一截。可是她人太单纯，即便懂得这些道理也难免还会责怪自己。

"那就是说，我所做的一切都是白费力气了……"

她无力地垂下了头。我从椅子上站了起来，穿过林立的"书树"走近沙发，将手搭在了她纤弱的肩膀上。

"怎么能这样说呢，你所做的一切当然不是白费力气。如果没有你，碇就会窝在自己那个小房间里，依旧精神错乱，最后还要一个人孤独地离开这个世界。都是因为你的努力，他才在家人的陪伴下度过了最后的时光。"

"你真的这么觉得吗？"

鹰央抬起头看向我。我用力点头，说："当然了，道子夫人也是因为这个才特意感谢你的啊。而且室田先生的肺炎之所以能痊愈，也是因为你发现了隐球菌才是真正的病因，所以你所做的怎么会是白费力气？"

鹰央僵硬的表情终于放松了一些，她略显疲倦地抓了抓头发。

"做医生的好像总会觉得事不如人意啊。"

"的确。我们能做的也只有调整心态，让自己接受这件事，然后尽力去挽救每一位患者了。"

"没想到你也能说出这么有道理的话。"

"……什么叫'我也能啊'？话说'阴阳师诅咒'这个案子应该算是告一段落了吧。"

"嗯，是啊。"

鹰央虽然微笑着，但表情中却又隐藏着一丝悲伤。一束微光映照在她的侧脸上，像火焰一样不停摇曳、跳跃着。

2

夜晚，小雨淅淅沥沥地飘着，铺着石板地的院子里立着一座白色的帐篷，里面是一个记账台，也是我正要走去的地方。

碰去世的两天后。周日晚上，我来到了西东京市的殡仪馆参加碰的守灵仪式。因为太久没有穿正装了，所以今天这身正式的丧服让我觉得有些憋屈，于是我抬手松了松脖子上的领带。

其实作为医生，一般是不会参加患者的守灵仪式和葬礼的。但是碰对我们来说，并不是一名普通的患者。当初是我们不由分说闯到他家里，强行进行诊断、又强制让他入院的。所以我觉得还是要破例参加一下，哪怕只有我一个人做代表也好。

我没有告诉鹰央。她对于人群有近乎病态的不适应，而且听觉远超常人，让这样的人来参加葬礼说不定会引起她精神恐慌。虽然只是守灵，但对她来说还是负担太大了。

对于来吊唁的其他人来说，我只是个局外人。所以为了避免打扰他们，我特意提前算好，挑了守灵快结束的时间才来，因此也没看到有其他吊唁者到登记处签名。

我把伞收好，走向接待处。记账台对面的女人发出了"哎呀"一声。我定睛一看，原来是小葵。她身着一套黑色正装，显得很沉静，和穿休闲服的时候判若两人。

"小鸟游，你来啦。"

小葵脸上浮现出一丝微笑。当时我们一起去炎藏墓的时候，她就表现得活力四射、魅力十足，没想到今天一身正装居然也这么娇艳动人，看得我两颊微微发热。

"你是来帮忙的？"

我从内兜里掏出礼金，小葵礼貌地接过。

"对，我们研究室的人都来帮忙了……碰老师生前一直很关照我们。"

小葵微笑着，语气中充满怀念，想必是回忆起了陪伴在恩师身边的日子。

"啊，抱歉，我一不小心就只顾自己发呆了，麻烦你在礼单上签个名吧。"

小葵端正了坐姿，催我签名，我将笔拿在手中。

"我本来想带鹰央一起来的，但是她那个人不太适应这样的场合……"

"没关系，你能来我已经很高兴了。等忙完这段时间，我就去你们医院找鹰央，和她当面道谢，方便吗？"

"啊，当然可以，随时欢迎。"

我的声音里是压抑不住的开心。

"好期待啊，那我去之前联系……"

小葵的表情突然僵住了。我不明所以地回头一看，也不禁发出一声低呼。刚刚走进院子的居然是芦屋雄太，就是我们调查炎藏墓时，和小葵起过冲突的那个人。他上身穿着件骷髅图案 T 恤，外搭一件皮夹克，怎么看也不像是来守灵的打扮。他没有打伞，冒着雨，大摇大摆地走了过来。

"哟，好久不见。"雄太一把把我推开，将胳膊撑在记账台上。

"……你来干什么？"小葵语气僵硬。

"这不是明摆着嘛。我可是听说今天要守灵，才特意驱车赶来，和那位教授道别的。"

雄太笑容轻浮，小葵脸色紧绷。

"开什么玩笑！"

"我没有开玩笑啊，我只是想告诉他一句话。他之所以走到今天这步，就是因为当初不听我的警告，所以被炎藏诅咒了，这一切都是他自作自受罢了，蠢货。"

雄太略显不屑地冷哼道。小葵急得脸色涨红："这可不是什么诅咒。"

眼看他们俩就要吵起来，我连忙挤到了两人中间。

"……就是你和那个女的一起进的炎藏墓对吧？"

"对，没错。我们调查过炎藏墓后发现，碇先生和室田先生之所以生病，是因为墓葬中大量漂浮着一种霉菌。"

"霉菌？"雄太抬头反问道。

"对，一些免疫力较差的人群一旦感染这种霉菌就会引起重病，这就是所谓的'阴阳师诅咒'。"

听完我的解释后，雄太目不转睛地盯了我一会儿，然后轻笑一声。

"你啊，什么都不知道，炎藏的诅咒可没有那么简单。"

"可这是我们调查之后得出的结论。"

"之前还有一个掘了炎藏墓的人是被烧死的吧？那又是怎么回事呢，难道也是因为你所谓的霉菌不成？"

雄太歪着脖子，仰头看我。

"那个只是单纯的意外……"

"意外？你错了。那才是炎藏的诅咒。你应该也听说过被他诅咒的人会是什么下场，他们最后都是忍受着无尽痛苦被火烧死的。"

雄太抬高声音，嘲讽般地说道。然后他又露出一副小人得志的笑容看着小葵："只不过你那位老师，在被火烧之前先没命了而已。"

小葵眉间紧皱。

"请你马上离开这里。"

"你们跑到我家来的时候，我也是这么说的，可你们不还是不顾我的阻拦闯进去了。"

"我们是在得到负责人——你母亲的许可之后才去调查炎藏墓的。"

"哦，负责人……"

雄太歪着唇，斜眼看着殡仪馆内即将举行守灵仪式的建筑。

"那我也去见见这次守灵的负责人——丧主，看看他们让不让我进去好了，我还得和你老师说句'活该'呢。"

眼看雄太就要走向会场，小葵慌忙出声阻拦："等等。"但雄太并没有停下脚步。

真是的……我叹了口气，闪身绕到了雄太面前。

"……干吗？"雄太依然歪嘴笑着。

"适可而止吧，对死者要有最基本的尊重。"

"对死者的尊重？你们这些掘了炎藏墓的罪魁祸首有什么脸说这句话？"

嗯……确实，我甚至还用手术刀刮取了炎藏的皮肤组织……

被说中痛处，我只好尴尬地挠了挠太阳穴。"滚开！"雄太抬起拳头挥向我，可惜他这拳准备动作太大，速度不够。虽然最近一度疏于练习，但毕竟我学医六年期间都混迹在空手道部，自然不会被这种小儿科的直拳打到。

我下意识地使出了空手道的基本功——回转格挡，将迎面而来的攻击化为无形。被虚晃一招的雄太失去平衡，伸手抓住了我的腰。我又照他的脖子来了一记点到即止的手刀，他"嘶"地发出一声呻吟，直接坐到了地上。

"今天可以请你先回去吗？"

我紧握拳头，摆出一副随时要出拳攻击的架势，尝试说服（其实是威胁）他。十几秒之后，嘴歪得像是牙齿都没了一样的雄太才站了起来，逃跑似的离开。

"感谢理解。"

我冲着他的背影喊了一句。雄太回过头来，一双燃烧着厌恶之火的眼睛怒瞪着我。

"你绝对会被炎藏诅咒而死的，绝对！到时候你可别后悔！"

雄太煞有介事地恐吓一声，便仓皇离去了。

不是都说了没有什么"诅咒"吗？我还没从这件事中缓过神来，突然，小葵从记账台对面绕了过来，握住了我的手。她手心的柔弱让我心跳加速。

"谢谢，多亏有你在。"

"啊，没什么……"

"你真的好厉害，刚刚特别帅，搞得我都心动了一下呢。"

看着她恶作剧一般媚光流转的双眼，我的心跳愈加强烈。就在这个时候，一个让我有些眼熟的年轻男人走进了院子，他就是翠明大学日本史学院的助教——加贺谷正志，我们第一次去室田家询问的时候他也在场。

"啊，仓本老师，小鸟游大夫，晚上好。那个，刚刚出去的那个男人，该不会是芦屋家那个……"

"没错，是芦屋雄太。他莫名其妙跑到守灵仪式来，多亏小鸟游把他赶出去了。"

小葵松开了我的手，加贺谷呆呆地说了句"哦……"。

"你也是来守灵的吧，来这边签下礼单。"

小葵领着加贺谷去了记账台。可惜了刚刚场景中的粉红泡泡，我苦笑着作罢。

加贺谷签好礼单后，我和他一起走向了守灵仪式的会场。穿过大门，映入眼帘的是会场内木制的墙壁，耳畔响起的是虔诚的诵经声。仪式已经走向尾声，所以场内的四十张椅子里只有零星的几张还坐着前来吊唁的客人。大门正对面摆着灵柩，家属席上是泪流满面的碇道子和她的儿子。

我和加贺谷坐在了后排，我一边等待上香一边观察着来吊唁的客人。他们的表情中都充满深切的哀悼，看得出碇生前是个很有名望的人物。

如果当时我们能把他救回来……一想到这里浑身就被无力感所侵蚀。我小声问加贺谷："那个，室田先生的身体怎么样了？"

我只听说室田在接受了真菌性肺炎对症治疗后顺利出院了，但具体的情况不大清楚。

"之前呼吸困难的症状消失了，他还挺高兴的，而且现在也不用吸氧了。"

"那太好了。"

我摸了摸心脏。虽然没有救回碇，但鹰央解开的"诅咒"真相，至少挽救了室田的生命，这让我很高兴。

"身体状况倒也说不上是完美，不过他本来也是大病初愈，之前也一直有慢性病缠身，所以也算正常。不管怎么说，比一开始和你们见面的时候可是精神多了，现在也能正常来研究室了。"

"那室田先生今天也会来吊唁吗？还是明天直接参加葬礼？"

"不会……教授他今天明天都不来。"加贺谷的表情顿了一下。

"欸？他身体不是好多了吗？"

"是的，所以他现在已经去冲绳了。"

"啊？"

我不小心惊叫出声，惹得前排吊唁的客人回过头来，眼神中充满指责。我连忙缩了缩脖子低下了头，转向加贺谷。

"去冲绳？"

"从今天开始，有学术会议要在冲绳那边的度假村举办。这是之前就确定要参加的，所以教授今天早上就过去了，去三天两晚。"

"可是以现在的身体状况，不能保证万无一失吧，怎么能就这么去冲绳……"

"教授说他的女儿春香小姐会陪他一起去，不会出问题。还说会议也是在宾馆内开的小型会议，负担不大。"

听加贺谷这个说法，比起会议，去度假村才是室田的主要目的吧。

"但是，碇先生是他的合作研究者吧。"

我的语气中不由自主地带上了一丝责难。

加贺谷只回了句"确实……"，然后就略显歉意地垂下了视线。就在我还沉浸在室田的无情中时，已经轮到了我们上香。我顺着通道走向正前方，和家属席上的道子鞠躬致意。

"节哀顺变。"

"小鸟游大夫，谢谢您特意过来，也谢谢您对我们家那位的照应。"

道子泪眼婆娑，但语气中却充满坚强。我又鞠了一躬，然后走到灵柩前，透过上面小小的窗户能看到碇的遗容。他的表情十分安详，仿佛只是睡着了。

抱歉，是我们能力不足，我在心里说道。上香的时候，我隐约听到了一阵细微而有规律的滴答声。

表？我看了看腕上的手表，不对，声音很明显是从灵柩那边传来的。我稍微探出些身子，再一次仔细观察着那具灵柩，但除了透过小窗的碇的遗容外，我一无所获。

是错觉吗？我这么想着，上完了香准备离开。

就在这时，一阵巨大的爆炸声响彻了整个会场。我当时还不知道发生了什么，只是茫然地看到面前灵柩的盖子瞬间飞起，直冲向房顶。

然后，我面前出现了一束火光。

通红的火焰自灵柩而生，一直向上触到了天花板。热气席卷了我的全身，我条件反射地单手挡脸，向后退去，脑海里不断思索着眼前的一切究竟是如何发生的。

"着、着火了！快跑！"

身后传来了某个吊唁者的呼喊，随之而来的就是阵阵哀号和椅子在慌乱中被推倒的声音，会场里的所有人都一口气冲向了后方的出口。

还好这个时候吊唁的人不多，才没有发生踩踏事故。就连刚刚还在我旁边诵经的主持，都连滚带爬地逃向出口。

我也得跑。脑海里刚出现这个念头，就听到了响亮的警报声，楼顶上的自动喷水系统开始喷水。但水量远不足以对抗汹涌的火势，火焰已经一路烧到了楼顶，浓烟充斥着整个会场。

"妈，快跑啊！"

我顺着声音传来的方向看去，碰的儿子正拼命劝说自己的母亲从座位上起来，刚刚排在我后面上香的加贺谷也在帮忙。我俯下身子，一边努力避开浓烟，一边朝着他们走了过去。

"那边有安全出口，我们从那儿出去。"

我靠近他们三人，指了指旁边的安全门。可是道子依然坐在地上，手伸向灵柩的方向。

"他、他还在被烧……"

我回头一看，熊熊燃烧的火焰中，浮现出一个黑色的人影，应该是碰的遗体。

"炎藏的……诅咒……"加贺谷喃喃道。

他破碎的声音在我脑中无限放大——

3

"我找到传呼机了！"

碰守灵仪式的第二天，也就是周一下午不到五点，我打开了鹰央的"家"门，正横躺在沙发上看杂志的鹰央看了我一眼。房间里略有些昏暗，我仔细一看，她手里的杂志标题居然是《美少女 FIGURE 的世界》，这家伙又在看些不知所谓的东西……

"那个很重要的，你好好保管，可别弄丢了啊。"

鹰央语带不满。

"我平时都好好拴在钥匙扣上的啊，什么时候掉的呢……"

今天下午我在病房巡视的时候，鹰央找了过来，一脸不爽地质问我："为什么不回我传呼机的消息啊？"我这才发现传呼机不在身上。就在我发愁不知道把它丢到哪里的时候，一楼的综合接待处几分钟前打来了内线电话，说"小鸟游大夫的传呼机已经送到我们这里了"，于是我刚刚去把传呼机拿了回来。

"你有把传呼机带到医院外面吗？它只能在医院里用，你就放到桌子上吧，要是丢到外面了可找不回来。"

"可是专门放到一个地方也很麻烦……话说我们医院什么时候能换成小灵通啊，那个能直接通话，多方便啊。"

听说这家医院——天医会综合医院，之所以到现在还用着传呼机这种老古董，都是因为医院某位领导强烈反对引入小灵通。

"不要，用传呼机也能根据自己情况回电话啊。"

鹰央闪躲着视线，看来真的是这个人在反对。

正当我惊讶的时候，敲门声响了起来，随即玄关门被猛地打开，一个身材高大的男人走了进来。

"抱歉，打扰了，不过你这房间还是一如既往的让人不舒服呢。"

来者是田无警署刑事科的成濑警官，他的表情是一贯的扑克脸。

"哟，来啦。"

鹰央把《美少女 FIGURE 的世界》放到一旁，冲他招了招手。

"我也不想来。我今天明明没事找你，你干吗非把我叫来？"

"你不是有话问小鸟嘛，要盘问我的下属，怎么能没有我这个领导在场呢。再说了，我还免费给你提供了个问话的场地，你该感谢我才是。"

鹰央扬起了唇角。

昨天殡仪馆发生的火灾在十几分钟后就被消防队扑灭了，现场有一部分人稍微吸入了些浓烟，不过并没有造成人员重伤，火灾也只烧毁了会场的一部分。不过起火的灵柩却被烧了个一干二净，碇的遗体也只剩下了一堆黑骨。

消防队员和之后赶来的刑警向我和其他守灵的人询问了很多情况，问话一直持续到半夜，最后记下了我们的联络方式之后才终于放我们离开。

今天我和鹰央说起守灵时发生的事时，她先是露出了惊讶的表情，然后以前所未有的认真态度仔细听了起来。可是听完之后她也没有对这件事做出什么特别的评价，只是小声嘟囔了一句"这样啊……"。

这次她怎么没有急着去调查呢？要是平时，她肯定早就打定主意、摆好架势要揭露案件真相了。我压抑着心里的疑问，午休的时候和鹰央一起在这个"家"里吃了午饭。吃饭时成濑给我打来电话，说："可以问你几个关于昨天火灾的问题吗？"鹰央在旁边用她那异于常人的耳朵把我和成濑的通话内容听了个一清二楚，然后转了转手里正在吃即食咖喱的勺子（托她的福，我的白大褂被沾上了咖喱，不得不拿去洗），兴奋地指挥我："让他晚上过来一趟！"

"成濑警官，你想问什么？我昨天已经和现场的刑警解释过一遍了。"

我问道。成濑小心翼翼地避开"书树"向我走来，然后坐在了单人沙发上，用探寻的眼光看向我。

"昨天刚灭完火比较慌张，只来得及和每个人问一下大致情况。综合昨天的问话结果，刚好是在你烧完香、站在灵柩前的时候起了火，所以我们有必要对你进行详细询问。我们科长又说我和你认识，就指名我来问话了。"

成濑摇了摇头，明显是在嫌弃这差事很麻烦。

"你们刑事科长听到我的名字就知道咱们认识了啊。"

"因为你的名字比较少见吧，而且去年你们还参与并引导我们解决过几个案子。天久大夫和小鸟游大夫二位的大名在我们刑事科，甚至整个警察局搜查一科都传遍了。"

成濑挖苦似的歪了歪嘴唇。"是吧是吧"，鹰央居然还一副很骄傲的样子挺起了小胸脯。照我看，就成濑这个态度来说，这大名怕也不是什么好名声。

"撇开鹰央大夫不谈，我就是个普通人，怎么会那么有名呢？"

听到我的反驳，成濑的眼睛一下子眯了起来。

"你难道自己没有感觉吗？对于自己是个危险人物这一点。"

"危、危险人物？！"

"小鸟游大夫，你知道自己曾经打击过多少罪犯吗？"

成濑冷冰冰的眼神让我一时语塞。确实，去年刚到这家医院工作时我就被卷进了一起案子，从那时抓到了袭击我的新宗教信徒之后，同样的混战场景就在不断上演。

"可那都是因为对方先动手了……不应该算正当防卫吗？"

"也对，确实是，不然你现在早就被抓了。"

我想象了一下自己两只手戴着手铐，腰上拴着绳子的样子，后背一阵发凉。

"总之，你们两个是我们警局的重点关注对象。哦对了，在我们刑事科，你们俩还有个组合名叫'双鹰'。"

"别随便给我们起名字！"

对于我愤怒的抗议，成濑只是挠了挠脖子，说："这也不是我起的。"

"反正事情就是这么个事情，我要和小鸟游大夫询问一下具体情况，首先是……"

"等一下。"

对于自己被视为危险人物（虽然本来就是这么回事）一事无动于衷、云淡风轻的鹰央打断了成濑。

"怎么了，天久大夫？我今天可不是来找你的。"

"等会儿还有一个人要来，等她来了你再开始吧。"

"还有一个人？"

成濑皱起眉头看向了我。可我也是刚知道这事，来的到底会是谁呢？

就在我暗自琢磨的时候，一阵敲门声响起。"喔，来了。"鹰央拍了下手，玄关门被慢慢打开。

"打扰了……好暗。欸？真的是这儿吗？"

来人大概是不大习惯屋里的昏暗，有些不知所措地伫立在原地。看清她的脸之后，我不仅发出了"啊"的一声。

"是这儿，进来吧。"

鹰央对来人，帝都大学日本史讲座副教授——仓本葵说道。

"啊，太好了，这屋子这么暗我还以为走错了呢。不过这个房间好厉害啊，怎么说呢……感觉像是'书的森林'。"

小葵一边饶有兴致地环视着整个房间一边走了进来。

"你怎么会在这里？"我呆呆地小声问道。

小葵冲我抬了抬手："啊，小鸟游先生，你好啊，鹰央叫我来我就来了。没想到真的是住在医院的楼顶上啊。"

小葵走近沙发，坐在了鹰央旁边的空位。

"天久大夫，这是？"

成濑有些诧异地问道。鹰央指了指小葵说："这位是仓本葵。"

"我不是问你她叫什么，我是问你为什么邀请这位小姐过来……我现在要对小鸟游大夫问话，可以让无关人员先行离开吗？"

"仓本可不是无关人员。"

"哎呀，鹰央你也太见外了。不用喊我姓的，直接叫名字就行，'小葵'，或者叫我'葵姐姐'也可以哦。"

鹰央歪了歪头道："你可不是我的姐姐。"

"我们可以继续了吗？什么叫她不是无关人员？"

成濑有些焦躁。可鹰央却发出撒娇的声音："小葵是帝都大学日本史学讲座的副教授，也就是说，她是跟着碇做研究的。还有守灵那天发生火灾的时候，她也在现场，负责接待。"

"……真的吗？"成濑探寻的目光望向了小葵。

"没错，碇老师生前很照顾我，所以守灵当晚我也去帮忙了。不过火灾当时我在外面做接待，所以没看到里面的情况。"

"这样啊，那确实不能算是无关人员了。不过天久大夫，您为什么要请这位……仓本小姐对吧，为什么要请她过来？"

"她当天在守灵现场帮忙，也就是说案件发生之前她就在，肯定了解很多信息。小鸟目击了火灾的发生，而小葵作为守灵的工作人员掌握着很多情况，同时和他们俩问话，才能找到线索，搞清楚到底发生了什么。"

鹰央摊了摊手。原来如此，难怪她到现在都没有问过我详细情况。

"也就是说，你是为了方便我问询才特意请来这位小姐的？没想到你还有这么会做事的时候，我们现在正好在分头对碇先生身边的人进行问询。

你这是因为之前给我们捅了太多篓子，所以表示一下歉意？"

成濑语带挖苦。鹰央歪了歪脖子："说什么呢，你也是来回答问题的。"

"回答问题？什么意思？"

"字面意思。你们警察那边应该也收集到了不少线索吧，也和我们分享一下呀。"

鹰央好像小恶魔一般，脸上充满坏笑。

"……怎么可能？我都说过多少次了，警方的调查线索是不能透露出去的。"

"哦哟哟哟，也不差这一次嘛。我们之前都不知道从警方收到多少消息了，你们不也因此抓了好几个嫌疑人，你也跟着沾了不少光吧。"

听到鹰央的揶揄，成濑的表情有些扭曲。

"我今天是来向小鸟游大夫问话的，不是来分享线索的。"

成濑语气急躁。鹰央抬头看着他，说道："有些事情不用你开口我们也明白。第一，警察那边基本断定这是个纵火案了对吧？"

"你怎么……"

成濑的表情警觉起来，我和小葵也吃了一惊。

"你今天特意来一趟就是最好的证据。一般在发生火灾并成功扑灭后，会有火灾调查员在警方在场的情况下，进行现场勘验。一旦发现是有人过失引起火灾或故意纵火，现场警察就会立刻展开调查。也就是说，你们刑警开始调查，间接说明了昨天的火灾并非'意外'而是'人为'。"

成濑没有开口，但他僵硬的表情诚实地告诉了我们鹰央的分析是对的。

"但是过失引起火灾也构成刑事案件啊，你怎么就能断定是故意纵火呢？"

面对我的疑问，鹰央竖起左手食指。

"如果是过失引起火灾的话，主要的调查对象应该是当时在火灾现场的人。比如，目睹了昨天起火瞬间的你，而不是碰周围的人。但是刚刚成濑说他们'也在对碰所在大学的相关人员进行询问'，所以很明显，这是一个故意纵火案，警察寻找的嫌疑人是一个有火烧遗体动机的人，我说的没错吧？"

成濑的表情有些慌张，看来是猜中了。

"还有你联系小鸟的时间，也能看出些事。一般晚上发生的火灾，都是在第二天上午进行现场勘验的，而你在今天午后联系小鸟，就说明你们已经找到证据证明火灾是由故意纵火引发的，并且开始了相关调查。结合小鸟说的他在着火前听到的钟表声，我想你们是在灵柩里发现了纵火的证据吧？"

成濑咬了咬后槽牙。鹰央得意扬扬地继续说道："从这些细节当中很容易就能推理出真相。你们警察总是收集一大堆消息却不知道怎么用，还不如把你知道的都告诉我，我可是一点儿都不会浪费的。"

鹰央语气越发不客气起来。成濑将视线从她身上移开，试图通过深呼吸来平复心情，但他脸上的红晕和额头上爆出的血管依然诉说着他的愤怒。

"小鸟游大夫，可以请你再和我描述一下火灾发生时的具体情况吗？"成濑不带感情地、机械地问道。他选择了无视鹰央，专注于从我这里收集信息。鹰央自觉无趣，轻哼了一声，将身体靠向了沙发靠背。

"要说具体情况，我在火灾发生之后就已经描述过一次了，再说一次也是一样的。就是我上完香之后，棺盖突然飞起，从灵柩里冒出一束火光。"

"那你当时听到的那个钟表声，其他吊唁的客人有听到的吗？"

鹰央插嘴问道。成濑显然是打定主意要装作听不到，再一次无视了她，继续问道："着火的时候，有没有人靠近灵柩，或者举动比较可疑？"

"没，我没注意到。"

听到我的回答，鹰央抱着胳膊点了点头。

"这样说来，可能是灵柩中早就放好了某种装置，能自动点火，可以通过定时或者遥控装置来控制。你们应该就是找到了这个装置的残骸，才断定是有人故意纵火的吧？"

"现在是我在提问！可以麻烦你安静一点吗？"

成濑的忍耐看来是达到了极限，他的语气变得粗鲁起来。不过看他这反应，估计鹰央的猜测没有错。

"……小鸟游大夫，着火之后发生了什么？"

成濑将手捂在胸口，又一次深呼吸，然后才继续向我提问。

"还能发生什么，当时整个会场都一片混乱。非要说发生什么的话，那就是来吊唁的客人都冲向了后门。"

"你当时在干什么？有参与灭火吗？"

"开什么玩笑，我本来只是去参与守灵的，结果突然眼前冒出一束火光，把我吓得整个大脑都空白了，哪还有心情去灭火。我当时和逝者家属一起，从旁边的安全出口逃走了。"

"这样啊……"成濑在取出的笔记本上进行记录。

"小鸟，守灵的时候，灵柩应该一直都放在会场正前方吧。那有没有可能，是有人趁着上香的时候，神不知鬼不觉地把点火装置放到灵柩里的呢？"

鹰央不厌其烦地插嘴提问。成濑停下了手中的笔记，狠狠瞪了鹰央一眼，但也没开口反驳，大概这个问题也是他想问的。

"不太可能，我不知道那个'自动点火装置'有多大，但是你说的那种情况应该不可能发生。现场一直有家属和前去吊唁的客人，全程都有人看着灵柩。而且灵柩上虽然有个小窗户可以看到碇先生的脸，但那是个嵌在棺盖上的亚克力板，所以如果要在灵柩内部动什么手脚的话，就必须要把棺盖整个掀开。当时现场那么多人，不太可能。"

"这么说来的话，就只有在守灵之前就设置好机关了……小葵。"

"怎么啦，鹰央？"突然被点名的小葵歪了歪脖子。

"守灵开始之前，有人看管灵柩吗？会不会有人能不动声色地做点小动作？"

"这个嘛……"小葵抬起纤细的手指抚着下巴，"我记得仪式开始前，灵柩是放在殡仪馆管理的房间里的。家属们有很多事情要商量，所以应该不会一直有人守着。"

"也就是说，有人可以偷偷潜入那个房间，安装自动点火装置了。"

"应该可以。不会有人想到灵柩会被动手脚，所以这个计划实施起来也不难。"

鹰央满意地说道："这样啊。"

"你是仓本小姐吧，我有几个问题想问你。"

不知道是不是因为被鹰央抢去了主动权而感到懊恼，成濑迅速接过话茬："如果有无关人员在守灵开始前混入了会场，会有人注意到吗？"

小葵又沉思了几秒，然后摇了摇头，道："很难。那个殡仪馆当时除了教授，同时还在举办其他人的葬礼。所以就算有生面孔出现，也只会被当作是其他葬礼的客人。"

"那请问，你知道有什么人对碇教授心怀怨恨吗？"

"这个……"

就在小葵刚要开口回答的时候，鹰央突然站了起来。

"没有，不知道！"

"……我问的不是你，是仓本小姐。"

"小葵她也不知道，对吧？"

鹰央猛地靠近小葵，把她吓了一跳。小葵也不知道是真的表示赞同，还是单纯被吓得失去了思考能力，挤出了一句："是、是的……"

"天久大夫……你在谋划些什么？"成濑沉下声问。

"谋划？什么意思？"

鹰央装傻道。可惜她的演技过于拙劣，在旁人看来简直是破绽百出。

"我问你到底想干什么？是要干扰调查吗？"

"所以你是在调查什么？你刚刚之所以问有没有人对碰心怀怨恨，就是承认了那场火灾是有人故意纵火对吧？"

"……我没这么说。"

成濑表情极为不快。鹰央却不管不顾，露出一抹冷笑。

"你看，你完全没有要透露给我们任何消息的意思。那你凭什么想从我们这里获得消息呢？这不公平。"

"这不是公不公平的问题！协助警方调查是公民义务。"

"我刚刚不都说了，只要你把消息告诉我，我就可以履行这个义务，把我的智商借给你们查案，后来不是你自己拒绝了嘛。所以现在你可以用你的消息换取我们的消息，我们互惠互利。"

"普通群众不要过多参与警方查案！你还要我说多少遍？！"

"我还想问你呢，要让我帮你破多少次案你才能明白，就算你们收集信息的能力再强，只要不会灵活应用，就远远比不上我。你要是想知道事情的真相，就把消息告诉我。"

看着成濑脸上的肌肉微微抽动，我忍不住单手捂住了脸。怎么有人会用这么居高临下的语气说服别人……虽然鹰央说的可能没错，但是这种说法很可能让成濑对我们产生抗拒。我们从去年开始和成濑打交道，好不容易才和他走近一点，这下全完了。

"没错，确实有几次是我束手无策才借用了你的一点力量。但这次纵火案不像之前充满灵异色彩的案子，我们一定会自己解决的！"

成濑十分激动，脱口而出这次案件是故意纵火，完全忘记了要保密。我听了他的话之后发现，原来警方以为这只是……

"原来警方以为这只是一次单纯的纵火案啊。"鹰央仿佛听到了我的心声，直接开口道。

成濑皱紧眉头："你这是什么意思？"

"碇的遗体被烧，可能只是一个大案子的其中一环，而且很巧的是，它就是你说的那种'充满灵异色彩的案子'。"

"……天久大夫，你到底知道些什么？"成濑低声问道。

穿着浅绿色手术服的鹰央挺了挺小胸脯答道："我知道的可多了去了，这次案子我掌握的消息比你们警方都多，现在的问题并不是遗体被烧那么简单，案件中很可能存在其他受害者……这是个杀人案。"

"杀人案？！"成濑惊呼道。

"是的，没错。很多被当成是意外处理的案子，其实也有可能是凶杀案哦。对吧，成濑。"

鹰央从沙发上站起来，走近成濑。

"这次案子你们还没有成立专案组吧？"

"……对，现场没有出现死者，受伤的几个也就是吸了点浓烟，还不至于到成立专案组的程度。"

"你们要是知道这个案子的全貌，就会发现成立专案组的必要性了。不过你要是和我合作的话，说不定就能以区区一个警署小刑警的身份解决这个惊天大案了。而且是在专案组成立之前，你说会不会立个大功呢？"

成濑的表情终于出现了一丝犹豫，这是今天的第一次。

"再说了，警方不是也经常会给媒体透露调查信息吗？然后再靠这个人情在查案时得到媒体的配合，我们也是一样啊。你只要告诉我我想知道的，那我就能回报给你价值远高于你给我的信息，这简直就是双赢啊。你还有什么好犹豫的，都说出来就轻松啦。"

成濑的脸有些扭曲。他肯定在心里做着激烈的思想斗争，到底是选择职业道德呢，还是选择立大功的机会。

"快说吧，说了我就把你想知道的都告诉你。"

鹰央在成濑耳边小声说道，那样子简直就像是逼迫别人出卖灵魂的魔鬼。十几秒后，成濑用力晃了晃头，仿佛要从脑海里甩去些什么。

"我说了，我今天不是来找你的！是来询问小鸟游大夫的！请你安静一点。"

"该死，明明差一点就上钩了……"

鹰央大声地咂了咂舌，说出口的依然是魔鬼的台词。

"那，小鸟游大夫，可以请你把你知道的消息都告诉我吗？"

成濑气息有些不稳，转头看向我。鹰央仿佛要专门阻挡他的视线一样，挤到了我俩中间。

"你不给我们消息，我们也不会给你的，赶紧走。"

"我在和小鸟游大夫说话！"成濑语气不善。

"小鸟是我的下属，没有我的允许，他什么都不会说的。"

"额，虽然我是你的下属但这个事情……"

我犹豫着想要纠正，却被鹰央回过头来瞪了一眼。

"你什么都不会说的，对吧？"

"……是，你说的没错。"

我低着头小声回答。我还要在鹰央手下学习内科知识、进行日常工作，甚至连奖金考核的权力都在她手里，我实在是没法反抗她。而且鹰央之前解决各种灵异案件的时候，我是亲眼见证了整个过程的，所以我也敢确定，把消息告诉她是揭露案件真相最好的办法。

还有就是，一旦惹毛了她，后果实在不堪设想……

"听懂了吗？我们没有其他话要和你说了。我们没有必要告诉你所有的消息，这是我们的自由。听懂了就赶快走。"

鹰央像赶苍蝇一样挥了挥手。虽然房间里光线昏暗，但我还是清楚地看到了成濑的脸被气得通红。他颇有气势地站了起来，大步走向玄关。

"等你改变主意了可以随时过来，我等你。"

成濑无视了鹰央的声音，无言地消失在房门外，门咣当一声被关上。

"鹰央，这样真的好吗？那个警察看起来气得不轻……"小葵有些担心地问道。

鹰央却毫不在意地摆了摆手："啊，不用管他，他就没有不生气的时候。"

那还不是因为你一直招惹他，我在心里暗自吐槽。

"不过是有点可惜，差一点我就能套到消息了。算了，以后还有机会，反正他还会来找我们问话的。"

"真的吗？"我想了想，"我们手里有但警方没有的消息，就是关于芦屋炎藏的事情了。可是只要他们去调查一下碰先生周围的人，不就知道了？"

"没错，但他们听到的顶多就是传闻而已。而我们可是直接进入了炎藏墓，还找出了碰和室田突然大病的原因，我们手上消息的重要性和可信度远远高于那些传闻。"

"有点道理。"

我点了点头。小葵单手撑着下巴，再次开口道："那个，鹰央你刚刚说'这可能是个杀人案'，是指翠明大学的内村副教授在自己家中烧死的案子吗？"

"没错，内村是第一批探查炎藏墓的人之一，他的死一直被当作是一场意外。但现在，同是探查组成员的碇，就连死后都被人把遗体烧了，那内村的案子就要重新考虑了。"

"……你是说内村副教授有可能是被人放火烧死的？"小葵努力压抑着自己的声音。

"不排除这种可能，但现有的信息还不足以构成证据链。"

"证据链？"我条件反射地追问。

"就像我刚才说的那样，所有火灾在大火扑灭后都会有专家到现场勘查，他们肯定会对纵火的可能性进行彻底排查，但最终警方还是判断为意外事故。从这一点上来说，至少可以确定，他们没有发现疑似纵火的痕迹。"

"你该不会要说，是'炎藏的诅咒'导致的火灾吧。"

踏足炎藏墓的人中，一个人被烧死，另一个人遗体起火。我脑海里又浮现出炎藏那具风干的遗体，背后阵阵发凉。

"要是真有诅咒存在，那还挺好玩的。"

"一点都不好玩！"

"不过……"鹰央挠了挠鼻尖，"给碇守灵那天你听到了钟表声，那就说明灵柩里有能点火的机关。所以这不可能是一千多年前就死去的阴阳师的诅咒，而是赤裸裸的人为'犯罪'。"

"犯罪……也就是说有嫌疑人的存在了。"

"至少碰这个案子是的。但仅凭我们手上现有的信息，完全无法判断是谁、出于什么目的这样做。"

"所以鹰央你刚刚想问那个警察的，就是守灵那天案子的详细经过？"

小葵也加入了提问。

"这是其中之一。还有点火装置到底是什么？相关人员提供了哪些证词等。不过比起这些，我最想问的还是内村那个案子。"

"可是那个警察没有说任何关于内村老师的事情啊，他应该不知道内村老师是被烧死的吧？"

小葵歪了歪脑袋。

"他只是现在不知道，但他是个刑警，他能查看那次案件的火灾调查报告书，也能知道内村死去时的现场状况和详细信息，这才是我想要的。他进过炎藏墓，最后被火烧死，但是当时的现场又几乎不可能有人纵火，我觉得这里面的玄机对我们来说是很重要的线索。"

鹰央又一脸为难地思索了几秒，然后说："算了，没关系。"

"什么没关系？你是说要把这次的案子全都交给警察？"

"说什么呢，怎么可能？我的意思是，反正成濑还会再来的，到时候我再从他那套点话，利用他的消息继续推测就好啦。"

"但他也可能会像今天一样什么都不说啊。"

"没事，"鹰央露出不怀好意的笑，"成濑都不知道有多少次违反警察的原则，给我们提供消息了。这种事情有一就有二，其实今天他也差一点就投降了。"

"确实是……"

"就很像那个，"鹰央竖起左手食指，"我们经常听到的，放火一次会紧张，两次三次不慌张，类似这种。"

提供消息和纵火还是不能相提并论的吧……

"总之呢，我们现在只要等待新消息就行，反正成濑这几天就会自己送上门来的。"

鹰央这种守株待兔的态度，让我不禁对成濑有些同情。我站了起来："那我们今天就到这里结束吧。"

"啊，也是，你可以回去了。"

鹰央就近开始在旁边的"书树"中，挑拣着现在要看的书。

"哎呀，我可是专门过来的，居然就这么结束了？要不我们一起去喝一杯？你们都还没吃晚饭吧？"

面对小葵的提议，鹰央眨了眨眼。

"我晚上一般都在这儿吃咖喱饭，而且我从来不在外面喝酒。"

鹰央是个不折不扣的爱酒人士，但她绝不会到店里喝酒。对于听觉过分敏锐的她来说，像居酒屋那样总有一群醉汉大声嚷嚷的地方是待不下去的。稍微安静一些的清吧上酒又太慢，满足不了鹰央的胃口。

"啊，原来你都是在这里喝的。不错啊，感觉很有气氛。那要不我现在去买点下酒菜回来，咱们一起喝点？"

小葵在丰腴的胸前拍了下手。

"那个……小葵，要不还是算了吧……鹰央她是真的很能喝……"

我不由得想起了过去无数个被灌醉，在厕所和坐便器一起聊天度过的深夜，简直是噩梦。

"欸？为什么？没关系的，你们可能看不出来，但其实我也挺能喝的。要不咱们比比？喝点酒还能忘记很多烦恼。"

小葵的语气很兴奋。但我总觉得她好像在勉强自己，应该是还没从碰的离世中完全走出来吧。酒精确实能暂时缓解低落的情绪，但和鹰央拼酒还是太危险了。

"虽然我也挺想喝的，但是……"

我本以为爱酒人士鹰央会兴高采烈地接受这个提议，没想到她居然含含糊糊地拒绝了。

"嗯？是今天不方便吗？"

"不是，是我姐，她让我这个月禁酒……"

鹰央缩了缩脖子。

我想起来了，上次真鹤小姐看到我被灌醉以后，狠批了鹰央一顿。我当时醉得厉害也没听清，难道真鹤小姐就是那个时候让鹰央禁的酒吗？

鹰央的姐姐，天医会综合医院的院长——天久真鹤，是唯一一个治得了她的人。

"啊，这个月都不能喝了啊，那我们就下个月再一起举杯庆祝吧！"

"举杯庆祝？"鹰央眨了眨眼。

"到时候你肯定就能找出火烧碇老师遗体的真凶了啊，抓到这种丧尽天良的嫌犯，当然要庆祝一下。"

小葵性感地抛了个媚眼。鹰央笑了笑："当然，到时候我们再喝个痛快！"

那我是不是也得一起参加啊……我正暗自担心着，小葵已经从沙发上站了起来，向玄关走去。

"那我可就等着啦。今天就先到这里吧，下次见，鹰央。"

小葵随意挥了挥手走出玄关。

"那我也回去了，今天辛苦了。"

鹰央回了句"你也辛苦啦"之后，就躺在了沙发上，重新回到了她的挑书事业中去。

　　走出鹰央"家"，我看到小葵正一边压着头发防止被大风吹乱，一边眺望着远处的景色。

　　"不好意思啊，让你专门跑了一趟。"我走近她说道。

　　小葵轻轻摆了摆手，说："没事的，鹰央联系我的时候，我虽然有点惊讶，但也很开心。发生那种事情之后，我的状态也一直不太好，每天都自己窝在家里，不如来这儿见见你们，还能转换一下心情。"

　　"那就好，你们研究室情况怎么样？"

　　"乱成一团了。"小葵耸了耸肩，"教授突然去世，再加上守灵那天的事情，研究室里的学生都心神不宁，情绪很低。"

　　"这样啊……"

　　"但我不能就这么一直消沉下去，还有好多事情等着我去做呢。"

　　"好多事情？"

　　"对，我好歹也是个副教授，得负责重整研究室的结构，还得整理关于炎藏的论文资料。"

　　小葵挠了挠头发。

　　"啊，论文是你来整理啊。"

　　"嗯，本来我只是去帮忙的，但是碰老师和内村先生都走了，室田教授好像也不想再和炎藏这事扯上瓜葛，可能还是害怕'炎藏的诅咒'吧。"

　　"炎藏的诅咒……"我跟着重复道。

　　我本来以为所谓的"诅咒"，就是隐球菌感染引起的疾病。可是碰的遗体被烧，让整件事重新陷入谜团当中。被烧死的副教授，被点燃的碰的遗体，这一切到底是怎么回事呢。

　　"这里的风好舒服，好像能让人重新振作起来。"

　　小葵微笑着眺望远处。我看着她略显忧郁的侧脸出了神。

夜晚，房顶，两个人单独相处，这不就是最经典的电影情节吗？自从来到这家医院，我的每次艳遇都会被某个"烦人精"搅黄，导致我都很久没有感受过爱情的滋润了，这次机会我势在必得。

"那、那个，小葵。"

我开口道。她微笑着侧过头来看我，光是她的眼神就让我心跳不断加速。虽然对方是个实打实的大美女，但我还是觉得自己的反应有点太没出息了，我舔了舔干燥的嘴唇。

"可以的话，要不要一起吃个饭……"

"晚上好——"

我下定决心才说出口的邀请，就这么被身后传来的声音掩盖了。我气势汹汹地回头，狠狠地瞪着身后的人。她是医院的实习医生，看起来有些男孩子气，这会儿正满面笑容，高举着手和我打招呼。

"怎么又是你？"

"什么意思？"

来人穿着实习医生的制服，恰巧就是我说的"烦人精"本精，名叫鸿池舞。听到我的不满，她眨了眨问道。

"……没什么。"我赌气道。有她在，我就别想搞点什么风花雪月的事情。

"小鸟大夫，这位是？"鸿池注意到了小葵的存在。

"帝都大学日本史学讲座的副教授，仓本葵。和鹰央大夫现在查的一个案子有关系。"

我介绍完之后，小葵看着鸿池露出微笑。

"你好，看来又是一位美女大夫，你和鹰央是不同类型的好看欸。"

"你好呀。"鸿池也活泼地打了个招呼。

"小葵，这个是鸿池舞，实习两年了。"

我一边介绍，一边在心里给她加了个标签，"也是我的克星"。

"什么叫'这个'啊？"鸿池舞噘嘴抱怨。

"你还是先说说你来干吗的吧。"

"啊，我现在轮转到的科室有个患者。我们想和鹰央大夫聊一下他的治疗方案，她现在在'家'吗？"

"嗯，在，你赶紧去。"我摆了摆手。

"你干吗啊，赶我和赶苍蝇似的。哦对了，你明天是不是要去急诊值班？"

"怎么了？"

按照鹰央的指示，我每周五都会去忙得团团转的急诊科帮忙，每周还会去值班一次。

"因为我也是明天值班啊，多多关照。"

"……我找人替我。"

"什么意思嘛？你就这么不想和我一起度过一个火热的夜晚吗？"

"别这么说话！会让人误会的。我当然不愿意，光是值班就够忙的了，还要一直被你调侃，我可撑不住。"

"算了算了，你应该就是那种喜欢也不会说出口的傲娇男吧？"

"不要随便曲解别人！"

"好好好，我不说了。不过你做好准备啊，我明天会逼问你一整晚的，比如你和鹰央大夫的关系，还有你和……"

"求你了，放过我吧。"

又被鸿池舞的节奏带着走了，我一阵头痛。旁边的小葵偷笑着摆了摆手："鹰央身边总是这么热闹，真好。我也差不多该回去了，小鸟游，下次见啦。"

"……好，再见。"目送着她身材极佳的背影一步步远去，我无力地回答道。好不容易才有这么个机会，都因为"烦人精"白白错过了。

正当我垂头丧气的时候，小葵却在楼梯间门口停下了脚步，回头恶作剧般地笑着说："下次咱们俩一起吃个饭吧，就当作你上次特意来守灵的回礼，刚好我也有些事情想和你说。"

小葵还没等我开口回答，就加了句"拜拜"，然后拉开门走进了楼梯间。我呆呆地望着她的背影消失在眼前，感受到了久违的春天即将到来，体温随之渐渐升高。

"……你要和她去吃饭？"

我正体会着这来之不易的幸福，马上就被"烦人精"泼了盆冷水。

"和你没关系吧？"

"当然有了。你都有女朋友了，怎么能和别人约会呢？这是劈腿。"

"我哪儿来的女朋友？"我下意识地说出了这句有点难为情的话。

"怎么没有，不就在那儿嘛！"

鸿池舞指着的，是那个风格奇特的红砖垒砌的"家"。

"我和鹰央大夫不是那种关系，你还要我解释多少遍啊！"

我本来就已经很疲惫了，再加上和这位活宝聊天，我觉得自己的精神消耗得更快了。于是我绝望地想要让鸿舞池赶紧离开。

"你不是说找鹰央大夫有事吗？赶紧去吧。"

我不顾她的挣扎，直接把她推到了"家"门口，打开了大门。

"我话还没说完呢，你别推我啊。"

我彻底无视了她的抗议，说了句"拜拜"之后就将她推进了房间，并以迅雷不及掩耳之势关上了房门。

"你是想逃避吗？好，我知道了。明天值班的时候我会好好盘问你的，准备好哈。"

我用后背抵着房门，不让鸿池舞从里面打开，并在心里暗自发誓，一定要找个人来替我值班。

4

"还是没找到人代班……"

我坐在急诊科休息室里，欲哭无泪。

"怎么了，小鸟大夫？怎么跟《明日之丈》[1]的大结局一样悲伤？"

听到鸿池的声音，我没有回应，继续低着头难过。

成濑找上门的第二天，我还是不得已要按照原计划和鸿池一起在急诊值班。我找了好几位大夫想拜托（恳求）他们帮我代班，可是他们时间都不合适，最后只好按照原计划进行。

时间到了晚上十点。六点接班之后，急诊患者一直络绎不绝，我们忙得连喘气的时间都没有。这会儿终于没有新的患者了，我们才能稍微松口气。

"今天送过来的所有病人，我都写好病历了，大部分都已经送到了他们分到的科室。"

"好的，辛苦了。"

1　由高森朝雄（梶原一骑）原作，千叶彻弥所绘的拳击漫画。故事结尾男主角在世界拳王争夺战中落败，且由于多年伤病没能再站起来。他用最后一口气，将自己的手套托付给别人，然后在角落里永远闭上了眼睛。这一幕，被人们称为是"将自己的生命燃烧至灰一样白"。——译者注

"哎哟，这有什么辛苦的。"鸿池开玩笑地秀出肩膀上的肌肉。

天医会综合医院的实习医生，不管轮岗到哪个科室，每周都有一天会在急诊值班，跟着急诊大夫学习。所以我几乎和所有实习医生都一起值过班，但只有带鸿池的时候，工作进行得最顺利。

她手脚麻利，专业技术好。从做检查和开药的手法来说，能看得出是在认真学习的，和同事们相处也很融洽。

她确实可以称得上是一名优秀的、无可挑剔的实习医生。

"终于搞定患者们了，那我是不是可以进入提问环节了？上次楼顶上那个美女姐姐是谁啊？"

"……你就是这点不好。"我叹了口气。

鸿池突然把脸凑了过来，问："什么意思？你可别想蒙混过关啊，那个姐姐为什么要约你一起吃饭？"

"这没什么吧，就吃个饭而已，她只是想交换一下信息。"我耸了耸肩。

鸿池的眼神锐利起来："不对，绝对不可能这么简单，那个姐姐完全就是你的理想型啊。"

被猜中心思的我不小心"嗯"了一声，鸿池讽刺地抬起嘴角。

"我对你的喜好可是清楚得很，你喜欢的就是那种有女人味儿的御姐对吧？像真鹤姐那样的。"

"和真鹤小姐没有关系！"

被揭开了过去失恋伤疤的我，忍不住抬高了声音。

"她确实很漂亮，但是和你不大般配。像她们那种类型的女生，一旦谈起恋爱来都会对男方很温柔、很包容的。"

"那可太完美了。"

我光是想象一下就不由得露出笑容。鸿池冷冷地注视着我。

"但你是那种一旦被包容就会变得很废物的人。你看，你本身就是个老好人性格，也很容易被牵着鼻子走，还是适合妻管严，和鹰央大夫刚好合适。"

"比起妻管严，我觉得她现在已经踩在我身上了……"

"你们什么时候玩得这么劲爆了？！"

"不是！我不是那个意思！"

这人绝对是在故意捉弄我。

"可是不管鹰央大夫怎么对你，你还是不会讨厌她啊。或者说，你们就是能够完全理解彼此的最佳拍档。而且最重要的是，在鹰央大夫心里，你也很重要。"

鸿池的脸上绽开了诡异的微笑。

确实，我也发现了。在日复一日的工作中，在解开一个个奇妙谜团的过程中，我和鹰央之间已经形成了某种羁绊。不管她平时对我多么不客气，我都能感受到她在用她的方式对我好，我也一直站在一个理解她的角度去支持她。可是这些……

"这些只能说明我们是工作上的好伙伴吧。"

"话是这么说，但你们好不容易拉近了距离，再稍微近那么一步，就能在生活中也成为好拍档啦。"

鸿池兴奋的声音让我更觉疲惫。

"想太多了。"

"哪有！明明你们俩都那么合拍了，还是说你对鹰央大夫有什么不满意的？长相？鹰央大夫对外表是不太在意，平时也不化妆，头发也乱蓬蓬的，衣服也只知道穿个手术服，但我觉得她底子还是很好的。要不下次我给她化个妆，再好好打扮一下，保准她变身美少女。"

"美少女……鹰央虽然看着不大，但毕竟也是要奔三的人了。"我喃喃道。

鸿池的眼睛瞬间眯了起来："啊——你居然这么说，我下次要给鹰央大夫打小报告。"

"啊，千万别！她最讨厌被人提年龄了！"

之前我就因为碰了这根逆鳞，受了不少罪。我双手合十，向鸿池求饶。就在这时，从我的白大褂口袋中传出了一阵电子声。

我条件反射地拿出传呼机，看着上面的液晶画面，表情僵硬起来。

"谁发的消息？"

"……'家'，应该是鹰央吧。"

"哦？她该不会是听到我们的对话了吧。"

鸿池探头探脑地环视了周围一圈。

"怎么可能！她耳朵再怎么好，也不可能在楼顶上听到一楼的人说话啊。"

话虽如此，我还是忍不住担心，她万一真的听到了怎么办。我犹豫着拿起了内线电话，拨出号码。

"是小鸟吗？"对面马上传来了鹰央的声音。

"额，那个，我说年龄不是那个意思……就是我一时嘴快……"

"年龄？你在说什么？"

看来不是这件事，我拍了拍胸口。

"没，没什么。你找我有什么事？"

"我刚刚接到了室田的电话。"

鹰央声音低沉。我感觉到了一股凝重的气氛，于是也跟着调整了姿势。

"室田教授怎么了？"

"好像身体不太对劲，说是很难受，甚至无法动弹。"

"啊！可是隐球菌引起的肺炎不是已经治好……"

"这次好像不是呼吸困难，和上次病因可能完全不同。几个小时前出现了持续性的呕吐和便血，也许是因为整体情况严重恶化，还有些口齿不清，恐怕还引起了意识障碍。"

"这，怎么会……"

"不亲自看一眼的话我也没法判断，所以我让他们马上过来了。"

"要在我们医院看吗？"

"嗯，他平时去的医院太远了，而且……"话筒里传来的声音又低沉了几分，"我觉得这不像是单纯的慢性病恶化，所以我有必要亲眼看看，找到原因。"

我狠狠地摇了摇头，试图将脑海里模糊浮现的"炎藏的诅咒"这个词抹去。

"救护车应该马上就到，你那边做好接收准备，我现在过去。"

啪嗒一声，电话断了。我手上握着只剩下机械电子音的话筒，呆呆地站在原地。

"这位患者好像真的没有来过我们医院，连病历都没有，得马上让办公室那边做一份。"

鸿池坐在电子病历前，操控着鼠标。收到鹰央的消息后，我和鸿池来到了急诊处置室，和护士们一起做好准备，等待接收室田。也通知了急救队，说几分钟后到达。

"我记得他女儿来过我们医院，叫室田春香。"我一边往身上套灭菌服一边说道。

鸿池嘴上不停念叨着"室田春香、室田春香",敲打着键盘。

"啊,找到她的病历了,不过她只是受伤之后来过整形外科。然后还有她妈妈的病历,啊——她妈妈也是来的整形外科,只有因骨折住院的记录,看起来和这次的事情没什么关系。"

"确实。患者马上就要到了,从急救队提供的信息来看,患者整体状态非常糟糕,为了尽快开始治疗,你也提前做好准备吧。"

"收到!"鸿池站起身来,迅速戴好口罩、穿好灭菌服,还没等我进行下一步指示,就开始准备输液管和抽血器材。

果然优秀。但凡她平时说话做事能像工作的时候一样……就在我胡思乱想的时候,出口的门被猛地推开,鹰央气喘吁吁地冲了进来。

"室田……已经……到了……吗?"

鹰央仿佛刚刚跑完一场全马,整个人上气不接下气。明明只是跑个楼梯而已,这体力也太弱了点。

"还没有送到。"

我话音刚落,鹰央就倒在了椅子上,还把管子和面罩插到了旁边给患者准备的氧气泵上,开始大口吸氧。

"……随你吧,不过请你在室田先生被送到之前调整好呼吸。"

远处传来了救护车的警报声,而且声音越来越近。

"走了。"

我抬起下巴示意道。然后和鸿池一起打开了患者进出的自动门,走了出去。闪烁着红灯的救护车开进了医院。

救护车停在了我们面前,随即后门打开,急救队员冲下车门,拽出担架车,上面躺着的正是室田宗春。然后带有车轮的担架脚伸开,担架连带着上面躺着的室田都被移动到了车外。室田的独生女春香,也一脸担心地跟着走下车来。担架上躺着的室田不知道为什么在 POLO 衫外面套着件羽绒服，再仔细一看他的脸，我忍不住"啊"地惊呼出声。

虽然上次见他的时候，他身体也不是很好，但和现在的状态简直没法相提并论。他脸上带着氧气面罩，嘴巴半张，嘴边还流着口水，粗重的呼吸声清晰可闻。皮肤由于高黏度的汗液，已经变成褐色，一副死气沉沉的样子。眼睛失去焦点，明显处于意识混沌的状态。

"室田先生！室田先生能听到我说话吗？"

我一边拍着他的肩膀一边询问。室田只是呓语道："冷，冷……"同时身体不停打着哆嗦。

"我们收到电话说患者出现身体不适要求急救，我们到达现场的时候他就已经是这个状态了。血压 78/46，脉搏 112，氧气吸入量 10 升，血氧饱和度 96%，JCS[1] 等级……"

急救队员在和我们一起移动担架车的过程中，迅速说明了情况。我们将担架车推到处置室，并放在了急救用病床的旁边。

"进行移动。1，2，3！"

在我的口号下，室田被转移到了病床上。护士们将心电图的电极贴在室田身上，鸿池准备开始抽血。

"中午的时候突然不太舒服，到厕所吐了一回，然后就一直……"

室田春香紧紧跟着担架车一路追到处置室，声音虚弱地解释着。

"我知道了，他为什么这个季节要穿羽绒服？"

"他说'冷得受不了'，所以自己套上的，然后就开始说些胡话……"

"说胡话？"

1　日本昏迷标准（JCS），用于评估患者受损的意识水平。——译者注

我用医用手电检查了室田的瞳孔反射后，下意识反问道。护士将心电图的电极固定好之后，给不断发抖的室田盖上了一张电热毯来保持体温。

"对，一会儿说'阴阳师'……一会儿说'诅咒'……"

"诅咒……"

我声音嘶哑地喃喃重复。鹰央靠着吸氧好不容易才调整好了呼吸，这会儿也走了过来。她大概看了一下室田的情况，脸色便沉了下去，应该是感觉到了情况的危险。

"……小鸟，先稳住他整体状态，然后我再做诊断。"鹰央僵硬地说。她在医疗手法上确实表现出了超乎寻常的没有天赋，她本人也很清楚，在需要进行大量医疗处理的急救过程中，自己完全帮不上忙。

"好，交给我！"我斗志满满地回应。

鹰央从病床旁离开，走近了春香，大概是想从她那里了解一些情况。而我则开始带领鸿池和护士们展开急救。

护士将急救队戴在室田嘴上的氧气面罩取下，换上了医院的。我戴好听诊器，将室田身上的电热毯拿到一边，卷起了他身上有点厚度的POLO衫。在他胸前还能看到几年前接受心脏手术的痕迹，但更令人触目惊心的还是密布在整个躯体上的紫色斑痕，可以看出胸腹部均有多处出现轻微的皮下出血。这不是物理性冲击能造成的，很可能是由于凝血功能发生异常，才造成了全身上下多处出血。

为什么会这样？我有些困惑，但还是将听诊头放在他的胸部，开始听诊。一阵肺气肿患者所特有的，吱啦吱啦的呼吸声冲击着我的耳膜，虽然呼吸很浅、很急，但目前还能保持最低程度的换气。听诊结束后，我刚刚收回放在室田身上的手，眼前突然一片明亮。

我久久地站在原地，看着眼前这幅令人费解的场面。

室田的胸部在燃烧。他 POLO 衫胸前的部位窜起了一小股火焰。

"这是……什么情况……"

我声音喑哑。

鸿池和护士们也都停下了动作，和我一样半张着嘴，愣在了原地。

然后就是一阵尖叫声。刚刚怎么叫都毫无反应，浑身无力地躺在病床上的室田，突然开始一边大声呼喊一边疯狂地胡乱抓挠着自己的胸部。可那团火非但没有消失，反而一点点地向上蔓延着。

"灭、灭火器！"我终于回过神来，准备去找灭火器。

"蠢货！先把氧气面罩摘了！"

站在稍远处的鹰央大喊。我的动作僵在原地，没错，现在室田正在大量吸氧，如果这些氧气助长了火焰的燃烧……

我抬起脚来冲向病床，但还是晚了一步。那条火蛇已经顺着室田的衣服蜿蜒而上，狠狠咬住了自己所需的养分——氧气。下一秒，我的眼前出现了一束巨大的火光。

瞬间扩大的深红色火焰疯狂窜动着，不但点燃了室田穿着的羽绒服，点燃了床垫，甚至还一路烧到了旁边的窗帘，直接冲上了天花板。

我被迎面而来的热气逼得推后几步。火焰中的人影，让我一瞬间回想起了参加碰守灵仪式那天的场景，只有一点不同。

那就是，这次火焰中的人影，还在挣扎……

他像是在跳舞一般猛烈地抖动着四肢，大张着嘴，可还没等他发出最后的尖叫，烈火就顺势钻入了他的口腔。

"爸！"

春香在房间角落里声嘶力竭地喊着，眼看着就要冲上去，鹰央连忙挡在了她的身前。

"太危险了！你不能过去！"

春香试图推开她，鹰央拼命地阻拦。

"小鸟大夫，快走！"

鸿池双手拽着我的胳膊。

"可、可是室田……"

"来不及了！我们救不了他了！你自己看！"

鸿池指着那团火焰，中间的人影已经一动不动了。

"再不走就来不及了，快跑啊！"

鸿池拽着我往后撤。就在这时，火灾探测器发出了尖锐的警报声，同时天花板上的自动喷水系统大量喷水。

我顶着冰冷的水流，注视着火焰慢慢变小。

一股蛋白质燃烧后的恶心味道，隐隐约约飘入我的鼻尖。

5

"那我就先走了，你多保重。"

我和横躺在床上的室田春香打了个招呼，她气若游丝地应了一声"好"。随后，我和鹰央一起走出了病房。

距离室田宗春被送到急诊科后当场被烧死已经过去了两天。亲眼看见了父亲在自己眼前死去的春香，因为巨大的精神冲击而当场昏迷，所以暂时住在了精神科病房。我昨天和今天都有趁着午休时间来看她，能明显感觉到她心里的创伤还没有被抚平。

……这也正常。我又想起了那个晚上，室田的胸口突然窜起的火苗，瞬间扩大为巨大的火光将他吞噬。一个活生生的人就这么被烧死了，这可怕的一幕深深印在了我的脑海中，挥之不去，甚至昨天晚上我还被噩梦惊醒。对于家属来说，那冲击力更是难以想象。

从室田身上蔓延开的火势虽然被自动喷水系统控制住一些，但最终还是靠紧急赶来的消防队员扑灭的。而那个时候，急诊处置室已经被烧毁了三分之一。火焰中室田的遗体，也只剩下了一副黢黑的骨架。

之后，警察马上赶来封锁了现场，进行了现场勘查和证词收集。当然我们所属警署的刑警——成濑也来了。

"你们怎么总是在掺和进这些奇奇怪怪的案子里？"他十分嫌弃地对我们进行了询问。

第二天，火灾调查员在警察监督下对火灾现场——急诊科进行了调查，这才解开了急诊科的封锁。但是里面的很多设备都受到火灾影响，损伤较大，所以天医会综合医院的急诊科还不能接受重症患者。

"加上他的话，是第三个人了……"鹰央走在我旁边，小声低语。

"欸？你说什么？"

"我说进入过炎藏墓的人里，被火烧的人数，加上死后被烧的碰。"

作为这次案件的目击者，同时也作为这家医院的副院长，鹰央昨天一天都（在真鹤的命令下）忙着办理各种手续，所以我们还没来得及详细讨论这件事。

"你该不会告诉我，这真的是什么'炎藏的诅咒'吧。"

我努力让语气轻松起来，想要把这件事当作一个无聊的灵异传说一笑置之。可不知为什么，声音却有些嘶哑。鹰央停下脚步，说："我上次也说过了，从警察的反应来看，碰的遗体被烧肯定是通过某种自动点火装置来实现的，所以那次着火不是什么灵异现象，可是室田身上发生的这件事……"

鹰央顿了顿，侧视着我："小鸟，起火的时候，你是离室田最近的，你有发现他身上有什么点火装置吗？"

"点火装置……"我努力回忆了几十秒后才回答，"没有。"

"你确定吗？室田当时因为冷还套着冬天的羽绒服，会不会是衣服口袋里被动了手脚？羽绒服那么厚重，里面就算安装一个小型的点火装置也很难被发现，而且衣服里的羽毛也是易燃物。"

"不，不可能，"我摇了摇头，"火不是从羽绒服开始烧的，是从他胸口烧起来的，外面只有一层POLO衫，如果有人在上面做手脚的话，我肯定能发现。"

对啊，那种地方不可能会着火啊，怎么会……

"事情发展到这一步，第一个牺牲者——内村就很值得注意了。"

"你是说那个在自己家里被烧死的翠明大学副教授？"

"对，警察那边一直当作是意外来处理，至少能说明在当时的火灾调查中，也没有发现自动点火装置等指向纵火的证据。但是这次室田的案子告诉我们，存在某种方法可以在不使用机械装置的情况下烧死目标人物，而内村可能也是被这种方法杀害的。或者，真的是因为'炎藏的诅咒'而……"

"不不不，怎么可能是'诅咒'……"

我摇了摇手。鹰央狠狠瞪了我一眼，说："进入过炎藏墓的四个人当中，至少有两个是被不明原因的火烧死的。"

"这，确实是……而且我们也闯入过炎藏墓。"

如果那个"炎藏的诅咒"真的存在，那这个诅咒也会降临到我们身上。到时候我这个用手术刀亵渎了炎藏遗体的人，肯定首当其冲。哪怕我心里再怎么不相信，脸上还是不由自主地抽动了一下。

"不仅如此……"鹰央摇头。

"什么意思？"

"不管这次的事情和诅咒有没有关系，我们都已经被逼到绝境了。"

"欸？什么意思？"

鹰央不管我的问题，径直走开了。

"啊，等一下。"

她到底是为什么这么不爽啊？难道是昨天为了办手续跑了一天，所以不高兴了？我们走出病房区域，来到了电梯间，刚好碰到了一个眼熟的年轻男人走出电梯。

"啊，加贺谷。"

我叫了一声。来人是翠明大学日本史学院的助教——加贺谷，他也向我们点了点头。

"天久大夫、小鸟游大夫，你们好。"

"你今天是来看春香小姐的？"

加贺谷手中握着一小束花，忧郁地点了点头。

"对，教授突然出了那种事，她受的打击应该不小，我想来安慰一下她。不过我昨天来的时候，她谁都不愿意见，还把我赶出来了……"

"室田先生突然离世，你们大学那边也受影响了吧？"

"是啊，研究室简直是一片混乱。之前教授身体不好的时候，所有事情都是副教授代为负责的，可是内村副教授前几天也因为火灾……成了那样。"

加贺谷长叹了口气。突然，鹰央抓住了他的手，拽着他往前走去。

"你跟我过来。"

"欸？怎么了天久大夫？"

加贺谷虽然有些摸不着头脑，但还是被拽着往前走去。"跟我来就是了。"鹰央把加贺谷带到了病房区域的角落，打开了一扇门，上面写着"症状说明室"。顾名思义，这里是专门为了向患者以及家属进行症状说明的房间。面积不大，只有七八平方米，里面放着一张桌子和几把折叠椅，桌子上放着一套电子病历设备。

"那个，请问你找我有什么事？"

加贺谷坐在房间里的椅子上，不安地环视着四周。

"想找你了解点消息。"鹰央坐在加贺谷对面，胳膊肘撑在桌子上。

怎么感觉有点像刑警剧里面演的询问室，我一边这样想，一边在鹰央旁边坐了下来。

"什么消息？"

"关于这次案子你知道的所有消息。是你和室田把我们卷进来的，告诉我们也是应该的吧。"

"我只是负责照顾室田教授，没有把你们卷⋯⋯"

"别啰啰唆唆的，回答我的问题！"

鹰央一拳砸向桌子，吓得加贺谷浑身抖了一下。看来她今天是真的心情不好，我赶紧安抚受到惊吓的加贺谷："你不用这么紧张，没事的，我们只是问你几个问题。"

这个场景好像也是刑警剧中的经典桥段，两个警察一个唱红脸，一个唱白脸，让嫌疑人说出真相。

我一边天马行空地想象，一边瞄了眼旁边的鹰央。她依然冷着一张脸，向前探出一点身子。

"你们研究室那位副教授——内田突然离世，你对这件事知道多少？比如起火的原因之类的。"

"我不太清楚具体情况，不过有人说是因为没有摁灭烟头而引起的。

内村老师一直有很大的烟瘾。"

"那这次的火灾有什么奇怪的地方吗？"鹰央紧接着问道。

"这个我倒是没有听说……就是前几天碰老师的守灵仪式上刚刚发生火灾，室田教授就碰上了这种事……所以研究室的人都有点慌乱。"

看来受害者身边的人也并不清楚具体的情况。所以要想知道内村副教授火灾案的详细状况，还是只能从办案人员那里下手了。

"这样啊……对了，我记得你们告诉我，研究室之前也发生过一次小火灾对吧，那是什么时候？"

"应该是……"加贺谷把手放在嘴边，"内村老师去世后三天左右，当时室田教授桌子上的打印纸烧起来了，不过火势不大，我发现之后马上就用旁边的杂志扑灭了。"

"虽然没酿成大祸，但确实起火了，万一你当时没注意也可能发展成一场大火。你们后来没有调查原因吗？"

"没有仔细查……因为大家都觉得肯定是烟头导致的，而且这种事情其实之前也有过两三次。"

"两三次火灾？！"我吓了一跳，忍不住提高了声音。

"也说不上是火灾，顶多就是资料被点着了而已。我们研究室的教授和副教授烟瘾都很大，研究室里到处都是烟灰缸，再加上散乱着的资料和专业杂志，很容易发生这种事的。所以我们就想当然地以为和之前的情况一样，也没仔细调查，没想到后来会发生那种事……"

加贺谷无力地垂下了头。鹰央歪了歪脖子，凝视着他。

"那你们研究室以后会怎么样？"

"什么怎么样？"加贺谷缓缓抬起头来。

"副教授、教授相继殒命，你们研究室之后由谁负责？谁会成为新的教授？"

"……你是说，有人为了夺取研究室大权而杀了他们俩？"

"这个案子中的确存在有人故意烧死他们俩的可能。一个教授，一个副教授，完全可以合理推测杀人动机在于夺取研究室。下一个教授候选人，该不会就是你吧？"

面对鹰央直接而犀利的问题，加贺谷脸色大变。

"怎么可能，我才二十七岁！"

"这和年龄有什么关系？在学术研究上，能力比资历重要得多吧。"

"这，话是这么说……反正我是不可能升教授的。而且我们研究室可能都要做不下去了，现在的成员当中没有能担得起教授职称的人。如果真是这样，那我可能会去找一个新的研究室，也不知道能不能找到……"

"照你这么说，为了得到研究室杀人的想法就很难成立了……对了，那炎藏那篇论文会由谁来发表啊？那应该也算是个重大发现吧。"

"不知道，不过可以确定的是，我们研究室的人应该没有那个精力。就算有，经过这次事件之后，也已经连他的名字都不敢提了。"

加贺谷闭着眼睛，轻轻摇了摇头。

"就是说，你们觉得他们俩是因为'炎藏的诅咒'而死的，对吗？"

"我知道，在现代社会还相信'诅咒'的存在是完全不合道理的……但是目前的状况过于离奇，我们以为的'道理'也变得模糊起来，我已经搞不清楚了……"

加贺谷脸上自虐的笑让人有些心疼，他站了起来。

"可以结束了吗？我想去看看春香小姐，她去年刚经历了母亲的离世，对她来说，室田教授是唯一的亲人了，偏偏她还眼睁睁地看着这个亲人在自己面前死去……太可怜了。"

"她妈妈是怎么死的？"

鹰央追问着走向门口的加贺谷。加贺谷皱起眉头，答道："好像是从楼梯上摔下来磕到头了……不过她本来也有些宿疾。有一段时间和春香一样，经常来医院，所以也有可能不是意外去世，而是因病去世后再从楼梯上摔下来的。我可以走了吗？"

"别，我还有问题……"

还没等鹰央说完，我的白大褂口袋里就传出一阵电子音。我取出传呼机一看，上面显示的是一楼综合服务台的内线号码。

"不好意思，总台那边叫我。"

我向旁边因为被打断而气鼓鼓的鹰央解释了一句，就拿起了墙上挂着的内线电话。没想到加贺谷却趁机逃跑似的溜出了房间，"哎呀！"鹰央喊了一声。

"我是综合诊断部的小鸟游，刚刚收到了传呼机的消息。"

我用手挡着嘴，小声说道。对面传来了前台的声音，听她讲话的过程中，我的表情不由自主地僵硬起来。结束通话后，我将话筒放回原处。

"鹰央，那个……"

"干吗，我还有好多事情要问呢，都怪你把人放走了。电话里说什么了？"

鹰央不满地嘟着嘴抱怨。我一字一句地告诉她："警察局搜查一科的刑警来了，说是要了解一下室田先生的案子。"

6

房门打开，进来了两个身着正装的中年男人。其中一个虽然个子不算高，但身材壮实，是最常见的刑警形象。而另一个看上去却像是个商界精英，高矮和胖瘦都属于中等水平，戴着一副时尚的银框眼镜，身上正装的穿法也十分讲究。

收到刑警到达医院的通知之后，我们把他们请到了十楼，综合诊断部的门诊室。

商务风男士踩着一双噔噔作响的皮鞋走了过来，礼貌地鞠了个躬。

"我叫日野，来自警察局搜查一科，这位是小平警署的前川警官。百忙之中登门打扰，实在是抱歉，先谢谢你们特意抽出时间来接受我们询问。"

他虽然嘴上说得很客气，但镜片后的眼神中，却蕴藏着肉食动物盯上了猎物的锐利。

"啊，你好，先请坐吧。"

在我的邀请下，他们俩坐在了给患者准备的椅子上。

"两位今天有何贵干？"

鹰央在我旁边盘腿坐着，言辞间带着些许攻击性。日野脸上依然维持着笑容，但前川却皱了皱鼻子。

"我们是想调查一下你们医院前几天的那场火灾，听说你们二位当时就在现场，所以想了解一下详细情况。"

日野依然保持着礼貌的口吻。鹰央粗鲁地挥了挥手说："这件事我们和当天来的刑警说过了。"

"这我知道，但是事情已经过去一段时间了，也许你们能再想起来一些其他的细节。"

"没有。"

鹰央扔下两个字。她强硬的语气，让日野有些惊讶。

"你们来之前应该听过关于我的传闻了吧。我有影像记忆的能力，过去看到过的场景和照片我都能在大脑里重现并且进行观察，所以对我来说，不可能之后'想起其他细节'。"

"原来如此，这确实很厉害。"

日野平静地说着，同时还抬头看着鹰央。他的眼神像是某种爬行动物在探寻着猎物的弱点，房间里的空气迅速紧张起来。

"啊，那个……我刚刚听说警察局搜查一科的刑警来了，还想着肯定是樱井警官呢，他最近怎么样啊？"

为了打破沉重的气氛，我拎出了假冒神探可伦坡[1]的樱井，也是我们比较熟悉的一位刑警。

"怎么可能会是樱井？"回答我的不是日野，而是僵硬着声音的鹰央，"虽然都是警察局搜查一科，但那个冒牌可伦坡隶属杀人犯搜查系，也叫'杀人班'，而这家伙是在纵火犯搜查系，也叫'火灾班'。"

"消息可真灵通。"日野露出一丝讽刺的笑。

"警察局搜查一科火灾班的刑警找上门来，就代表你们已经成立了专案组。也就是说，警方认为这次事件很有可能并非意外起火，而是纵火杀人，对吧？"

鹰央说出"纵火杀人"这个词的时候，我的心猛地跳了一下。

"我们调查的案子可不止纵火杀人这一种，在过失引起火灾案中，如果发现建筑物建造违反消防法的话，可以判断为业务过失致死，这个也归我们负责。"日野微笑着说。

"我们医院完全遵守消防法，也是因为这样才没有造成太大损失。你

1　美国电视电影系列，主角一名总是穿着一件皱巴巴的棕色风衣，顶着一头乱发，嘴里叼着雪茄，开着一辆老爷车的洛杉矶重案组的刑警，名叫可伦坡（Columbo）。看似不修边幅的他，总是以敏锐的推理能力侦破各种案件。——译者注

们既然来调查了，那就说明这个案子肯定是有人纵火杀人。"

"我们只是想知道医院那件事的真相而已，你可以再和我们描述一下当时的情况吗？"

"我已经在案发之后，把看到的一切都告诉成濑了，再和你们说一次是在浪费时间。如果成濑有什么没记清楚的，让他直接来问我。"

鹰央语气十分强硬，我觉得有点奇怪。平时鹰央对警察没有这么大的敌意，甚至还经常利用他们套取自己想要的信息。可这次她对这个名叫日野的刑警，是要直接宣战了吗？

"非常抱歉，成濑警官并不是这次专案组的成员，所以我们没办法叫他过来。"

日野挠了挠脸。鹰央那猫一般的眼睛聚起了锐利的光。

"这片区域属于田无警署的管辖范围，你们查这儿的案子，却没有让田无警署刑事科的成濑参加？那个叫前川的，是你们因为人手不够才专门从附近其他警署调过来的吧，这么缺人为什么不让成濑加入？"

"……我们内部有自己的考虑。"日野的语气中流露出一丝戒备。

"原来如此……自己的考虑。"

鹰央嘴角上扬。我实在听不懂他们两个人对话背后的意思，只能一头雾水地待在一边。

"总之，我们没办法叫来成濑警官。问话由我来进行，你可以和我们说说吗？还是你要选择拒绝呢？"

日野假惺惺地发出礼貌的询问。鹰央哼了一声，轻拍了一下我的后背。

"小鸟，你给他说说。"

"欸，我吗？"

"你不是在最前线目睹了事情的发生嘛，肯定比我说得清楚。"

"哈……那好吧。"我含含糊糊地回了一句。然后转向日野他们，开始描述事发当晚的情况。而鹰央则抱着胳膊，在旁边闭目养神。

"……就是这么个情况。"

我花了二三十分钟，把那天晚上的事情从头到尾梳理了一遍。中间夹杂着一些日野对细节的询问，而鹰央自始至终都一言不发。

"小鸟游大夫，谢谢你，我们这次了解到不少信息。天久大夫，请问你还有什么要补充的吗？"

日野将话头递给鹰央。鹰央依然抱着胳膊，眼睛睁开一条缝。

"没有，他刚刚都说完了。"

听到这冷冰冰的回答，日野挠了挠鼻尖。

"这样啊，那我们现在换个话题吧。帝都大学原来有个姓碇的教授，前几天在他的守灵仪式上发生火灾，而且他的遗体也被烧了，这件事情你知道吧？"

"你们不是说来调查这家医院发生的火灾吗？"

鹰央的表情有些警觉。

"对，那是自然。只不过我们在调查当中发现这个姓碇的教授，和在这家医院被烧死的室田教授曾经是合作研究者。他们俩都是在很离奇的情况下全身被烧，虽然一个是活着的时候，一个是死了之后。"日野有些讽刺地笑着，"所以我们当然会去考虑两件事情之间的联系。而且我们问过碇教授的夫人，得知他是在这家医院去世的，让他住院的刚好就是你，天久大夫。没错吧？"

"……嗯，没错。"鹰央低声回答。

"大夫，你可以告诉我碇教授得了什么病，又是怎么去世的吗？"

日野抬起下巴，视线透过眼镜直直向上看着鹰央。

"我回答不了这个问题。"鹰央一动不动的承受着日野的视线，斩钉截铁地回答。

"回答不了？这是为什么呢？"

"医生有保密义务，将诊疗过程中获得的信息泄露给第三者相当于犯罪。"

"为了公共福利的情况应该除外吧？"

"我没办法判断这次事件能不能算作你说的特殊情况。如果你一定要问的话，就去法院拿命令书来，到时候你就是想看病历都可以。"鹰央平静地说道。

这时，一直沉默着坐在日野旁边的前川警官突然一脸愤怒地开口："你别太过分了。"不过日野迅速伸出手来，示意他沉默。前川紧盯着鹰央，一脸不服。

"我明白了，那我们再换个话题。碰和室田两位教授几周之前就出现了身体不适，后来室田教授也因此找你们寻求过帮助。你们接到他的委托之后，好像做了一些调查吧？"日野再次提问。事情发生还不到两天，他们居然已经查到了这一步。我为警方的信息收集能力暗自咂舌。

"天久大夫，你们所做的调查具体包括哪些内容？这个应该不属于'诊疗'过程中得到的信息了，你可以告诉我们吧。"

"还是不行。"鹰央摇摇头，"我当时是作为医生，去调查室田和碰身体不适的原因并由此作出诊断的，这和我平时在医院的工作完全相同，也就是说这个'调查'，从广义上来说也能称作是'诊疗'。"

她这番强词夺理，让两位刑警都皱起了眉。

"你是打定主意什么都不告诉我们了？"日野将手扶在眼镜上。

"如果你们能给我提供消息的话，我可以考虑一下。"

"消息？你想要什么消息？"

"事情发生的第二天，关于火灾调查的相关内容。具体来说，室田遗体以及周围有没有发现疑似自动点火装置的机关？如果没有的话，你们推测火是怎么着起来的？告诉我这些消息，我就和你们聊聊我的'调查'。"

鹰央扬了扬下巴。前川从椅子上站了起来："这种调查信息怎么可能告诉一个普通人，你别蹬鼻子上脸……"

"前川！"

日野尖锐的声音制止了前川，前川面色通红地把下半句话咽了回去。

"抱歉。"日野微微低了低头，"但是前川警官刚才说的没错，我们的工作要求我们不能把调查信息透露给普通群众。"

"哦，那这样的话，我作为大夫，我的职业也不允许我告诉你们更多了。我们彼此尊重对方的职业道德，不错。你们没什么事的话就回去吧，我们要开始下午的诊疗了。"

鹰央像赶苍蝇似的挥了挥手。

"天久大夫，就算你什么都不说，我们去询问一下其他的相关人员，也能查到需要的信息。"

日野从容地站了起来。

"那你就更没必要追着我问啦，赶紧去找你说的'相关人员'吧。"

"好，那我们就先告辞了，不过我们最近应该还有见面的机会。"

日野和前川说了句"走吧"，然后径直出了房门。房门刚一关上，我就转身面对着鹰央："我们这样做好吗？不告诉他们关于炎藏墓的事情。虽然我们还不清楚这次案子的来龙去脉，但是肯定和闯入炎藏墓有关吧，把这件事情告诉他们，可以让警方调查得更快不是吗？"

"……我们不能帮他们加快调查进度，甚至要让他们花费更多的时间，还要在这段时间里靠我们自己解决这个案子。"

鹰央的声音十分冷硬。

"欸？不能帮他们加快调查进度是什么意思？"

我的问题最终也没有得到答案，鹰央只是久久地盯着房门，表情严峻。

7

气氛好沉重……日野他们离开几个小时后，时间到了傍晚时分，我正站在天医会综合医院楼顶上鹰央"家"的玄关处。我缩着脖子悄悄观察着房间里的情况，只见鹰央正和她的伯父，同时也担任医院院长的天久大鹫相对而立，两人隔着一米左右，互相怒目而视。他们俩平时就互相看不顺眼，甚至可以说是有不共戴天之仇，这会儿两人的视线在空气中交汇，火花四溅。

两三分钟前，我和鹰央结束了今天的诊疗工作，准备在她"家"喘口气。就在这个时候，大鹫突然出现，说他有话要和鹰央说。

大鹫避开屋里的"书树"走了进来，躺在沙发上的鹰央蹙着眉站起身来，两个人就这样陷入了沉默，开始了近距离的对峙。

他们两个人身上散发出的紧张感，仿佛要让周围的空间都因此而变形。我实在承受不住，就躲到了玄关附近避难。

明明室内温度都能说得上有点冷了，可我的额头还是在不停冒汗。鹰央和大鹫，到底谁会先发制人呢？我咽了口唾沫，突然，门开了。

"大家辛苦啦。"

一阵欢快的声音响起，原来是鸿池来了。她看了看屋里的情况，愣了一下，然后缓缓后退。

"不好意思打扰了——"

眼看着鸿池就要逃离现场，我赶快伸手抓住了她白大褂的后领。

"喂，小鸟大夫，你快放开我。"

"来都来了，一起待会儿呗。"

"不要，我区区一个实习医生，这种院长和副院长剑拔弩张的场景，不太适合我的小心脏。"

"没关系，到时候我帮你做心肺复苏。"

我和鸿池你一句我一句地插科打诨，想要缓解一下紧张的气氛。就在这时，大鹭慢悠悠地开了口："我想问问你，前天急诊科火灾的具体情况。"

虽然音量不大，但声音中气十足。

果然又是这件事。这个预想之内的话题，让我不禁皱起了眉。

"……你想问什么？"鹰央毫不掩饰自己的不耐烦。

"听说那个男人不是咱们医院的患者，但你还是下令把他送到了这里。"

"他之前联系过我，想让我帮忙调查自己身体不适的原因。我通过调查，对他所患的疾病进行了诊断，所以他就是我们综合诊断部的患者。"

"不对。"大鹭毫不留情地说，"综合诊断部的患者，只有经过正规手续到综合诊断部门诊接受诊疗的，或者是住院之后由综合诊断部负责治疗的人。那些通过私人方式联系你，让你帮忙解决诡异事件的人，顶多算是'你的患者'，不是'综合诊断部的患者'，也称不上是我们'天医会综合医院的患者'。"

鹰央紧咬着樱花色的嘴唇，无言以对，因为大鹭说的完全正确。大鹭继续补充道："问题在于，你把你个人的患者送到了我们医院，还因此引起火灾，导致急诊科无法正常运转，要几天之后才能完全恢复。我们医院是区域内的重点医院，一旦我们的急诊科陷入不完全运转，会对整个区域内的急救医疗造成不良影响，最后承担后果的还是患者。"

听到自己可能给患者造成的麻烦，鹰央的表情有些别扭。

"不过这个事情，和周围的其他医院商量一下，请他们帮帮忙应该也能解决。但还有一个问题。"

"……什么问题？"表情黯淡的鹰央硬挤出一句。

"听说这次火灾发生得十分离奇，所以有很多媒体联系我，说想来我们医院采访。"

"媒体？怎么会？"

我不由自主地大声问道。大鹫横了我一眼，他眼神中的威严让我下意识地挺直了脊背。

"估计是警方那边泄露的消息，听说有些警察会向熟悉的记者透露案情。"

他们对我们这些案件相关人员都密不透风，居然一转头就把消息透露给记者了，我暗自咂舌。大鹫又看向了鹰央："这种离奇案件向来是媒体的香饽饽，再加上受害者还是大学教授，就更有话题性了。一个不小心还会稍加演绎，成为资讯节目的话题。到那个时候，会有大量媒体记者一窝蜂地跑来，这对我们医院造成的打击，可比急诊科被烧造成的还要大。"

我听得后背发凉。如果除了室田被离奇烧死之外，碰守灵仪式上的火灾、炎藏墓的存在都被公之于众，那媒体肯定会像见了尸体的鬣狗一样冲到医院来，到时候医院怕是会彻底陷入瘫痪。

"你是想说，到那个时候责任由我来承担吗？"

鹰央懒洋洋地撩了撩黑色卷发。

"如果对医院经营产生影响，那就必须要有人来负责。"大鹫抑扬顿挫地说。他所说的"负责"，指的应该是缩小综合诊断部的规模。去年，鹰央因为医疗过失被告上法庭的时候，医院里开过一个决定经营方针的会议，各科室的负责人都参加了，当时大鹫就提出过这个建议。

大鹫向鹰央走近一步，随着距离的缩小，他们之间紧张的气氛再次升级。

"如果你不想看到这种情况发生，只有一个办法，就是找出前天急诊科火灾的真相。因为媒体只会对充满'谜团'的案件感兴趣，一旦这个现象能用科学解释，那这个'谜团'就会消失，他们自然会去寻找其他的爆点。"

如果不能找出这次案件的真相，那么"综合诊断部"将会缩小，不但门诊会被取消，给患者提供的床位也会相应减少。随之而来的就是人员重新分配，到时候我就只能回到大学附属医院了。剩下鹰央一个人，也不能单独负责患者，只能接受其他科室的委托，给他们的诊断和治疗提出建议，完全就是架空的状态。

让救护车把室田送到我们医院来的确实是鹰央，但她这么做只是想拯救一个患者的生命而已，她也没有想到后来会发生那种事。再怎么说也不应该让她承担这么大的责任啊。

我刚要开口反驳，就看到鹰央无声地露出一抹自虐般的笑。

"伯父你这是干什么，专门跑来就为了和我说这些？"

"有什么不对吗？"大鹫眉间紧皱。

"别白费力气了，你没必要专门来警告我。这次案子如果不能顺利解决，综合诊断部就会直接解散，和你在科长会议上提出的那个缩小规模的提议无关。"

综合诊断部要解散！我开始怀疑自己的耳朵，旁边站着的鸿池脸上也流露出一丝惊讶。

"……什么意思？"大鸷有些奇怪地问。

鹰央用力摇了摇头："我没有必要和你详细解释，反正这次案子如果不能顺利解决，综合诊断部就会如你所愿直接消失，你知道这一点就够了。"

大鸷思考了十几秒，点头道："确实，这样就够了。"

"不过你也别高兴得太早，因为我一定会找到真相的。"鹰央语气坚定地说。

大鸷转身向我们这边走来。

"那也不错，至少不会有媒体跑到医院来。"

大鸷走近玄关，我和鸿池一左一右地让出通道。房门关上的瞬间，我和鸿池都长舒了一口气。

"真是的，就为这种无聊的事情来浪费我的时间。小鸟，快给我在门口撒点盐去去晦气。"

鹰央烦躁地发泄着自己的不满，然后用力倒在沙发上，整个人都陷了进去。

"这个等会儿再说，你刚刚说如果案子没有解决，综合诊断部就会消失是什么意思？"

我着急地钻过"书树"之间的缝隙走近鹰央，鸿池紧跟在我身后。

"能有什么意思，就字面意思。如果我们没有办法找出室田身体突然起火的原因，那综合诊断部就会被取缔，在我那位伯父搞小动作之前。"

"我就是在问你为什么会被取缔。"

我刨根问底。鹰央目不转睛地看着我，我能从她的大眼睛里看到自己的样子。

"你还不明白吗？真是的，看来没脑子也挺幸福的。"

"……那可真是对不起了。"

听到这话我忍不住有点恼火，但比起愤怒，我心里更多的是不安。鹰央说话一直都很毒舌，但平时她的语气听起来更像是在开玩笑。但今天不一样，我能感觉到鹰央的毒舌是因为她心里的焦虑和恐慌。

"因为成濑。"鹰央明显有些不耐烦。

"成濑警官？他怎么了？"

"你以为他为什么没有参与这次调查？"

那天搜查一科火灾班的日野过来，鹰央好像也问了这个问题，但是我不明白她为什么那么在意成濑。

我还是完全摸不着头脑，鹰央挥了挥手。

"这个无所谓。现在最重要的是室田的案子。他身上为什么突然起火，我们必须要调查清楚才能避免一些麻烦。"

鹰央语速飞快。鸿池一把推开我，站到了我前面。

"确实，如果媒体那边知道了那个叫炎藏的阴阳师的存在，后果一定不堪设想。"

鸿池前天和我们一起经历了火灾现场，所以我当时和她稍微解释了一下炎藏的事情。

"那个倒是没关系。最坏的情况是我们就这么干耗着，永远也找不到案件的真相。室田身上起火，到底是有人故意策划的，还是由于某种原因意外发生的，又或者真的是'炎藏的诅咒'应验了。不管哪一种，只要我们能找到真相就可以。"

"等一下，如果真的是因为'诅咒'的话，那我们也得遭殃啊。"

我着急地抬高声音。如果室田被烧死真的是因为"诅咒"应验了，那下一个被烧焦的，绝对就是用手术刀叨扰炎藏遗体的我。

"就算真的是因为'诅咒',那我们只要找到解决的办法就可以了，比如找人来驱个邪什么的。"

"不是……我觉得重点不是这个……"

鹰央到底是为什么这么焦躁不安？我不明白，除了媒体蜂拥而至，查不出案件真相到底还会发生什么其他的后果，会让鹰央如此避之唯恐不及。

"啊啊，好烦！线索还是不够。也不知道火灾调查的结果，也弄不清楚室田和碇的社会关系，但凡给我一点消息肯定能找到真相的！"

鹰央双手胡乱地拨弄着头发。旁边的鸿池却一点点地从白大褂口袋中取出了一样东西，说："那个，鹰央大夫，你让我带的东西我带来了……"

鹰央猛地抬起头来，一把抓住了鸿池拿出来的东西，看起来像是一张DVD。

"干得漂亮！"

鹰央拿着它走向房间内部，把它插进了墙上挂着的大屏电视侧面。

随着光驱关闭，屏幕上出现了一段黑白视频。

"这是？"

我惊讶得放大声音。鹰央回过头来，笑着对我眨了眨眼。

"没错，这是案发当天的监控视频。"

视频是从急诊科斜上方拍摄的，画面角落里能看到一个很像鹰央的背影。

"为什么要弄来这个？"我看着旁边站着的鸿池。

"昨天鹰央大夫让我去弄的，说让我在警察带走视频之前先复制一份。监控视频是保安部那边在管，我就拜托了一个熟悉的保安帮我。"鸿池一脸得意地说道。

"还帮你，他们不知道私自复制监控视频会出大问题吗？更何况还是这次案子的视频……"

"他一开始也不愿意来着，我就提了提鹰央副院长的名字，而且还答应了他，下次和他喜欢的那个护士一起喝酒的时候叫上他，好不容易才让他同意的。"

"你可真厉害……"

这也就是鸿池这样面子广又善于交际的人才能做到吧，我心里又是佩服又是惊讶。突然，鹰央说了一句，"来了"。液晶屏幕上显示的是我和鸿池推着担架车的画面，上面躺着的人正是室田。接下来，室田被移动到了进行急救处理的病床上。

我们看到的画面不仅是黑白的，而且画质很低，所以没办法确认太多细节，但是基本上能还原出上次事件整体的起因经过。

画面中，我和鸿池还有护士们开始对室田进行抢救。看上去并没有什么可疑的地方，至少没有看到室田的衣服上有什么类似点火装置的机器。然后是我走到病床前，开始听诊，室田的上半身被我挡住，刚好在监控死角。

"啊啊，小鸟的头好碍事！什么都看不到了！"

鹰央指着画面里的我。

"……对不起。"

画面中，我结束了听诊，退后一步，室田的身体又出现在了画面中。虽然由于画质过低，视频并不清楚，但暂时还没有出现任何异常。

就是这里。我紧紧盯着屏幕，刚刚还没有任何异常的室田，胸口处突然出现了一簇火苗。即使知道发生了什么，我还是不由得怀疑自己的眼睛。鸿池惊讶地发出"哇！"的一声，而鹰央则紧抿嘴唇目不转睛地继续看着。

火焰蠕动着在室田身上蔓延，最后终于在氧气的助燃下一口气扩散开来，一束火光以病床为中心熊熊燃烧起来。也许是因为光线突然变强，视频整体都有些泛白，画质显得更差了。烈火中，还能看到室田拼命挥动着四肢，猛烈地挣扎着。视频就在这里戛然而止。

望着暗下来的屏幕，我们沉默地站在原地。那天亲眼看到的时候，只觉得大脑一片混乱，可是像今天这样通过视频再次去审视当天发生的一切，我才真切地感受到了它的诡异和不幸。

"……视频只有这么多，抱歉。"像是受不了空气中的沉闷，鸿池开口道。

鹰央摇了摇头说："没关系，足够了。这个视频里有我当天没有看到的着火的瞬间，已经告诉我不少东西了。"

"你发现什么线索了吗？"我满怀期待地问道。

鹰央竖起左手食指说："火不是从羽绒服烧起来的，而是从室田被单衣包裹着的胸部烧起来的。这样一来，在衣服上安装自动点火装置的概率就很小了。"

"是啊，虽然画质有点低，但如果单衣里有什么机关的话，还是能看出来的。"

我点了点头。鸿池单手撑着下巴说："感觉像是直接从身体上出现的火焰，怎么说呢……就像是人的身体自己烧起来一样……"

"这怎么可能？"

"怎么不可能？"鹰央看着我，"在没有任何火源的情况下，人体自动着火燃烧的现象，被称为'人体自燃现象'，世界范围内还出现过几例实例。"

"……人体自燃现象？"

我重复着这个词。鹰央又伸出左手食指开始解释："没错。世界上第一个被认为是人体自燃现象的例子发生在 1731 年，一位名叫班迪的伯爵夫人尸体被人发现。当时她除了膝盖以下的部位以外，全身都被烧焦。后来出现了很多次死者遗体着火的事例，但现场却没有任何火源，也就是说唯一的可能就是人体自己燃烧的。这些例子的共同特征就是，死者的腿部会残存，而且燃烧产生的灰烬中含油量很高，还带有一股恶臭。2010年，爱尔兰境内发现一具被烧死的男性尸体，死者名叫迈克尔·法赫蒂。由于尸体周围的其他地方没有任何燃烧过的痕迹，所以验尸官判断他是由于人体自燃而导致死亡的。还有……"

"鹰央大夫，我知道了我知道了，别说了。"

我打断了鹰央的讲解。要不然接下来的几个小时，我可能都要被关于"人体自燃现象"的各种信息所淹没了。

鹰央正在兴头上，被打断后不满地瞪了我一眼。

"我们时间不多了。你说的那个'人体自燃现象'，还没找到原因吗？如果能用科学的理论去解释它的话，那这次室田先生的事情应该也就迎刃而解了吧。"

"有几种假说。"鹰央鼓了鼓腮，继续讲道，"其中最有力的一种，就是酒精起火论。因为受害者当中大部分人都有酗酒的习惯，所以有人推测会不会是他们体内高浓度的酒精由于某种契机而起火。其他的还有等离子说、烛芯效应理论等，再有就是……"

"这里面有符合这次事件的假说吗？"眼看着鹰央又要开始口若悬河地普及知识，我连忙问道。

"你说什么傻话呢，我们现在手上唯一的线索就是刚刚看的那个视频。只有看过火灾调查结果，了解现场残留的化学物质等信息之后，才能判断有没有适用的假说。就目前来说是不可能的。"

"也对。"

我有些失望。这时，鸿池将手稍稍举起。

"我觉得，真的不是存在某种自动点火装置吗？"

"怎么可能，火是从室田先生的胸前烧起来的，可是他的胸前是平的，说明单衣下面不可能藏着东西。"

"不是不是，我想说的不是衣服下面，而是他的体内。"

"体内？！"我大声说道，这完全超出了我的想象。

"很明显火是从胸部开始燃烧的，那会不会是他的胸部内被动了什么手脚呢？"

"胸部内……如果是从外面看不出来的话，那问题就出在胸廓内。"

人体的胸部，有肋骨形成的坚硬的胸廓，用来保护心脏、肺部等重要器官。

"要做到这一步很难，但也不是不可能。只要做个开胸手术，完全可以放个小东西进去。"

"可是要在他本人不知道的情况下做开胸手术，这不可能吧？"

"我在抢救室田先生的时候看到了，他身上有做过开胸的疤痕。"

"哦对了，他之前说几年前因为瓣膜病做过手术，应该就是那个时候留下的疤痕。"

我回忆着。

"所以就是那个时候，有人偷偷地把点火装置放了进去，然后昨天通过远程遥控或者其他什么手段进行了操作？"

"先冷静一下。开胸手术一般会有近十位医疗人员同时参与，很难在不引起任何人注意的情况下动什么手脚吧。而且就算这一步成功了，那术后还要定期进行射线或者超声波等影像检查，他胸腔内的异常很容易就会被发现的。"

"这可不一定，有很多人不会按时做术后检查，或者也有可能这个设备是用 X 光无法发现的材料制作的。我说的对吧，鹰央大夫？"

鸿池询问着一直在旁边听我们对话的鹰央。

"这个嘛……"鹰央摸了摸下巴，"操作起来确实很难，但也不是不可能。至少通过某种方式在体内埋入点火装置的可能性是值得探讨的。"

鸿池一脸得意地看着我，她胜利者一般炫耀的姿态让我有点不爽。这时，鹰央又突然摇了摇头。

"不管火是从人体内还是人体外点着的，火灾调查中应该都会有所体现。而这个线索现在在警方手里，所以我们还是得先着手收集消息。"

"但是要想从那个叫日野的刑警那边套话，估计有点困难。"

那个男人虽然表现得很有礼貌，但他不想和我们合作的意思也表达得很明确。

鹰央面露难色，沉默了十几秒后，开口道："……警察那边会有办法的。还有就是室田和碇的社会关系，那个叫加贺谷的助教我们已经了解过了，但就室田春香目前的状态来看，还没法和我们说太多……"

鹰央顿了顿，若有所思地看向我。

"干、干吗？"一种不祥的预感涌上心头，我不由得后退了一步。

"那天仓本葵约你一起去喝酒了吧？"

"你怎么知道？"

我瞪大双眼，十分震惊。难道是听到了我们那天的对话？可是那天我和小葵聊天的时候是在楼顶边上，就算鹰央的耳朵再怎么好，也不可能坐在"家"里听到啊……

突然，我回忆起了那天出现的另一个人，我看向了旁边的告密者——鸿池舞，她冲我吐了吐舌头。

"你怎么一天天地尽把别人的隐私抖搂出去？"

我伸手想要抓她，却被她挥开了。她随即迅速后退一步，和我拉开了距离，这架势明显是练过的。

我这才想起来，这家伙好像说学过合气道。

"我当然要说，你都要劈腿了！"

鸿池一边说，一边将手架在胸前防备着我。

"劈什么腿？我明明是个单身汉！"

我向上半步，鸿池也后退了半步。

"你还要嘴硬到什么时候？我劝你赶快放弃抵抗，和鹰央大夫正式交往吧，你们真的是天造地设的一对儿。我恋爱丘比特——鸿池舞说的肯定不会错。"

"什么丘比特，你明明就是个恶魔。就是你在医院里散播莫名其妙的传言，还一直想尽办法不让我谈恋爱！"

我再次伸出手去，鸿池架在胸前的手利落地转了一圈，像捆犯人那样抓住了我的手，然后抵在了另一只手的手肘上。肘关节被人钳制，使得我身体前倾。

我使出蛮力将手抽回，整个身体向后退去。鸿池马上追了上来，保持着刚才的距离。

虽说是我大意了，但毕竟我和鸿池的体格差距摆在这里，她刚刚能差一点就放倒我，说明她的武术不仅仅是"有点心得"的程度，而是个高手。

我又想起了之前的那个女诈骗犯，她就是在企图逃跑的时候，被鸿池轻而易举地抓到了。

我紧绷着脸，鸿池看到之后露出的小恶魔般的微笑，凑近了我。

"太可惜了，为了让你注意到近在眼前的理想对象，我可是一直在忍着热泪拼命努力呢。"

"所以你每次看到我失恋才那么开心吧。"

我将两人之间的距离缩短了几厘米，鸿池也后撤了同样的距离。

"这个嘛，两回事儿两回事儿。"

忽然，我们俩高水平的武术步法切磋和低水准的无聊对话，被鹰央打断了。

她走到我们俩中间，挨个盯着我们看了一遍，说："烦死了！你们说什么呢？莫名其妙的。"

被骂了之后，我们俩缩了缩脖子，齐声道歉："对不起。"

"服了你们了，现在不是开玩笑的时候。喂，小鸟！"

被叫到名字的我喊了声"在"，挺直了脊背。

"你尽快去和小葵喝个酒。"

"啥？"

我和鸿池的声音，再次重合。

"我说，你和她，两个人单独去喝酒，然后问她几个问题。问问碇死后他们研究室的情况，还有炎藏墓的事情。她应该已经知道室田死了的消息，关于这方面的线索你也尽量多了解一下。"

"不行！"

还没等我说话，鸿池就先喊出了声，鹰央歪了歪脖子问："哪里不行？"

"上次小鸟大夫就和那个女的聊得火热，而且她完全就是小鸟大夫的理想型。你让他们两个单独去喝酒，最后不知道会发生什么呢！"

"那你具体说说会发生什么？"

鹰央有些疑惑地问。对她来说，要理解别人的言外之意实在是有些困难。鸿池的表情有些尴尬。

"嗯……就是……怎么说呢。就是可能会发生一些成年人之间的，或者说是男女之间的关系……"

"小鸟和小葵都已经满二十岁了，从法律上来说就是成年人，他们两个人之间的关系肯定是'成年男女之间的关系'啊。"

鹰央歪了歪头，一脸真诚的疑惑。

"我的意思是说，小鸟大夫和那个女人吃完饭之后，可能会发生性行为！"鸿池干脆破罐子破摔，红着脸大声说道。

"啊，原来是这么回事。"鹰央拍了下手。

"什么这么回事？你连这都不在乎吗？"鸿池大声嚷嚷。

鹰央随意地摆了摆手："没关系，不会发生那种事的。"

"你的意思是，小鸟大夫没有勇气把人领到宾馆吗？他平时看起来确实不会，可是只要是男人，不管看起来多老实，说到底都是披着羊皮的狼啊！再说了，万一那个女人主动引诱呢？小鸟大夫就算再怎么优柔寡断，美女在前也不可能做柳下惠啊。"

我怎么觉得她每句话都在针对我……

我皱了皱眉。鹰央拍拍鸿池的肩膀说："你就不用担心了。"

所以鹰央真的觉得我是那种连约女人都不会的男人，还是说她觉得就算我开口了，也没有那个魅力让对方答应，再或者是她根本就不在乎我和小葵之间会发生什么？

我心里突然有点不舒服。

鸿池嘟着嘴没有说话。鹰央看向我说："那就这么定了，你赶紧约小葵吃饭，尽快啊。"

"……知道了"

我干巴巴地回应。

8

"干杯"。

酒杯碰到一起，发出风铃般清脆入耳的声音。

第二天，也就是周五晚上八点多，我和小葵正坐在西麻布一家装修别致的餐吧里。座位呈 U 字型排开，入口处薄薄的门帘让内部形成了一个半封闭的空间。灯光昏暗得恰到好处，再配上隐约可闻的爵士乐，气氛十分浪漫。

昨天，我按照鹰央的指示，用手机上的通信软件联络了小葵，邀请她一起吃饭。结果她马上回复说："我明晚有空，你方便吗？"然后我就约她来这家店里了。

今天是周五，我一整天都在急诊科上班。但一想到晚上有久违的约会，而且对象还是一位让人心驰神往的大美女，我连工作的时候都有点兴奋。不过急诊科刚好因为前几天火灾的影响，暂时只能接受轻症患者，所以我的状态并没有影响工作。下午六点，我结束了在急诊科的工作，来到楼顶。那里有一个小型板房，里面有一张我的桌子。我在里面换上自己的衣服之后，走出了医院。今天从早上开始一直到下班我都没有见到鹰央，离开医院的时候也没有顺便去她"家"里和她打招呼。

想到今天要喝酒，所以我把我的爱车 RX-8 放在了医院停车场，坐电车来到了六本木。我和小葵在六本木新城的标志物——大蜘蛛雕塑下碰头，然后一起来到了店里。

"其实，我真的没有想到你今天会邀请我吃饭。"

小葵品了口香槟，将杯子稍稍移开嘴边，娇艳地笑着。

"欸，为什么？"

"因为你最近应该很辛苦吧，因为室田老师那件事。"

"……你果然知道了。"

我好不容易放松下来的面部肌肉又紧张起来。

"这很正常啊，世界就是这么小。其实是加贺谷直接联系的我，当时他完全陷入了恐慌状态。"

小葵把香槟酒杯放回到桌子上，有些警惕地环视四周。

"他告诉我，室田老师在你们医院去世了。而且……是身上突然着火被烧死的，这是真的吗？"

"嗯，是真的。我当时就在旁边，亲眼看到的。"我小声回答。

小葵的表情仿佛在强忍着悲痛："这样啊……我听加贺谷说的时候还不相信，连新闻上也只是说有患者因火灾去世而已。"

"有刑警去找过你吗？"

"好像明天会有刑警来问话。我本来以为只是要问碇老师守灵那天发生火灾的事情，现在看来，他们说不定还会问我关于炎藏的事情。"

十有八九，一旦开始调查室田的案子，马上就会发现他的合作研究者——碇的遗体被烧一案，以及副教授内村被烧死的事情。而且只要稍微问问加贺谷他们，就一定会发现他们三个人的共同点——曾经调查过炎藏墓。

小葵将酒杯中剩余的香槟一饮而尽。

"室田老师的身体突然燃烧，是因为身上有什么能点火的机关吗？"

"现在还不清楚。我在火烧起来之前给他做过检查，当时没有发现任何可疑的机关。"

"是这样啊……"

小葵有些忧郁地喃喃道，然后她和路过的服务员要了一瓶白葡萄酒。

"我今天想喝个痛快，小鸟游，你会陪我一起的吧？"

"嗯，当然。"

服务员很快拿来了一瓶新酒，我往小葵面前的杯子里倒了一点，透明的白葡萄酒在玻璃杯里摇晃，小葵动作熟练地举起酒杯品了一口。

前菜奶酪生鱼片上来了，配上微辣的白葡萄酒，我们一边闲聊一边品尝着美味。突然，小葵像是想起来什么似的又将话题扯了回去。

"碇老师的遗体被烧之后，有几个刑警来找过我们问话。听他们的意思，应该也在怀疑灵柩里被安装了点火装置。他们问我们'靠近灵柩的时候，有没有听到类似钟表的声音'，还有'有没有闻到汽油的味道'之类的。也就是说，守灵那天发生的火灾，是有人利用了某种装置故意造成的，而且还留下了痕迹。"

鹰央也说过同样的话。我回想起前几天成濑上门时和鹰央的对话，点了点头。

"所以我一直以为室田老师的那个案子里，也会发现某种机关。原来是我猜错了吗……"

"也不是，现在还说不准。如果仔细调查的话，说不定真的会发现什么。"

"那就好。"小葵伸手拿起酒杯，"不然的话，就说明这火真的因为'炎藏的诅咒'而起，那下一个死的肯定就是我了。一开始去过炎藏墓的四个人中，已经死了三个了。"

"这世界上不会真的有'诅咒'的。"

我说完之后，小葵猛地加大了酒杯倾斜的角度，咕咚咕咚地把酒灌了下去。

"我以前也不相信这种超自然的东西。平安时代的古籍中曾记载过炎藏通过诅咒杀害了很多人，我还以为我能轻而易举地用科学的理论去解释它们。"

"解释？你是说解释怎么用诅咒杀人？"

我一边给小葵空了的酒杯里倒酒，一边眨着眼睛问她。

"其实道理很简单。炎藏肯定是有手下的，而且是那种可以为他赴汤蹈火的手下。他们负责去炎藏诅咒过的人家中纵火，毕竟那个时代也不可能查得清楚起火原因。于是炎藏作为诅咒师的名号越来越响，最终为当权者所用。"

小葵讲述的口吻有点像在说戏。说完之后，她轻轻摇晃着酒杯，杯子里的葡萄酒反射着店里的灯光。

"原来如此，听起来很有道理。"

"室田老师收藏的古籍当中，有暗示性的记载。不过当时我没有时间详细解读，还是要尽快再拿到那本书确认一下，在它被别人拿到之前。"

"被别人拿到？不是由他的女儿春香小姐继承吗？"

听到我的问题，小葵的表情有些沉重。

"春香小姐可能会放弃继承权，因为室田教授的债务比他拥有的财产还要多。"

"债务？"我从来没有听说过这件事，有些惊讶。

"对，我也是从碇老师那里稍微听说了一些，室田先生最近因为投资失败所以欠下很多债。好像还要把手上的土地分开卖出去，他们现在住的房子和土地应该也在抵押范围内。"

"那就是什么都没有留给春香小姐了？"

"嗯，差不多。"

父亲去世，生活了一辈子的家也要拱手他人，真是祸不单行。我想起春香拼命伸手想要抓住火焰中父亲的场景，一阵心痛。

"如果可能的话，我想用学校的经费，把室田先生的古籍买下来。这样既给春香小姐留下一点钱，也能让我对炎藏的研究更顺利一些。"

小葵一只手拿着酒杯，陷入思考。

"你还要继续研究炎藏吗？"

"当然了。作为唯一的幸存者，我一定要公开这篇论文，不能让碰老师白白牺牲。不管别人说我固执也好，意气用事也罢，我一定要完成它……在我被诅咒杀死之前。"

小葵自虐一般地低声说着。我凝视着她的侧脸。

"我听说室田老师的研究室可能要解散了，你们的研究室还好吗？"

"啊，我们暂时还可以，因为之前也有相应的传统，所以还能应付。不过一直没有教授也不是回事儿，应该过几天就会选拔吧。"

"那你参加吗？"

"不清楚，我连今后会发生什么都不知道，说不定哪天就因为'炎藏的诅咒'被烧死了呢。反正我现在的目标就是发表论文。"

"可是所谓'炎藏的诅咒'就是他的手下去放火对吧？"我一边小口嘬着葡萄酒，一边问道。小葵出神地望着天花板。

"我一直都是那么以为的，可是听到室田老师的死法，我又有点不确定了。理智告诉我'不可能有诅咒的存在'，可情感上我还是很害怕。毕竟人的身体突然起火不是件普通的事情。"

确实不普通。我脑海里又浮现出室田的模样，他在烈火中被焚烧的模样。

我紧抿着嘴唇。这时，服务员又送来了我们点的其他东西。小葵拿起酒瓶，往我的酒杯中斟满了葡萄酒。

"所以你约我的时候我真的很高兴，因为我只要一个人待在家里，就会控制不住自己地胡思乱想。好啦，沉重的话题就到此为止，我们现在就开开心心喝酒吧。"

小葵将酒杯放到嘴边，调皮地向我抛了个媚眼。

"也对。"

我也微笑着倾斜酒杯，品味着口中葡萄的醇香。

"话说小鸟游这个姓应该很少见吧。我第一次听到的时候，还以为是写作'高梨'[1]。高矮的高，水果的那个梨。"

"确实，高梨更多见一点，我住的那栋公寓就有一家姓这个的。不过他们应该都不知道自己和我的姓是一个发音。"

"一般人看到你的姓都不知道怎么读吧。"

我和小葵没有再讨论和案件相关的话题，而是开始漫无目的地谈天说地。一边享受着不断送上餐桌的美味佳肴，一边推杯换盏，开怀畅饮。转眼间，第二瓶葡萄酒就见了底。

酒精让我短暂地忘记了脑海中萦绕着的可怕回忆，让我能全身心地享受着这场久违的约会。我看着小葵，她正就着奶酪品味着手中的葡萄酒，感受到我的视线后，她一脸调笑地凑近了我。

"喂，你也该告诉我实情了吧。"

小葵的脸颊染上了一层樱粉色，口齿也有些不清楚，整个人的气质比平时更添了几分性感。

1　日语中，"小鸟游"和"高梨"这两个姓氏发音均为"TAKANASHI"。——译者注

"嗯？实情？"

"你明明知道我在说什么的，你和鹰央啊。"

"……鹰央大夫怎么了？"我的醉意散去了几分。

"你们俩是什么关系啊？是在谈恋爱吧？"

"不是，完全不是那么回事。"

我摇了摇手。最近怎么总有人问这个问题，我有些无奈。

"哦，那你们是什么关系呢？"

"能有什么关系，就是单纯的领导和下属啊。"

"单纯的领导和下属？"小葵歪了歪身子，抬头看着我。

"是啊，顶多就是除了工作之外我也被她到处支使而已。每次一有什么离奇的案子，她都不会放过我，有几次我还因为这个遇到了危险。我真的是想求求她放过我。"

"可即便这样，你还是会在她遇到问题的时候和她一起呀。就像上次你们和我一起闯进炎藏墓一样。"

"那不也是没办法，我总不能放任她不管。"

"为什么不能呢？"

小葵微微眯起因为酒精而略带迷离的眼睛。冷不防被这么一问，我下意识地"欸"了一声。

"我说，如果你们只是单纯的工作关系，那出了医院之后，鹰央做什么都和你没关系了啊。正常来说，领导强迫你参与她的私生活，甚至让你因此遭遇危险，不应该算是职场暴力了吗？"

她这番话说得让我哑口无言。

"但是职场暴力的前提是，在对方不愿意的情况下强迫对方。可我看你就算是被鹰央耍得团团转也不怎么抗拒，顶多就是不想让她以身犯险而已。"

"这个……"我开始剖析自己的内心，"确实，我对于和她一起调查案子这件事并不反感，虽然她总是有些出乎我意料的举动。"

"这些出乎意料的举动不恰恰就是鹰央的魅力所在吗？反正在我看来，虽然鹰央总是捉弄你，让你很尴尬，但你从内心里还是享受这个过程的。"

"享受……吗？"

那些和鹰央一起解决过的案子，一股脑儿地在我脑海里掠过。这些记忆确实没有带给我任何负面情绪，反而成了我宝贵的、闪闪发光的经历。

"我们一起去炎藏墓'探险'的时候我就发现了，你们俩之间的'羁绊'。"

"羁绊……"我喃喃自语，喝下了杯中剩余的红酒。

那个人和我的羁绊吗？我们一起解决前几个案子的过程中，有好几次都在死亡边缘挣扎。她救过我的命，我也伸手帮过她，拥有这种经历的两个人之间当然会有"羁绊"，只不过我之前没有意识到而已。

"我说小鸟游，你是不是喜欢鹰央啊？"

这突如其来的问题，吓得我不小心把葡萄酒呛进了气管，狠狠地辣了我一口。小葵一边帮我拍背，一边问："你还好吗？"

"你怎么突然问那种问题？"我好不容易停下咳嗽，控诉着小葵。

她用修长好看的手指点着下巴说："因为那天我去医院楼顶上鹰央'家'的时候，你看起来很放松啊。应该是经常和鹰央两个人一起待在那里吧。"

"那里也是综合诊断部的办公室，部里只有我们两个人，所以才会这样。"

"但你也不反感和鹰央单独相处吧？是不是觉得很舒服？"

我和小葵视线相交，她的眼神仿佛能看透我内心一样。

"……倒是不讨厌吧。"

除了她不高兴的时候，我在心里补充道。

"和不喜欢的人单独处在同一空间，是很痛苦的。你不讨厌和鹰央独处，就说明你喜欢她啊。反过来说，鹰央肯定也喜欢你。问题的重点在于这个'喜欢'的类型。"

"类型？"

"没错，你对她到底是对同事的'喜欢'、朋友的'喜欢'、像家人一样的'喜欢'，还是……对异性的'喜欢'。"

小葵咄咄逼人地问道，她的手指抚上我的脸颊。

"我……"我的大脑在酒精和小葵的性感中陷入沉醉，完全无法思考。

"如果不是异性之间的喜欢，那我可以在你们俩之间拥有一个位置吗？"

"啊？这个……"我呆呆地说道。小葵将瓶中所剩无几的酒，倒进了我们俩的杯子里。

"哦对了，我差点忘了问，你和鹰央除了彼此之外，应该都没有其他恋爱对象吧？"

"什么叫'除了彼此之外'，本来就没有。你呢？"

话题发生了微妙的变化，但我却感到一阵莫名的安心，继续顺着小葵的话反问。我也真的想知道她有没有男朋友。

"没有没有，做我们这个工作都认识不到什么人，身边也没有我喜欢的类型。"

小葵轻轻摇了摇手。

"你喜欢什么类型？"

也许是酒精壮胆，我非常自然地问出了平时很难开口的问题。

"嗯……一定要说的话，喜欢可爱的，让人想要保护和宠爱的那种。"

我有些失落，因为我怎么都不可能是"可爱类型"的。

"被你宠着的人，最后肯定会变成废柴吧？"

"怎么会，至少我前几任没有。你呢？你喜欢什么类型啊？"

"嗯……"

这种情况，我可以说"喜欢你这种类型"吗？现在的气氛比我想象的还要好，是男人就应该一鼓作气！

我刚要开口，就看到入口处的门帘被掀开，一位服务员走了进来。

"非常抱歉，马上就要到我们关门的时间了，请两位提前做好离开的准备。"

"欸？这么晚了吗？"小葵看了看手表，"啊，都快十一点半了，可能我们是高兴得忘记时间了。那我们准备走？"

"……嗯。"

来之不易的机会就这么溜走了，我充满怨气地看着那个服务员，不情不愿地掏出钱包。

"今天谢谢你请我吃饭，下次喝酒我请客。"小葵兴奋地说着。街灯的映照下，她的脚步有些不稳。

"好啊，一定。"

虽然错过了表白的机会，不过能约好下次一起喝酒也不错。我微笑着，寒冷的夜风吹拂着我燥热的脸。

"你打算怎么回去？"

"时间不早了，我在想要不要叫个出租……如果要回去的话。"

"嗯？什么意思？"我问道。

小葵浅红色的唇边绽放出一抹妖艳的笑："你真的要让我就这么回去吗？"

虽然好久都没有接触过男女之事了，但这么明显的暗示我还不至于听不出来。

"你……不想回去？"我有些难为情地问。

"嗯——本来我应该是要回去整理论文的，但是现在醉成这样，估计也整理不成了。所以我在犹豫要怎么办。"

"要不找个地方醒醒酒？"

"也可以。好久没喝这么多了，现在脑子有点不清醒，你来决定吧。只要你在出租车来之前定好地方，我就跟你走。"

小葵停下脚步看向我。我们就这样站在街道中央，凝视着对方。我听到耳边传来心脏剧烈跳动的声音，滚烫的血液流向了全身，让我的体温渐渐升高。小葵是个毋庸置疑的大美女，她现在的表情和隐约从她身上传来的蔷薇香味让我有些眩晕。

快去拥抱这个充满魅力的女人吧，然后和她一起度过火热的夜晚。

男性的本能驱使着我向小葵伸出手去，但在碰到她的前一秒，我停下了。

不知道为什么，我脑海中出现了鹰央的脸。我摇摇头试图将她驱逐出大脑，但她的脸却愈加清晰。我突然想起了昨天在那个"家"里，鹰央对叽叽喳喳的鸿池说的那句"没关系"。

啊……原来是这样。

我一下子从兴奋中冷静下来，慢慢收回了手。小葵依然保持着微笑，看着我。这时，我眼前突然出现了一阵强烈的光，是出租车的前灯。

"可惜，到时间了。"

小葵开玩笑似的说。然后她举手示意出租车停下，坐上了后排座位。

"拜拜小鸟游，下次见。案子有什么新进展了记得联系我啊！"

小葵一边和我挥手一边上了车，我微笑着道别："好，下次见。"后门关上，出租车启动。我目送着车的尾灯渐渐远去，呼出一口带着酒精味儿的浊气，仰头望向天空。

还是失败了。我琢磨着要不要散散步，等酒醒一些了再回去。

我信步来到了附近的一条小路，漫无目的地走着。渐渐地，脚下的路越来越窄。二三十分钟后，我已经完全不知道自己所处的位置了。周围是一篇安静的住宅区，由于是深夜，基本上不见人影。

过一会儿走到大路上再打个车好了。我正考虑着，突然听到背后传来一阵脚步声。

一开始我没有在意，继续往前走，可是不管我拐了几个弯，背后的脚步声都一直紧跟着我。

有人在跟踪我？我没有回头，只是皱了皱眉。不过很快我就反应过来了背后的人到底是谁。

她居然做到了这一步！我一阵头痛，按了按太阳穴，然后咂了咂舌，一个蹬地，迅速向前冲刺。马上，身后的脚步声也追了上来。

我向前跑了几十米，拐到了一条狭窄的小路上，在那里静静等待着脚步声的到来。下一秒，一个人影冲进了这条小路，我迅速出手制住了她的手腕。

"抓到你了鸿池！你居然……"

后半句话我没能说出口，因为我发现自己抓到的，是一个身材健壮的男人。

"啊，抱歉。"

意识到自己认错了人，我连忙松手。我还以为肯定是鸿池担心小葵和我进展太过顺利，所以跑来跟踪我。

"……咦？"

我发现自己好像见过眼前这个男人。他应该是……

"你是，前川？"

他沉默着撇开了视线，低头看向地面。没错，就是他，前川警官。他之前和搜查一科火灾班的日野一起来找我们问过话。

"你为什么……"

还没等我说完，前川便转身离开了。我愣在原地，望着他的背影渐行渐远。

"这到底是什么情况？"

我呆呆地站着。突然腰间响起了一阵爵士乐，我取出手机，只感觉大脑更混乱了。液晶屏上显示着"鸿池舞"的名字。

她怎么这个时候给我打电话？难道刚刚的跟踪真的和她有关？我迷迷糊糊地按下接听键。

"小鸟大夫，大事不妙！"

听筒里传来了我这个小克星的大叫，本来就带着几分醉意的我，感觉脑子在嗡嗡作响。

"冷静点，大晚上的怎么了。难道是你让那个警察来跟踪我的？"

"啊？你说什么？"

她的声音有些不解，听着不像是装出来的。

"没什么。你找我干吗？如果是要问我和小葵的进展，那你尽管放心，我们已经分头各回各家了。"

"哦这样啊。人家果然看不上你，别太伤心哈。"

"闭嘴！她没有看不上我！没事的话我挂了。"

"啊，有事有事。真的不好了！"鸿池语速加快，语气中带着一丝焦急。

"怎么了？"我心里涌上一阵担心，双手用力抓紧了手机。

"我不是住在医院后面的宿舍嘛，然后我刚刚听到外面乱哄哄的，就出门看了看，结果发现医院着火了……"

"着火？"

我尖声问道。我的大脑里瞬间闪过"炎藏的诅咒"，而现在在医院的、可能会受到"炎藏的诅咒"的人……

鹰央。我感觉全身的血液都在上涌："哪里着火了？还在烧吗？有人受伤吗？"

我慌乱地大喊。

"消防队已经把火扑灭了，不过伤亡……"

鸿池支支吾吾的态度让我的心提到了嗓子眼，我一句话也说不出来，只是紧紧按着自己的胸口。

"那个，小鸟大夫。你得做好心理准备，非常遗憾，你的搭档被大火烧成了一具焦尸……或者说，她已经归天了……"

我感觉一阵腿软，全身的肌肉都失去了力气。等我反应过来的时候，已经是双膝跪地，低垂着头的状态了。

我抓不到任何头绪。铺天盖地的绝望感融进了我的血液里，侵蚀着我身上的所有细胞。强烈的眩晕感和想要呕吐的欲望向我袭来，地面和两边的围墙好像变成了肠道中的食物，开始不疾不徐地、扭曲地蠕动着。

"怎么会……鹰央大夫怎么会死……"

我的声音由于巨大的痛苦而变得嘶哑。忽然，我无力垂下的手中紧握着的手机，传来了一阵声音。

"哎！你说什么呢？不是，鹰央大夫没事。"

没事？我迅速回到了现实。猛地抬起头来，双手将手机放在耳边。

"鹰央大夫没事吗？她还活着？她的'家'不是被烧了吗？"

"不是啊，而且，其实我现在就是在她'家'里给你打的电话，旁边……"

鸿池的声音突然消失，紧接着我听到了一阵早已熟悉的声音。

"我为什么会死啊？我当然没事啦！"

我的心终于放了下来，身上的力气再一次被抽空。不知道为什么，街灯的光芒在我眼中竟然有些模糊。

"太好了……真的太好了……我还以为是'炎藏的诅咒'降临到你身上了……"

我激动得说不出一句完整的话来。

"我都说了，就算炎藏要诅咒，那肯定也是先诅咒你这个对他遗体动刀的人。不过现在看来，事实也确实如此。"

"嗯？什么意思？"

我有点疑惑。鹰央的语气中带着怜悯："意思就是，你的'搭档'被烧了。"

9

"我的好搭档——！"

我仰天抱头，发出一声悲痛的惨叫，声音飘散在了无尽的夜空中。接到鸿池的电话之后，我马上打车回到了天医会综合医院。然后就看到了这一幕，多年以来陪伴着我、和我出生入死的好搭档，此时已经面目全非。

这是医院后方的停车场。消防和警察用警戒线圈出了一块区域，它就静静地躺在这块区域的正中央。它就是被烈火蹂躏后，徒留一副残骸的，我的爱车——RX-8。

车窗溶化后分崩离析，原本闪耀着漆黑色光泽的车身，此时只剩下了一架被烧成黑褐色的框架，真皮座椅下的金属结构也裸露在外。

"啊啊，这还是我当年做实习医生的时候，好不容易才从少得可怜的工资里攒钱买下的，当时还贷了款……我花了那么多钱和精力改装它，前几天才刚刚做了车检……"

"小鸟大夫……请节哀。要是我的车变成这样，说实话我应该也会精神失常的。"

鸿池站在我旁边，摩挲着我的背，态度是少见的同情。这时，站在我前面观察着现场的鹰央回过头来。

"那辆车不能用的话确实不太方便。小鸟，你尽快找辆车来代替它吧，万一有什么情况，我们也好马上行动。"

"没有什么能代替我的RX-8！我才不会那么轻易就换车！"

"……你怎么像是被女朋友甩了一样。"

鹰央的声音有些惊讶。我双手抱头。

"这到底是怎么回事啊……"

"我听说，是上夜班的保安在巡逻时发现着火的。本来他是想用灭火器扑灭，可火势太大，他只好放弃，然后就叫了消防队过来。"鸿池解释道。

旁边站着的鹰央点了点头说："他的判断没错，车辆着火时可能会点燃油箱里的汽油，进而引发爆炸，非专业人士处理起来太危险了。"

"我不是问这个，我是问，我的车为什么会着火？我没有在里面放任何可能会着火的东西啊！"

"这个得等明天火灾勘验的结果了。看看到底是有人纵火，还是……自己起火。"

鹰央的声音慢慢低沉。

"自己起火，难道你是说这也是'炎藏的诅咒'引发的自燃现象？"

"不知道。我之前也说了，现在线索还不够。而且在我们收集线索的同时，案件也在不断发生。再这样下去，情况只会更糟糕。"

确实如此。我们到现在都还对真相一无所知，但新的案子却在不停地发生。我终于从失去爱车的悲痛当中缓了过来，直视着鹰央。

"鹰央，我们和真鹤小姐商量一下，让她在楼顶的入口处安排一个保安吧，下一个被袭击的目标可能就是那个'家'。"

"有道理。不过如果真的是'诅咒'，那保安也没什么用……"

鹰央的话说到一半，突然停下，看着正前方。我顺着她的视线，发现有一位消防队员正拿着相机拍照。再仔细一看，他镜头对准的并不是我那一团焦黑的爱车，而是现场围观的群众。

"从他这么认真记录现场的围观群众来看，他们应该已经发现了有人纵火的蛛丝马迹。"鹰央喃喃道。

鸿池眨了好几下眼说："欸？什么意思？"

"纵火犯很有可能会回到现场，也许是来确认自己放的火最终达到的效果，也许是单纯来欣赏火焰燃烧时的美感。不管是哪一种，反正发生纵火案之后，警方一般都会怀疑出现在火灾现场的人。"

"原来如此……"我小声说道，"也就说，现在纵火犯在现场的可能性很大，所以消防队员才会这么认真地给围观群众拍照对吧。那我的车就不是因为'诅咒'，而是被某个人放火点着的，他居然这么对我宝贝的爱车……"

"额，那个，小鸟大夫，你眼睛都直了，有点可怕。"

鸿池看到我扭曲的表情，往后退了退。就在这时，出现了几个身着正装的男人，他们扒开人群进入了警戒区。其中有一位，是我们认识的。

"那个应该是日野刑警吧，上次来找我们问过话的。"

我和鹰央咬着耳朵，她点了点头。

"啊，对。他来了，那就说明警方那边怀疑这次车辆起火和室田被烧死是同一案件。"

日野看着 RX-8 的残骸，和消防队员们交流着。突然，他好像注意到了我们，抬头看了过来。那视线十分锐利，还带着极强的戒备。

"这人好没礼貌啊，怎么一直盯着我们看。"

鸿池噘着嘴不满道。紧接着，我发出了"啊"的一声。鹰央横撇着我问："怎么了？"

"我刚刚受的惊吓太大差点给忘了。鸿池联系我之前，我在西麻布见到了前川警官，就是日野的那个搭档。"

"你们是恰巧碰到的吗？"鸿池歪了歪脖子。

"不是。我敢确定他当时是在跟踪我，我一开始还以为是你想破坏我和小葵的发展，所以来监视我的。"

"我怎么会干那种事？"

"不会吗？"

我不假思索地反问。鸿池向上翻了翻眼珠，好像在认真思考。

"如果有必要的话也有可能啦，但是这次可和我没关系啊。警察为什么要跟踪你呢？"

"我就是不知道为什么，所以才感觉奇怪。"

我耸耸肩。鹰央长叹了口气："你还没有发现吗？"

"欸？你已经知道我为什么会被跟踪了吗？"

"当然。这也是成濑没有来这里的原因，他被彻底踢出这个案子了。"

"成濑警官？这和他又有什么关系？"我再次提问道。

鹰央直勾勾地看着我的眼睛说："你记不记得我经常说，诊断学中最重要的就是摒除先入为主，要对在诊疗和检查中发现的信息进行客观、整体的评价。案件调查也是这个道理，我一直都在教给你其中的理论，你现在试着自己'诊断'一下目前的状况吧。"

"诊断……"

我将手放在额头上。为什么要跟踪我？炎藏墓、碇的遗体被烧、鹰央所说的"这样下去综合诊断部会消失"、不知为何被排除在这次案子之外的成濑、跟踪我的刑警，还有目前只能用人体自燃来解释的室田被烧死一事……纷繁复杂的信息在我的大脑中开始了有机的结合。

还差一点，还差一点我就能有所发现了。沉浸在思考中的我，突然想起了监控录下的室田被烧死的过程。那个视频就是在客观、整体地记录那次事件。

结束听诊后，我挪了一下位置。紧接着，原本处于视频死角的室田胸口就窜起了火苗……

"啊啊！"我张大嘴巴，一动不动地站在原地。

"看来你也明白了。"鹰央小声说道。

鸿池了连忙问道："到底是怎么回事？"

"纵火案中，首先要怀疑出现在现场的人。"

我重复了一遍鹰央刚刚说过的话。

　　"我明白了。不管是碰的守灵仪式，还是室田被烧死的现场，有一个人都出现在了离起火点最近的地方。"

　　我看着抬起头来的鹰央，颤抖着声音说："警察怀疑的纵火杀人犯，是我……"

第三章

炎之终章

Spontaneous human Combustion

1

"我先走了，这次实在是太谢谢您了。"

一位中年女性爽朗地表达着谢意，离开了门诊办公室。我对着早已关上的房门，有气无力地回了句"早日康复……"今天是周一上午，距离和小葵约会的那个晚上已然过去了三天。此刻，我正坐在综合诊断部的门诊办公室里，兢兢业业地工作着。

那天晚上，我赶回医院见到爱车最后一面之后，就直接睡在了医院的值班室。第二天一大早就有火灾调查员来进行调查，我作为受害车主，也没能到现场去。只是在调查完成之后，有个调查员来和我说了一句："等详细的调查结果出来之后，我们再联系你。"根本算不上是什么对受害人的解释。

从他们态度中显而易见的隐瞒来看，应该是真的在怀疑我就是那个纵火杀人犯。

昨天，我欲哭无泪地去办了 RX-8 的报废手续，联络了保险公司。保险金额之少让我瞠目结舌，导致我一整天都沉浸在对自己拖延保费的悔恨当中。

今天早上，我和往常一样进行着诊疗工作，现在正在电子病历上记录刚刚那位患者的信息。这位女性患者几个月之前就表示自己喉咙有堵塞感，但是耳鼻喉科和消化内科的各种检查结果都没有异常。她不能接受这个结论，要求进一步检查。我看了看她之前检查的报告，认为她是由于压力或自律神经失调才引起了精神性喉咙堵塞，很多女性都会有相同的症状。我按照她的情况开了一服中药，并让她现场内服下去，几分钟后，她的症状就有了明显的好转，于是她便拿着方子欢天喜地地回家了。

"都弄完了。"

我写完电子病历后，冲着房间最里面喊了一声。

"哦，辛苦了。"

鹰央移动着身下的旋转座椅，从屏风后面绕了出来。

综合诊断部的门诊，接收的都是其他科室无法判断病情的患者。我们采用的是完全预约制，为每个人预留了四十分钟的问诊时间，美其名曰慢工出细活，要为患者做出最正确的诊断。不过实际上，被安排到这里来的患者，大多不是病情难以诊断，而是患者难以对付。

在其他科室的门诊过程中，有一些患者会做出莫名其妙的投诉，或者是不断地重复与诊疗无关的话题，这些人就会被送到我们这里。而我在这儿的主要工作，就是坚持不懈地听着他们喋喋不休的抱怨和无穷无尽的陈年往事。而这个时候我们的部长——鹰央在做什么呢？她就在屏风后面悠闲地看看书，自由自在。只有在真正"难以诊断的患者"出现时，她才舍得露个面。

"刚刚的问诊结束得很快嘛。"

鹰央看了看挂钟，一般问诊开始三十分钟左右患者会离开，休息十五分钟之后再接待下一位患者。

"因为之前见过很多精神性喉咙堵塞的患者吧，而且药也比较管用。那个……"

我舔了舔干燥的嘴唇。

"这会儿有点时间，我们可以聊聊案子吗？"

我这两天只顾着慌慌张张地处理车的后续问题，而鹰央要么是有事在忙，要么就是一脸凝重地在思考问题，所以我们完全没有了谈话的时间。

"嗯，好啊。从哪里说起呢？"

鹰央依然保持着坐姿，蹬了一脚地，旋转座椅带着她整个人靠近了我。

"首先，我们再来梳理一下目前的情况。现在警方怀疑我是纵火的嫌疑人，他们认为是我点燃了碇的遗体，也是我烧死了室田先生。"

说出这些话让我心里十分不安，甚至呼吸都有些困难起来。

"对，没错。你烧香的时候，碇的灵柩在你眼前起了火。你把手伸到室田衣服里面进行完听诊后，他的胸口也烧了起来。客观来说，你是最大的嫌疑人，他们很有可能还怀疑你和内村副教授的死也有关系。"

"……那我会被抓吗？"我清了清嗓子，咽下一口唾沫。

"应该不会马上被抓。现在顶多就是怀疑，一方面没有直接的证据，另一方面你也没有动机。而且这个案子非常复杂，涉及三名死者和三场火灾，专案组那边收集信息、梳理线索也需要大量的时间。但如果在调查过程中，没有发现其他有力的嫌疑人，那他们肯定会从你这里入手。先以重要证人的名义，让你进行自愿陈述，然后再寻找足够的证据，对你进行逮捕或起诉。"

听到这可怕的预想，我的身体禁不住颤抖起来。

"一旦事情发展到那个地步，我所在的综合诊断部也要承担责任，你之前说'这样放任下去，综合诊断部会消失'也是指的这件事吧。所以你没有告诉警方任何线索，是在尽可能地争取时间。"

"啊啊，对。而且你的车被烧，让事情进一步恶化了。"

鹰央抓了抓头发。

"欸？怎么会？RX-8被烧时我有不在场证明，当时我在西麻布，那个前川警官一直跟着我。你的意思是，警察认为我是为了排除嫌疑，所以利用定时点火装置制造了那起事件吗？"

"不是，他们的想法更简单。你的车着火的时候，医院里有谁在？"

鹰央讽刺地扯了扯嘴唇。

"医院里……"本来垂着头的我一下子抬起头来，看着鹰央，"该不会？"

"没错，我为了制造你的不在场证明，所以一把火把车烧了，这就是专案组的推理。他们觉得我和你是共犯。"

鹰央哈哈大笑。

"按照他们这个想法，整个案子就会变得非常简单。到时候咱们俩都被抓进去，这个综合诊断部一个大夫也不剩，倒是比等我伯父缩小医院规模再慢慢消失简单一点。"

"这有什么好笑的！"我大声说道。

鹰央的表情严肃起来。

"也对，确实没什么好笑的。这次的案子是纵火杀人案，如果那个内村副教授被烧死也是人为的，那死者就是两个。万一被起诉并且被判有罪的话，轻则无期徒刑，严重的话甚至可能是死刑。"

房间里的温度一瞬间降到了零下。

"那、那现在该怎么办？我们怎么才能洗清嫌疑？"

"这一连串事情当中，最重要的就是室田被烧死。从监控录像来看，唯一的可能就是你假装听诊，实则在室田的衣服里动了手脚，最终引起了大火。只要我们证明，除了你还有其他人能做到这件事，我们的嫌疑就会小很多。"

"室田先生被烧死……"

我又想起了那个画面，想起了室田胸口毫无征兆燃起的那团火。

"没错。从监控录像来看，只能解释为'人体自燃现象'，所以揭穿这个骗局对我们来说十分重要。"

"骗局？那就是说你也认为'诅咒'这种超自然现象是不可能存在的了？"我和鹰央确认道。

她挠了挠脖子说："这并不代表'诅咒'是完全不存在的。只不过在这次案件中，从警方的动作来看，很有可能是存在嫌疑人的。而且这个嫌疑人并不是早在平安时代就死去的阴阳师，而是活生生的人。"

"警方的动作？"

"对。日野他们一开始侦查的方向就是有人故意纵火而非意外起火，也就是说他们手里有纵火的证据。"

"这个证据，是在碰先生的守灵仪式上发现的？"

"嗯，没错。和我最初预想的一样，灵柩中应该还留着那个自动起火装置的残骸。后来碰的合作研究者室田被烧死，他们自然而然地认为是同一个嫌疑人纵火杀人。接下来，他们又翻出了内村被烧死一案，重新调查这个一直被当作是意外的案子。包括前天的车辆起火，他们说不定也找到了纵火的痕迹。"

"不过在室田先生的案子里，他们应该还没有发现什么纵火的线索吧。"

"这个应该是没有。"鹰央摇了摇头，"如果有的话，警方肯定会直接去你家搜查纵火的证据。"

"搜查……"

"做警察最基本的就是要在证据被消灭之前抢先找到。他们到现在都还没有动作，说明他们还不清楚室田的胸口究竟是怎么突然起火的，都不知道要搜什么，自然也没法上门搜查。"

"那我可以先松口气了。"

连鹰央都百思不得其解的"人体自燃现象"之谜，警方更不可能解得开。

"也不能这么说。再过一段时间，他们就会强行采取行动。即便没有锁定要搜查的对象，也会到你家里排查所有可能成为纵火证据的东西。"

"凭什么！这合法吗？"

我不自觉地放大了声音。听觉过分敏感的鹰央皱了皱眉，两只手堵住耳朵说："别这么大声。这也没办法，毕竟现在除了你没有其他人能在室田身上点火。所以我们必须要尽快戳穿'人体自燃现象'的骗局。"

"可是我们应该怎么做呢？"

"我们需要线索。要先找到揭开谜底所需的所有碎片，才能看到案件的全貌。我让你去和小葵吃饭，也是为了收集消息。不过我是真没想到，你居然完全没有意识到自己就是嫌疑人，还高高兴兴地去追美女了。"鹰央嘲讽地说。

我缩了缩脖子辩解道："不是，我也问了她很多问题啊。不过我们现在最需要的还是火灾的调查结果，这个怎么解决？"

上次鹰央说"总会有办法的"……

"这个我在想办法了，话说是不是该叫下一位患者进来了？"

鹰央在胸前拍了下手。

"啊，离预约时间还有几分钟呢。"

"行了，赶紧叫人家进来，别让患者等着。"

"好，我知道了。"

在鹰央的催促下，我打开了电子病历设备里的预约名单，探着脖子确认。我记得上周，这一栏还是空着的，后来是谁预约了这个时间呢？

打开这位患者的电子病历之后，我又向前凑了凑，因为上面没有任何就诊记录。奇怪，综合诊断部的门诊患者，一般都是在其他科室就诊之后再转来的啊……

"那个，这位患者好像有点不对劲……"

我疑惑着回头告诉鹰央，她却随意地挥了挥手。

"行了，先把人叫进来。"

我不情不愿地应了声"哦"，然后将桌子上的麦克风打开，念出了电子病历上的名字。

"阿保野先生，阿保野启二先生，请到门诊办公室来。"

我正琢磨着这个姓还挺少见的时候，门咣当一声开了。看着面前冲进门诊室的人，我忍不住微微后仰。

这是个体格健壮的男人，隔着一件外套都能清楚地看到他肩膀和手臂上的肌肉，而他的脸则被口罩和墨镜遮得严严实实。

这位彪形大汉打扮得像是要去抢银行，不仅如此，他全身上下还都散发着一股怒气。

"阿、阿保野先生对吧。我是综合诊断部的小鸟游，请坐。"

我硬着头皮请他坐下，但他却无视了我的提议，反而大步向我走来，摘下了脸上的墨镜和口罩。看到他的真容，我忍不住"啊！"的一声叫了出来。

"谁说我是'蠢货刑警'[1]的！"

田无警署的成濑刑警，满面通红地怒吼着。

---

1 "阿保野启二"和"蠢货刑警"在日语中发音相同，均为"AHONOKEIJI"。——译者注

"成、成濑先生怎么会在这里？"我呆呆地问道。

鹰央倒是很开心地说："我叫他来的，他就是我说的'线索'。"

"欸？你叫他来的？那这个'阿保野'的电子病历是……"

"是我伪造的，因为要录入门诊名单就必须要有病历。当然不会有人叫这种奇怪的名字啦。"鹰央得意扬扬地说道。

成濑眼神锋利地瞪着她说："果然是你，一口一个蠢货地称呼别人，亏你说得出口！"

成濑仿佛刚从逮捕嫌疑人的现场回来一样，压抑着愤怒，从牙关里挤出这句话来。可惜鹰央不为所动，哪怕威胁自己的是体重比自己两倍还多的对手，她依然云淡风轻地露出一个讽刺的笑容。

"你这是说什么呢？不管从哪个角度考虑你都是个蠢货啊。明知道和我们见面不合时宜，却还是打扮成这副鬼样子过来，这就是最好的证据，聪明人绝对不会干出这种事的。"

也许是找不到理由反驳，成濑大声地咂了咂舌，气势汹汹地做到了患者专用的椅子上。

"你是被鹰央叫来的？可我记得你没有参与这次案子的侦查啊。"我还没有搞清楚状况，小声地开口问道。

成濑再次咂舌，愤愤地说："对，没错，就因为我身边的人都知道我认识你们，认识这次案子的嫌疑人，所以我才没能参与。明明是我们警署办的案，结果却把我踢出来了。"

"嫌疑人……"

虽然我早就知道警方对我有所怀疑，但这句话真的从刑警口中说出来，让我心里的恐惧更深了一点。

"是的，你们就是这次纵火杀人案的最大嫌疑人。这就是你们普通人因为兴趣而插手刑侦工作的后果，我是一点都不会同情你们的。"

"你要真这么想的话，还来这儿干吗？要是被人知道你和我们见面，麻烦可就大了……"

"对，会有大麻烦。你们是这次案子的重要嫌疑人，身边肯定有人二十四小时监视。所以我才这么费尽心思伪装自己，假装患者过来。医院里有大量患者出入，这样比较不引人注目，而且医院里面应该不会有警方的眼线。麻烦死了，不过该还的人情还是得还的。"

"人情？"我反问道。

成濑粗鲁地拨了拨头发说："虽然不是我的本意，但事实上你们确实帮我解决过几个案子。你们要说让我还这个人情，我当然没法拒绝。"

"只要你把警方那边的消息透露给我们，之前的人情就一笔勾销。而且以后我也可以定期和你讨论案子，这买卖划得来吧？"

鹰央抬起嘴角。

"我可是冒着给犯罪嫌疑人透露侦查消息的危险，你可一点都不亏。不过话说回来，如果我真的觉得你们是犯人，也就不会答应这个交易了。"

成濑的话让我有点感动。

"谢谢你这么相信我们。"

"是啊，相信得很。"成濑话里有话地说，"要是天久大夫出手杀人，肯定会做得更漂亮，怎么会这么容易就被警察怀疑上呢？所以这个案子里，你们俩肯定是被冤枉的。"

原来相信的是这个……我皱了皱眉，鹰央看起来倒是很高兴。她摊开双手说："你还挺了解我。好了，没时间闲聊了，直接进入正题吧。首先是关于室田被烧死的案子，警方那边掌握什么证据了吗？"

"没有，完全没有发现任何痕迹。鉴证科彻彻底底地查了一遍，没有发现任何机械装置，也没有检测出石油燃料等助燃剂的成分。不过现场到处都是灭火后留下的水，再加上遗体已经被烧到碳化，就算真的有少量能作为证据的物质存在，也很难找到。"

"司法解剖的结果如何？知道火是从哪里烧起来的吗？有可能是他体内被安装了某种机关吗？"

"你的意思是，火是从他体内烧起来的？这个是真的查不出来。我们只知道他是被烧死的，但遗体已经碳化，能从中找到的线索很少。"

"也就是说，不管是通过现场勘查还是司法解剖，警方都没有找到起火原因了。正因为这样，他们才怀疑小鸟，因为他在起火之前刚刚给室田做过听诊。和我想的差不多。"

"通过视频来看，唯一的可能就是小鸟游大夫点了火。但我们目前不清楚他具体用了什么方法，所以只是将他作为证人进行询问，没有上门搜查，不过这只是'目前'。"

成濑言辞之间的威胁之意，让我脸上的肌肉紧绷起来。

"虽然不知道火是怎么烧起来的，但你们却将室田的案子定为纵火杀人而不是意外起火，是因为你们已经知道了，碰守灵仪式那天的火灾是有人纵火对吗？"

成濑点了点头，对鹰央的提问表示肯定。

"对，没错。守灵那天的火灾之后，我们在灵柩中找到了自动点火装置的残骸。是一个装着汽油的塑料瓶，可以通过远程操作实现点火。制作材料在附近的便利店里就能买到，所以很难通过这个找到犯人。"

"这个装置不需要任何特殊的知识和技术，普通人也能做得出来是吗？"

"是的，和网上很多普通人制作成功的定时点火装置差不多。那个时候我还没有被踢出侦查团队，所以了解得很清楚。"成濑自嘲道。

"那小鸟的车被烧呢？那个你们也认为是有人故意纵火吗？"

"现场没有发现和碇的案子中类似的装置，但是从车内检测出了助燃剂的成分。犯人应该是打碎车窗之后，将汽油倒进车里，然后点的火。"

"是谁对我的爱车下这种毒手……"我咬了咬后槽牙。

"现在他们正在对监控视频进行解析，但那个监控并不是正对停车场的，所以希望不大。"

"我说成濑，你虽然不在专案组了，但是消息还是挺灵通的嘛。"鹰央高兴地说。

"因为我有几个同事参与调查了，本来就听他们随口说了一些。你联系过我之后，我又假装无意地和他们套了些话。"

"谢谢，你已经超出我的期待了。下一个问题，上个月翠明大学有一位叫内村的副教授家里发生火灾，导致他本人死亡，专案组知道这件事吗？"

"警视厅是管辖整个东京的，他们当然知道。"

"那次火灾是什么情况？当初应该是作为意外事故处理的吧？"

"虽然我很不喜欢这个词，但那个案子……听说是密室案。"

成濑皱了皱鼻子。鹰央惊讶地问道："密室？"

"是的。内村是在公寓一层的房间里被烧死的，可房间的门窗都是锁着的。当时消防队到达现场之后，是打碎窗户玻璃，卸了窗户上的月牙锁才进入室内的。"

"当时窗户玻璃没有碎，房间门也没有被点燃吗？"

"那次火灾没这么严重。房间里真正烧起来的，就是受害者在火灾发生时坐着的桌子周围，还有他经过的地板。其实烧得最严重的……是受害者本人……"

成濑的声音沉了下来。我感觉到有几滴汗流到了脸颊上，冷得和冰一样。

我哑着嗓子说："人体自燃现象……"

"没错。"成濑指着我说，"就是叫作'人体自燃'的这种超自然现象。当然了，这种充满灵异色彩的词是不会出现在报告里的，但是从火灾调查的结果来看，火就是从受害者的身体开始燃烧的。"

"那个报告书应该是把这个案子归结为意外事故了吧？"鹰央出口确认道。

成濑点了点头说："现场没有发现任何点火装置或者助燃剂的痕迹，起火的时候房间又处于密室状态，那个叫内村的男人不但是个老烟鬼，而且当时还在一边喝威士忌一边工作。他的酒瓶就倒在桌子上。"

"酒精浓度很高的酒洒到了身上，然后被烟头点着，是这么个结论对吧？"

"是的，在室田案发生之前是这样的。"

"所以现在，你们不再认为它是个意外事故了？"我插嘴道。

成濑冷冰冰的视线望向了我："当然，和他同一个研究室的上司室田都被烧死了。而且表面上看来，唯一的可能性就是发生了'人体自燃现象'。这样一来，他和内村的死法完全相同，我们自然会考虑到谋杀的可能。"

"然而我们了不起的警察局，对两个人'完全相同'的死法可是一点头绪都没有呢。"鹰央挖苦道。

成濑皱着眉说："我看这次大名鼎鼎的天久大夫，也要打一场硬仗了。而且专案组那边如果找不到头绪，肯定会放弃找出杀人方法。"

"他们会直接凭间接证据对我和小鸟进行讯问，到我们家里搜查，找到我们制造'人体自燃现象'的方法对吧。看来专案组确实觉得我们嫌疑很大。"

"是的。"成濑点点头，仰视着我和鹰央，"我之前就说过，你们已经被看作是'危险人物'了。从现在的情况来看，这次案件唯一的可能就是你们下手杀的人，专案组自然会盯上你们。"

"连所谓'人体自燃现象'的原因都没查清楚，就把我们当成犯人了？这就是你们'了不起的警视厅'？还有多少时间？警察那边再过多久会采取强硬手段？"

"……也就这几天吧。"

成濑挠了挠鼻尖。鹰央皱起眉头："几天啊……"

"科搜研[1]那边还有一些报告没出来，专案组也在等，希望后续的报告中能找到'人体自燃现象'的线索。但如果到时候还是一无所获的话……"

"他们就会不分青红皂白，对我们下手。"

鹰央靠在椅背上，抬头望着天花板。

只剩短短几天了，几天之后，警视厅就会正式对我们进行调查。想到这里，我顿时有些口干舌燥。

"话是这么说，但只要没有决定性的证据，警察也没法抓你们。明知在法庭上没有胜算还抓人，会引起检察院不满的。"

成濑的分析让我高悬着的心放下来一点。可鹰央却摆了摆手。

"重点不在这儿。堂堂一个大学教授被烧死在医院，嫌疑人居然是院内医生，你想想这种事情万一被媒体知道了，到时候肯定登上各大资讯节目。万一警察再到我医院楼顶上的那个'家'里搜查一番，简直就是最吸

---

1 全称"科学搜查研究所"，是日本警察局刑事科的附属机构。——译者注

引人眼球的劲爆话题。现在有些媒体已经闻着味儿过来了，一旦警方有动作，那媒体数量会瞬间增长几十倍。当然了，我们俩作为嫌疑人肯定是不能再继续干医生的工作了，综合诊断部也会消失。"

"那真是太遗憾了。"成濑敷衍道。

"要避免这种情况，唯一的办法就是你们在这几天之内找到案件真相了呢。"

"别说风凉话了。下一个问题，关于芦屋炎藏，专案组那边是怎么想的？"

成濑疑惑地反问道："yan zang？"

"就是那三位死者生前研究的阴阳师，他们是在去过他的坟墓之后才接连碰上火灾的。"

"啊，阴阳师啊。这个事情好像有人提过一嘴。"

"提过一嘴？"鹰央扬起一边眉毛。

"之前也有人反映过，说这一连串事件都是因'阴阳师诅咒'而起的，不过被专案组当作笑话无视了。这倒也正常，怎么会有人相信这种超自然现象。"

"不管是不是超自然现象，这几个受害者的共同点确实是都去过炎藏墓。我们也是因为这一点才和他们有所交集。所以我在想，要想找到凶手的作案动机，是不是应该去查一查继承这座墓的炎藏后代？"

鹰央语气中带着一些急躁，大概是因为从警方那边得到炎藏消息的期待落空了。

"那是当然，我想他们肯定也做了最基本的调查。不过负责这次调查的长官并没有把重点放在作案动机上，而是放在了杀人方法上。本来嘛，他们也发现了重要嫌疑人，做出这种判断也很正常。"

成濑看着我的眼神中充满嘲讽，我下意识地背过脸去。

"好啦，我已经把我知道的都告诉你们了，就先撤了。虽然没加入这次专案组，但我们警署的工作也够我忙的了。"

成濑站起身来。鹰央没有再追问，双手抱胸陷入了思考，应该是已经掌握了一些必要的消息。

成濑走向门口，握着门把手正要开门却突然回过头来说："有本事你就和之前一样，抢先警方一步，干脆利落地搞定这个'谜团'。我也想让那些把我排除在专案组之外的人见识见识。"

2

"工作差不多都搞定了。"

我打开玄关门进入"家"中，看到鹰央正坐在沙发上闭着眼睛，好像在冥想。我低头看了看手表，时间是下午六点。

上午和成濑见面之后，鹰央就回到"家"里，保持着和现在一样的姿势闭上了眼睛。我知道她是在消化成濑告诉我们的信息，所以也没打断她，自己一个人出了"家"门，处理完了下午的工作。

鹰央依然没有反应。我正犹豫着要不要就这么回去的时候，她缓缓睁开了双眼。

"现在几点了？"

"下午六点多。"

"啊啊，都这么久了，怪不得我肚子饿了。"

鹰央探出身子，拿起了茶几上的巧克力。大概是因为长时间维持着同样的姿势，她的动作有些僵硬。我走近她，也想伸手拿一块巧克力，却被吃得津津有味的鹰央把手拍了下来。

"……我就吃一个也不行吗？下午的活儿可都是我自己干的。"

"用脑的人需要补充糖分。我的脑子呢，又比你的性能好、作用大，这巧克力当然应该归我。"

不就是要独占巧克力吗，还说得天花乱坠的。我只好说了句"好好好"，然后坐在了鹰央旁边。我的身体陷入柔软的沙发，发出噗的一声。

"所以你想到什么了吗？"

"……没有。"鹰央又往嘴里塞了块巧克力，"成濑确实告诉了我们很多消息，但是对于解开那个'人体自燃'之谜来说，还是不够。"

"主要是在火灾调查和现场勘验中，都没有发现任何痕迹。"

"其实没有任何痕迹本身也是一个重要信息。可麻烦的是我们没办法确定，是一开始就不存在任何机关，还是这些机关在大火和灭火过程中被毁掉了……"鹰央把手撑在下巴上，喃喃道。

"不存在任何机关？不可能吧？"

"这可说不定，如果这次'人体自燃现象'真的是'炎藏的诅咒'的话……"

"等、等一下。至少碇的遗体被烧和我的爱车起火，能确定是人为纵火导致的。所以这不是什么'诅咒'，背后一定存在某个嫌疑人，这不是你自己说的吗？"

"就这两件事来说，没错。但我们并不能排除室田和内村是因'诅咒'而被烧死的可能……归根究底，每次着火的情景全不一样，这太不合理了。我们掌握的信息还是不够！警方为什么不再去查查炎藏啊？"

鹰央双手胡乱揉着头发。

"啊啊，鹰央大夫，冷静。来，给你巧克力。"

我拿出两三块巧克力塞到鹰央嘴里，她停下了手上的动作，面无表情地开始咀嚼。

"要不要转换一下心情？你有什么想要的吗？"

"……时间和糖分。"

"收到。你等我一下。"

我再次走出"家"门，绕到了房子后面的小型板房。从我的桌子抽屉里拿出为了解决鹰央心情不爽而囤着的小零食，抱着它们回到了"家"里。

"这些都是给你准备的。总之，你先好好补充糖分，冷静下来，然后再考虑其他的。"

我把怀里的零食一股脑儿铺在桌子上，鹰央刚刚还黯淡的眼神瞬间有了光芒。

"这些都是给我的？"

话音刚落，她就端起了饼干罐，开始往嘴里送饼干了。

"嗯，不过你要是真的一口气吃完的话，会拉肚子的。反正你这个脑子也要转到半夜，不如你慢慢来，保持血糖浓度就可以。"

鹰央一边点头，一边含糊不清地嘟囔着。她嘴里被饼干塞得满满当当，我也没听懂她说了句什么，不过应该是接受了我的提议。鹰央好不容易咽下嘴里的饼干，一脸幸福地呼了口气。我看着她，忍不住苦笑起来。

"留给我们的时间确实不多了，但你也不用这么逼自己。就算警方真的上门搜查，也不代表综合诊断部马上就会消失啊。"

"你说什么呢？我上午不是解释过了吗，一旦他们上门搜查，那媒体就会……"

"我们又没有做错事，光明正大的不就行了。就算到时候真的影响到了诊疗工作，之后我们只要洗清嫌疑就可以了，总会有办法的。所以你不用这么急。"

我知道自己的安慰是徒劳的，可我还是说了出来，因为我真的想尽我所能去平复鹰央的焦躁。

"……好纯。"

听到鹰央的低语，我又感到一阵无力。果然，这种诡辩是没办法影响到鹰央的。

"真的很蠢吗……"

"嗯啊，好纯，跟这个饼干的味道一样纯。"

鹰央又从罐子里取出一块饼干放到嘴里，唇边却绽出了一个笑容。

"不过我也不讨厌。"

"那真是太好了。"我的表情也放松下来。

"我不但喜欢吃味道纯粹的东西，也喜欢各种食材搭配在一起的味道。总之呢，就是要保持平衡，情绪也是一样，既不能过于悲观也不能逃避现实。"

鹰央一边从饼干罐里继续抓着饼干，一边说道。

"是啊。我们不能被急躁冲昏头脑，要先做好我们力所能及的事情。一切都会好起来的，就像之前的案子那样。"

"那样最好。不过说到这个上门搜查，我得先处理一些危险物品。"鹰央抱着手臂，认真思索道。

"又来了又来了，别开玩笑了。这里怎么可能有'人体自燃'的证据。"我摇着手说。

鹰央一脸认真地看向我说："除了证据之外，还有很多其他不能被警察发现的东西啊。"

鹰央跪在地板上，在沙发下面翻找着什么。紧接着，我面前接二连三地出现了一系列"危险物品"。

"……这都是些什么东西？"

"电棍、手铐、催泪喷雾、变装用的假发，还有红外线监控器、警棍……"

"……你这个沙发下面是有个四次元口袋吗？"

"你也赶快趁现在把那些不好见人的东西都处理掉吧。"

"我没有！"

"真的吗？"鹰央脸上的笑有点瘆人，"年轻男人不都有吗？充满女性裸体的杂志啦，DVD啦。"

"……谢谢你的建议。"

我真诚地鞠了一躬。鹰央继续坏笑着，手上也没忘记一刻不停地抓着饼干。吃光了罐子里的饼干后，鹰央平躺在沙发上。

"那我也听你的建议，稍微躺一会儿，确实有点累。"

"你好好休息，我准备走了。"

"也对，家里还有一堆东西要处理呢，是得早点回去。"

"别说了！"

我无法反驳她的调侃，只好打碎牙齿往肚子里吞。

我边走向玄关处边说："我先走了鹰央大夫，明天见。"

"嗯，明天见啦。"

鹰央依然躺在沙发上，闭着眼睛，只是稍稍抬起手来和我道了个别。走出房门，室外的夜风吹拂着我的脸颊，不知怎么的，耳边又回响起了前几天和小葵的对话。

"你和鹰央在一起的时候感觉很舒服吧？"

我回头看了看身后的"家"。从大学附属医院调到这里的综合诊断部已经快一年了，这段时间我和鹰央之间确实产生了某种"羁绊"，我也很清楚自己和她待在一起的时候是真的很舒服，虽然有时候也会因为她遭殃，但这至少说明了综合诊断部对我来说的确很重要。而对鹰央来说更是如此，综合诊断部是她"唯一的容身之处"。

当初成立综合诊断部，就是为了鹰央，因为她不会察言观色，很容易和别人产生冲突。但是在这里，她可以发挥自己异于常人的能力，治病救人。

无论如何我们都要守住综合诊断部。为此，我们要解开"人体自燃现象"的谜团，洗清身上的嫌疑。

可是我又能做什么呢？一阵无力感突然袭来。

我从小葵那里问到了一些消息，但它们都与"人体自燃现象"的产生没有直接关联。我也没有其他办法去收集到更多的消息。不过话说回来，连鹰央都百思不得其解的"谜团"，我怎么可能解开呢？

我真的太想为综合诊断部、为鹰央做些什么了，可又什么都做不了。这个残酷的事实让我的身体仿佛有千斤重。

夜风中，一声长长的叹息无声地飘散着。

我吧嗒吧嗒地走在路上，头顶的街灯安静地照亮了周围的房子。平时我都是开车上下班的，可是陪伴我多年的 RX-8 走了，我只好转为乘电车上下班。

我得买辆新车，可是奖学金的贷款还没有还完，手头的积蓄有点紧张。而且一天不解决这个案子，我就一天没有买车的心情。

我筋疲力尽地走在夜晚的街道上，突然，我听到背后传来一阵微弱的脚步声。我咂了咂舌，估计又是刑警在跟踪我吧。刚才从医院到车站的路上，我也感觉到了身后有尾巴。在找到"人体自燃现象"的原理之前，他们应该会一直这么监视着我。我迈着沉重的脚步，回到了所住公寓的院子里。

这是一栋三层公寓，从这里步行到人形町 [1] 站需要十几分钟。从初期实习结束后我就一直住在这里，今年已经是第七年了。这栋公寓远离车站，有超过三十年的历史，而且房间也很小。但它离我所属的大学附属医院比较近，房租也便宜，对于时不时就要被叫到医院去、薪水也少得可怜的年轻医生来说，再合适不过了。

我目前被借调到了天医会综合医院，比起在大学附属医院来说，经济上宽裕了一些，也没有再因为患者病情突变而大半夜的被叫去工作。所以我也有想过找一个更好的房子，可我毕竟在这儿住了七年，已经产生感情了，再考虑到租房合同和搬家的事情，就更没法下定决心了。

反正……

我站在院子里仰望着天空，一轮明月正挂在城市晴朗的夜空中。

反正，我在天医会综合医院的工作明年就结束了。

归根到底，我只是作为短期派遣员工，从大学的医疗部调到了综合诊断部。按照计划，明年三月底我就要结束借调，回到大学附属医院。

如果我不在综合诊断部了，鹰央一个人能撑得下去吗？我推开玻璃门，慢吞吞地走进公寓大厅。

在我之前，也有几位医生被派到过综合诊断部去，可他们都因为和鹰央相处不来被赶了出来。这也导致了去年七月，也就是我被调去综合诊断部之前，部里甚至都没有开始正常运作。等我结束借调，大学应该会派新的医生过去，而他能和鹰央和谐相处的可能性微乎其微。

我可以弥补鹰央所缺乏的沟通能力，让她只管尽情地发挥自己的才能。同时，鹰央也教会了我如何才能成为一名合格的内科大夫。

---

1 日本东京都中央区地名。——译者注

我们取长补短、相互补充，才让综合诊断部得以顺利运转。如果少了我这个齿轮会怎么样呢……

我停下脚步，站在信箱前摇了摇头。现在考虑这些做什么，要是这次案子没有顺利解决，那不用等到明年四月了，几天之后综合诊断部可能就要彻底瓦解了。

我打开了贴着"TAKANASHI[1]"名牌的信箱。也许是因为公寓里的租客都太过散漫，四行十列的大信箱中，只有屈指可数的几个信箱贴着名牌。我取出信箱里的几张传单，扔进了旁边的垃圾桶。突然，我发现有一个快递盒子靠在旁边的墙上。收件人的名字是"TAKANASHI KOTORI[2]"，字迹像是用尺子比着写出来的一样工整。

"这是什么？"我忍不住皱了皱眉。

难道是给我的？虽然这个姓很少见，可是名字对不上啊。

我满心疑惑地拿起快递盒，打开看了看。瞬间，我全身的血液仿佛都冻结了。

里面是一个五百毫升的塑料瓶、一个闹钟、一堆胡乱缠绕着的电线，还有几节电池。塑料瓶里装满了淡黄色的液体。

"唔哇！"我尖叫着把盒子扔了出去。

自动点火装置！？我得赶紧逃走！我拼命地想要转身离开，可是身体却被恐惧束缚在了原地，半点也动弹不了。慌乱之中，我不小心绊倒了自己，狼狈地摔倒在地。我马上试图爬离这里，可脚掌却碰到了什么东西。我下意识地回头看去，眼前的场景让我发出了"欸？"的一声。

原来盒子被我扔出去之后，里面滚出来的塑料瓶碰到了我的脚，可是

1　"小鸟游"的罗马字母。——译者注

2　"小鸟游小鸟"的罗马字母。——译者注

瓶子上并没有安装线路或是其他点火装置的机关。

我慢慢站起身来，靠近那个盒子，蹲下来仔细观察着里面的东西。这才发现，闹钟、电池、线路都是胡乱塞在里面的，并没有形成一个完整的装置。

这是什么情况？我看着脚下的盒子和塑料瓶，不明所以。

是某种恶作剧吗？可这也太过分了点。到底是谁做的？又是为什么这么做呢？知道我被卷入纵火案的人应该很少。

我越想越乱，脑子里一团糨糊。

先冷静。我回头看了看大厅入口，从外面看，信箱处于视觉死角，真是万幸。这样一来，即使外面有刑警监视，也不会看到我刚刚拿起快递盒的举动。

我下定决心，迅速拿起了地上的盒子和塑料瓶，走向了自己的房间。我拼命压抑着自己想要狂奔的冲动，不疾不徐地走在开放式走廊中，小心翼翼地不让外面监视的人发现任何异常。

我坐着电梯上到三楼，打开房门回到了自己的房间。然后马上背靠着墙坐到地上，把手里的塑料瓶和盒子放在一边。

终于回到了自己的空间，熟悉的安心感让我松了口气。我调整着混乱的呼吸，努力分析着目前的状况。

这个盒子里的东西很明显不能构成自动点火装置，甚至那个塑料瓶里装着的也不一定是可燃物，可能是染过色的清水。

我把塑料瓶拿了过来，犹豫着打开瓶盖，凑近闻了闻。一股刺鼻的香蕉水[1]味道冲入了我的鼻腔，我下意识地将脸背了过去。

1　由多种有机溶剂配制而成的无色透明易挥发的液体，主要成分有：甲苯、醋酸丁酯、环己酮、醋酸异戊酯、乙二醇乙醚醋酸酯。——译者注

是我太天真了，这里面装着的应该是汽油。我慌忙拧上瓶盖，揉了揉鼻子。

它为什么会放在信箱旁边呢？可能是恶意骚扰，也可能是……警告？想到这里，我感觉全身的汗毛都立了起来。盒子上没有写地址，也就是说它并不是通过邮政寄来的，而是被人直接放在了楼下。

是谁？毫无疑问，肯定是这一连串纵火案的真凶。因为信封里装着的东西和成濑那天告诉我们的，在碇的守灵仪式中用到的自动点火装置材料相同。

室田和内村，杀害他们俩的真凶现在正在威胁我。

我好不容易平稳下来的呼吸再次被打乱。我把手放在额头上，继续思考着。

要把这件事告诉警察吗？盒子里的东西说不定是找到真凶的重要线索。想到这里，我突然意识到了什么，绝望地发出"啊啊——"的声音。

这栋公寓有些年头了，所以门口的大厅没有安装监控。也就是说，没有证据证明是谁把这个盒子放在楼下的，也不能证明我只是收到了这个盒子。

作为这次案子的最大嫌疑人，我要是把这个东西交给警方，他们很有可能会认为是在我的房间里"找到了自动点火装置的制作材料"。说不定这才是那个人留下东西的目的。

怎么办？要想办法处理掉它吗？可是万一被警察发现，肯定会觉得我是在销毁犯罪证据，那样的话……

想到这里，我停下了正大力蹂躏着头发的手。

不对，现在最让人担心的不是这个，而是那个纵火犯，他知道我家地址。

从他烧毁 RX-8、给我留下盒子这两件事来看，他对我抱有明显的恶意。这个连续杀害两人的纵火犯，把我当作了他的下一个目标。

这栋公寓只配备了最基础的安保措施，几乎没几个监控头，如果有人想的话，很容易就能从外部入侵。

要是在这个屋子里放一把火……我紧紧地盯着玄关处的小型灭火器。小规模的火灾还能靠它应付，可如果是有人故意泼洒汽油，然后点火的话，它就完全不够用了。那个时候，房间会瞬间化为一片火海，甚至会殃及整个公寓。

我不能牵连其他人，我得离开这里，可是我又不能寻求警方的保护。

怎么办？我该怎么办？我双手抱头坐在地上，从裤子口袋里掏出手机，翻出通话记录，按下了拨打键。

这个时候我能信任的人只有一个。电话嘟嘟响了几声后，接通了。

"干吗啊？我好不容易睡一会儿，不是你让我休息的吗？"

听筒里的声音带着困意和不快，但一听到她的声音，我心里那种令人崩溃的不安就散去了几分。

"抱歉，鹰央大夫。我这边出了点麻烦……我想问问你该怎么办。"

"怎么了？你具体说说，我会帮你的。"

鹰央语气中的困倦顷刻消失，取而代之的是要解决问题的斗志。我的心又放下来一些。

"是这样的……"

我端正地跪坐在原地，开始向她描述刚刚发生的事情。

"……就是这样。"

十几分钟，我结束了讲述，等待着鹰央的指示。她马上给我答案："来我家。把那个盒子里的东西全都带着，来我'家'里。"

"欸？那可不行。那个真凶现在是真的……准备杀了我，而且是用放火的方式。我要是去了医院，很可能会连累你和其他同事，还有患者。"

"没关系，咱们医院的保安都是二十四小时轮岗值班。尤其前几天着火之后，还加了不少人手，而且医院所有角落都覆盖了监控。法律对医院的防火管理本身就很严格，就算是真的着火了，也很难蔓延出去。"

"但是……"

真的可以吗？我还是下不了决心。

"最重要的是，现在刑警那边也在监视着医院，或者说在监视着我们。"

听到这句话，我猛地抬起头来。

"你到我家之后，负责监视你的警察肯定也会到医院附近。对他们来说，这是两个共犯深夜见面，监视工作只会更严密。这种情况下怎么可能有人纵火？没事的，你现在马上过来。"

"……好，我现在过去。"

我一边起身一边回答道。鹰央留下一句"我等你"之后就挂断了电话。

我没有穿鞋，径直到房间里拿了个小包。然后回到玄关处把盒子里面的东西都装到包里，拉上拉链，离开了房间。走出公寓之后，我来到了一条大路上，拦了辆出租车。

告诉司机目的地之后，我回头望着身后。大约隔着几十米左右的距离，有一辆银色的轿车跟着驶来。头灯的光线有些晃眼，但我还是看到了驾驶座和副驾驶上坐着两个男人。如果我没猜错的话，他们应该就是跟着我的刑警。

四十分钟之后，我到达了天医会综合医院。下了出租车，我直接来到了医院后面的员工专用入口，用员工卡打开大门进入院子，上了楼顶。

终于，我来到了鹰央"家"门口。我打开房门，进入室内，这里给我的感觉甚至比我回到自己的公寓还要安心，身体一下子失去了所有力气，直接瘫在了玄关处。鹰央打开了她写着"擅入者死"的私人领地的房门走了出来，身上依旧是浅绿色的手术服。

"哟，回来啦。"

鹰央开着玩笑。我好不容易放松下来的脸上也浮现出一丝微笑。

"嗯，回来了。"

"你才离开医院两小时又二十七分钟，没想到这么快就回来了，真是个热爱工作的好同志。对了，你说的那个东西在里面吗？"

鹰央靠近了我，指了指放在地上的小包。我点点头，她拉开拉链，迅速翻看了一遍里面的东西。

"嗯，好好利用这些材料，确实能做出一个定时点火装置。"

她怎么连这种东西的做法都知道……

"这些东西怎么处理？如果让警察发现我手里有这些，肯定会被当成纵火证据的。"

"确实。这样，你明天把除了汽油之外的东西带到医院里，找个没人用的柜子藏起来。就算是警察来了，也不会把医院搜个底朝天的。汽油的话，直接倒进下水道太危险了，找个人灌进车的油箱里吧。"鹰央把包里的东西一个一个拿出来，然后说道。

"行。那接下来我们……"

我话音刚落，鹰央就指了指沙发说："休息。"

"啊？休息？难道不应该去找凶手吗……"

"你刚刚不是让我休息一下嘛，你也一样。短短几天就发生了这么多事，对我们身心影响都很大。所以我们先休息一晚，再考虑接下来怎么做。我先走啦。"

鹰央打了个小小的哈欠，向着那扇"不可开之门"走去。

"鹰央大夫。"

我喊住了握着门把手的鹰央。她回头道："怎么了？"

"这次的'谜团'真的能解开吗？综合诊断部不会有事吧？"

我知道这些问题毫无意义，可我心里实在太过慌乱，我需要得到鹰央肯定的回答。

"……放心吧。还有几天时间，我们说不定能掌握新的消息，一定会没事的。"

鹰央这句话仿佛也是说给自己听的。接着，她拉开房门，回到了她的私人领地。我望着她的背影，耳边回荡着房门关闭时单调的声音。

3

"啊——小鸟大夫？"

我被一阵尖叫声惊醒，从沙发上坐起来之后，发现鸿池正站在玄关处。我又看了一眼旁边茶几上的手表，时间刚过早上七点，昨晚的疲惫让我不知不觉间就陷入了沉睡。

"你怎么一大早就在这儿？难道……你们一起'过夜'了？"

鸿池充满兴奋的声音让我有点头痛。我按了按太阳穴，皱起眉头。

"……现在可不是说这些的时候。"

"啊，该不会是出什么大事了吧？"

鸿池迅速收起了脸上猥琐的表情，她在这方面的敏感程度和应变能力还是十分优秀的。

"是啊，所以我没空和你闹着玩儿。"

我用手理了理睡成鸡窝的头发。鸿池穿过层层"书树"走了过来。

"你告诉我怎么回事嘛。"

"和你没关系。"

"怎么没有？！急诊部那天起火的时候我也在场，后来的事情我也多少听说了一些。"

鸿池倏地把脸凑了过来。

"你知道得越多，就越有可能被牵连进来。"

我们周围的人很有可能会被警察重点观察，甚至会被怀疑成是共犯……

"你觉得我会怕吗？当初我被怀疑杀人的时候，就是你和鹰央大夫帮了我，这次轮到我报答你们啦。虽然我还在实习，但我在精神上已经是综合诊断部的一员了。"

鸿池的话中充满坚定。我稍微考虑了一下，和她对视道："……不后悔？"

鸿池毫不犹豫地点了点头。我叹了口气，把昨天的情况告诉了她。

鸿池一脸严肃地听着我的叙述。十几分钟后，我讲完了。她猛地拍了一下手，说："我知道了"。

"你知道什么了？"

"那个盒子里的东西，我来帮你藏。给实习医生用的柜子还有空着的，汽油的话就给我的爱车用吧。"

"咦？你有车吗？"我追问道。

鸿池微笑着说："我的车超帅，下次让你见识一下。不得不说，我来的时机简直刚刚好啊。"

"哦对了，你这一大早是来干吗的？"

"啊对对对，我听在精神科轮岗的实习同事说，室田春香小姐要出院了，我过来跟你们报备一下。"

我脑海中又出现了那个画面，春香大喊着想要冲到大火中，冲到自己父亲的身边的画面。

"她的状态恢复了吗？"

"嗯——也不能说是完全恢复吧，不过稍微稳定一些了。昨天晚上墨田大夫跟她聊了聊，然后就决定今天下午出院了。"

"哦……可是她出院之后怎么办呢？要是有个人能陪在她身边就好了。"

"好像没有。听说之前有个人来看过她好几次，可是春香小姐每一次都拒绝了，说'不想见他'。"

"这样啊……辛苦你了，一大早跑来通知我们，帮了我们个大忙。"

"这点小事不算什么。而且我就住在实习医生的女生宿舍，离这儿也挺近，走两步就过来了。"

"啊啊，是医院后面的那个公寓吧，我记得还挺漂亮的。真好啊，想当年我实习时候的宿舍，不仅离医院远，还是个四十多年的老房子。"

"那多好啊，我就喜欢那种充满回忆的地方。"

"……因为抗震能力不够，它下个月就要被拆掉了。"

"……那些回忆也要消失了呢。对了，鹰央大夫在哪儿？"

鸿池如梦初醒般问道。

"应该在她房间睡觉吧？"

"睡到这么晚？"

鸿池惊讶地说道，然后走向了那扇"不可开之门"。

对啊，平时这个点儿鹰央已经起来了。难道是因为最近太累了所以没睡醒？

鸿池敲了敲门，问道："鹰央大夫，你醒了吗？"十几秒后，门缓缓打开，鹰央从房间里走了出来。看到她的样子，我和鸿池都倒吸了口凉气。

她苍白的脸上毫无血色，通红的眼睛下面耷拉着浓重的黑眼圈，像是把眼影打翻了混一起涂在上面一样。头发也成了一团乱草，但又不像是睡乱的，更像是被它的主人过度蹂躏而造成的。

"室田身上到底为什么会起火……为什么……"

鹰央小声呓语道。

完了，我暗骂自己粗心。鹰央肯定是想了一整晚"人体自燃现象"的事情，一直苦恼到现在。

几周前发生"死人谋杀案"的时候，她也是这个状态。鹰央虽然智商超群，但有一个弱点，那就是被逼到走投无路时，很容易陷入恐慌。一旦思路碰到障碍，她就会不停地重复着相同的推理，无法跳脱出来。最后的结果就是脑细胞承受不了，直接宕机。

如果再找不到突破口，综合诊断部就会在短短几天之内消失。这样巨大的压力，让鹰央无法客观地思考，最终走进了死胡同。就算我现在让她好好休息，她大脑里已经失去控制的神经突触也不会停止工作。

上次是我一直陪着她，阻止她思考关于案子的任何事情才好不容易让她睡着的。昨天我也应该这样做的……我心里一阵后悔。

"鸿池，你把鹰央大夫扶过来，让她躺在沙发上。"

"啊，好。鹰央大夫，我扶你过去。"

鸿池拉着鹰央的手，把脚步虚浮的她带到了沙发旁边。紧接着，鹰央便倒在了沙发上。

"凭我们现在手上的线索，没有办法解释'人体自燃现象'的原理。还有一点很奇怪，如果这个凶手能将谋杀伪装成'人体自燃'，那他在燃烧碰的遗体和小鸟的车时，又怎么会留下那么明显的纵火痕迹呢？这不合理……一定有哪里不对。"

鹰央的眼神失去了焦点，说的话也有些神志不清。

"鹰央大夫，鹰央大夫，你能听到吗？"

我拼命喊着她的名字。终于，鹰央转了转眼珠，看向了我，有些惊讶地低声说道："小鸟？"看来是已经累到精神恍惚了。

"你干吗不休息？不是说好了休息一晚上，缓解一下吗？"

我忍不住用了责备的口吻。

"可是这样下去的话，综合诊断部很有可能就保不住了。我昨天已经躺到床上了，可是想来想去就又睡不着了……"

睡不着，所以就在思维迷宫里挣扎了一晚上。

对鹰央来说，综合诊断部是她唯一的"容身之处"了。怪我，没能对她的恐惧感同身受。

"你这样下去是想不出头绪的，先在这儿睡几个小时吧，我们会陪着你的。"

"可是离他们上门搜查的时间……"

鹰央想要从沙发上坐起来，被我轻轻地阻止了。

"放心，我们会趁你睡着的时候找到更多有用信息的，你睡一觉起来再继续推理。"

我语气轻缓地劝说着。如果强迫她躺下，她才不会乖乖停止思考，脑细胞自然也得不到休息。

鹰央皱着眉思考了几十秒，然后用平常很难听到的微弱声音说："好吧……"接着就闭上了眼睛。她失控的大脑应该被按下了关机键，不一会儿她就发出了沉睡中清浅的呼吸声。我和鸿池同时舒了一口气，放下心来。

"鹰央大夫没事吧？"鸿池小声地询问。

"目前还行。不过还得有人好好看着，要不她随时都会起来思考案情。鸿池，你今天忙吗？"

"啊，不太忙……"

"我今天也还可以，没有门诊，只要去看看从各个科室转过来的患者就可以了。那我们就好好规划一下，轮流照看鹰央大夫。"

"收到！"

鸿池严肃地敬了个礼。

已经是下午七点多了。我坐在电子病历前，输入着病人们接受检查的顺序。我回头看了看鹰央，她从早上一直睡到了现在，可能是使用过度的大脑需要恢复。她睡着的这半天，我了解了一下从其他科室转过来的，需要我们进行问诊的患者，确认过他们的病历之后，排好了检查顺序。趁着鸿池来接班的时候，利用午休时间去各个科室的病房进行了巡诊。

我手头做好的病历和检查顺序还需要鹰央再确认一下，除此之外，今天一天的日常工作就算是顺利结束了。我从座位上站起来，走近鹰央。

她蜷缩在沙发上酣睡着，表情看起来很平静，看来那些烦人的案子没有去她的梦里骚扰她。

经过这次休息，她应该能恢复一些了吧。我一方面松了口气，另一方面内心深处又有点不安。

我和鹰央说过要在她睡着的时候收集需要的信息，可那不过是让她好好休息的借口。等她恢复之后，还是要面对信息不足无法推理的状况，到时候她肯定又会回到今天早上的状态，可我也确实想不到办法去收集更多信息了。

我坐在单人沙发上，靠着后背，双手垫在头下面。

我所经历的那些场景中，会不会隐藏着什么线索？我没有信心能解开这个让鹰央都束手无策的"谜团"，但是我所看到的、听到的信息当中，说不定还有一些线索是没有传达给鹰央的。我闭上眼睛，开始梳理自己对这一系列案件的记忆。我先回想了昨天收到快递盒时的场景。

几分钟后，沉浸在回忆中的我突然觉得有些不对劲，于是睁开了双眼。虽然还有点模糊，但我感觉自己好像抓到了什么线索。

冷静，冷静下来仔细想想，我正努力地说服着自己，却突然感受到腰间一阵震动。

谁啊？怎么这时候打电话过来。我从裤子口袋里掏出手机，屏幕上显示的"公用电话"四个字让我眉头紧皱。

我有种不祥的预感。蹑手蹑脚地走出"家"门后，按下了接听键。

"你好，我是小鸟游……"

我走到了楼顶边上的铁栅栏旁边。

"你好，小鸟游大夫。"

对面传来一阵低沉的声音，听起来很耳熟。

"成濑先生？"

"那是谁？"

电话对面的人淡淡地回应。我迅速明白了他的意思。

成濑肯定是有什么重要信息要通知我们，而且是绝对不能泄露给我这个嫌疑人的信息。

"抱歉，是我认错人了。请问你有什么事？"

"明天早上，警方会到天久大夫'家'和你的公寓进行搜查。"

我倒吸一口凉气，瞪圆了双眼。

"这么快？！你昨天不是说还有几天时间吗？"

"你在说什么？我可从来没有见过你。"

"我明白了。我连你是谁都不知道，怎么可能见过你。那你可不可以告诉我，警方为什么这么快就决定要搜查？"成濑不紧不慢的态度让我有些焦急，我着急地问道。

"还不是因为你昨天回到公寓之后，又马上带着包回到了医院。警察看到了当然会认为你是在企图销毁证据。"

这……我一时说不出话来，呆站在原地。

"我能帮你们的只有这么多了，再多的我也冒不起那个险。"

"……谢谢。"

我好不容易才从嗓子眼里挤出一句话来。一旦泄露消息的事情暴露，成濑肯定也得受罚。他能冒着这么大的风险联系我，我已经很感激了。

"还有就是，我觉得你应该也明白……"

"嗯，我不知道你是谁。"

"拜托了。那我就先挂了，期待你们能在今晚找到真凶。"

他说完这句话之后就挂断了电话。我紧咬着嘴唇，握着手机的手无力地垂下。

因为我昨天莽撞的举动，害得我们失去了宝贵的调查时间。明天一早，就会有一群搜查员赶到我的公寓和天医会综合医院。到时候一切就都完了，媒体闻风而动，医院陷入半瘫痪，综合诊断部也会因此而消失。

都怪我！我一拳砸向了面前的铁栅栏，空气中响起了沉闷的撞击声。

如果昨天我没有向鹰央求助，而是一个人解决那件事就好了。不对，从一开始室田被送到医院的时候，我就不应该把手伸到他衣服里，不应该给他听诊。

我知道问题的关键不在于这些，可我还是忍不住后悔。

我两手抓住栅栏，颓废地低着头。忽然背后传来了一个声音："小鸟大夫？"我回头一看，发现鸿池正一脸担忧地站在我身后。

"出什么事了吗？难道是鹰央大夫那边？"

"……不是，她没事。我也没事，你不用担心。"

我努力地想要露出微笑，但是脸上的肌肉却怎么都不听我使唤。

"对了，你那边工作结束了吗？结束了的话你可以帮我照看一下鹰央大夫吗？"

我迅速转移换题。鸿池有些惊讶地皱了皱眉。

"可以是可以，不过你要去干吗？"

"我就是想去买点东西。昨天出门的时候什么都没带，得去买点日用品。"

"哦……懂了。"

鸿池一脸暧昧地点头道，然后一步三回头地走向了"家"里。

"小鸟大夫，有什么情况尽管来找我商量哦！"

鸿池打开玄关门，扭头冲我喊道。听到我回答"好"之后，才进了"家"门。

我拖着仿佛有千斤重的脚步，来到了"家"后面的小型板房，脱下白大褂，换上自己的外套，离开了楼顶。

医院一楼的便利店已经关门了，于是我朝着附近的另一家便利店出发。本来我的目的也不是为了买什么日用品，只是想一个人冷静地思考。

留给我们的时间只有半天了。我要不要把这个消息告诉鹰央，抓紧最后的时间再努力一把呢？可是在没有新线索的情况下，我们真的能用这短短半天找到案件的真相吗？

我边走边想，突然身后又传来一阵脚步声，看来还是有警察在跟着我。

昨天在出租车上的时候也有辆车在跟着，看来他们对我的监控力度不小。原来在他们眼中，我的嫌疑这么大。

不过现在不是关心这个的时候，我提醒着自己，然后继续陷入思考。忽然，我回忆起了成濑来电话之前的感觉，我当时好像发现了什么。

到底是什么呢？我全神贯注地思索着下一秒，突然一阵电流穿过了我的全身。我停下脚步，将手举到了面前。

难道说……我拼命地在脑海中验证自己的猜想，越想越觉得有可能。

冷静，要冷静。如果事实真的像我所猜测的那样，我现在应该做什么？

我在旁边的自动贩卖机买了罐咖啡，来到了附近的一个公交站。我取出手机，坐在了公交站的长椅上，边喝咖啡，边思考接下来的作战计划。

我坐在长椅上，摆弄着手上的手机，十几分钟后长出了口气。我抬头一看，路边距离我几十米的地方，停着一辆银色的轿车，应该是警方那边的。

第一步要先甩开他们。我打开手机里的通话记录，按下拨出键，对方很快接起电话。

"喂，我是鸿池，有什么事吗？"

"鸿池，你上次不是说要给我看看你的爱车吗？"

我将手中空掉的咖啡罐扔进了旁边的垃圾桶，它在空中划出了一条完美的抛物线。

距离和鸿池的通话已经过去三十分钟了，她应该快到了吧。

这次计划能成功吗？我吐出一口浊气，以此来排解心里的不安。

不过现在想太多也没用，成不成功就在此一搏了。

我握紧了拳头。这时，我隐约听到了一阵引擎的轰鸣声。我循着声音望去，被眼前的情景吓了一跳。那是一辆大型摩托车，外观看起来像是一头猛兽，流线型的车身充满攻击性，它正以极快的速度向我驶来。

车在我面前停下了，我鼻尖嗅到了一股橡胶燃烧后的味道。

"久等啦——"

来人穿着一身机车服，硕大的头盔遮住了整张脸，跨坐在摩托车上，但她刚刚发出的声音却是完全不同于冷酷形象的明媚。她抬起头盔上的护罩，露出了一双无辜的大眼睛。

"鸿池？"

"是我，怎么了？你表情怎么跟见了鬼一样？"

"没有，你说要给我展示的爱车……"

"没错，这就是我的得意坐骑，KAWASAKI z1000。"

鸿池骄傲地挺了挺胸。她那身完美贴合身体曲线的机车服，更突显出了她纤瘦但又紧致的线条。

没想到她的爱车居然是辆摩托！我一直想当然地以为会是辆小型轿车。

"这是我去年不惜贷款才好不容易领回家的宝贝，可爱吧？"

鸿池笑眯眯地说道，满意地摸了摸车身。她居然用"可爱"来形容这个充满攻击性的大块头。

"上车吧，我这次就破个例，让你坐坐我的宝贝。"

鸿池下了车，从车尾取下一个头盔扔给我。

"你要和我一起的话也会被警察盯上的，我也有摩托车驾照，要不我自己……"

"不行！"还没等我说完，鸿池就高声拒绝了，"这车就和我的男朋友一样，我是绝对不会把它借给任何人的。让你坐车后座已经是极限了，听懂了就赶紧戴上头盔。"

"接下来要做什么，你应该清楚吧？"我一边戴头盔一边问道。

鸿池兴奋地扬起嘴角说："嗯，当然！甩掉后面的警察对吧。"

鸿池伸出食指，示意我赶紧坐到后座上。既然她都这么说了，我也没什么其他要叮嘱的了。我按照她的指示，跨坐到她身后的位置上。

"对了，鹰央大夫怎么样？"

"睡醒了，我看她有点饿，给她弄了即食咖喱，然后交给真鹤小姐了。"

真鹤小姐毕竟是鹰央的姐姐，肯定比我们更了解她。我放下心来，准备全身心投入接下来的战斗中。

"那我们就出发啦。你抓紧我，当心被甩下去。"

"啊，好……"

我小心地从背后环绕上她纤细的腰。

"准备好了吗？现在可来不及后悔了。"

鸿池放下头盔上的护罩，然后弯下身子，握紧摩托车手柄，座位下方传来了野兽咆哮般的引擎声。

"后悔？"

我小声嘀咕了一句。就在这时，摩托车突然发动，我的身体猛地后仰，差点被甩下去。我连忙双手用力，抱紧鸿池。两旁的景色以从未有过的速度迅速向后流动，耳边呼啸的风声仿佛是无数人在惊叫。

"等、等一下！这也太快了……"

但我的呼喊完全没有传到鸿池的耳朵里，就那样消逝在了风中。她一点都没有减速，一口气开到了街边一条无人的小道上。

"太——爽了！是吧小鸟大夫，我好久都没有这么兴奋了。"

她倒是兴奋了，我却一路上都抱着随时死掉的恐惧，紧紧地抓着她的腰。

“还活着……我、还活着吧……”

从摩托车上下来以后，我双手抱住肩膀，整个身体蜷缩了起来。这三十分钟的超高速行驶让我持续感受着死亡的恐惧，而这一切的始作俑者鸿池这才慢悠悠地熄火。

我被吓得上下牙齿不停地打着哆嗦，她却仿佛没看见一样，摘下头盔，开心地抓了抓头发。

“果然这样开车才是最爽的！看在我心情好的分儿上，就不计较你一直抱着我了。不过从道德上来说，你这种做法还是有点危险的。”

“你有什么资格说我？你开车的速度才是法律道德都不允许的好吗？”

我的声音还有些颤抖。鸿池不满地噘着嘴。

“不是你说的吗，‘能开多快就开多快，把他们甩开’。”

“没错，我是说了，可是我没想到你居然……”我的声音还在抖，甚至说不出一句完整的话来。

“那不就得了，现在跟踪你的人肯定被甩开了。所以你让我带你来的这是什么地方？”

透过围墙，我们能看到一栋古旧的三层建筑。外墙已经斑驳脱落，还有几处窗户玻璃也出现了碎裂，看起来像是一片废墟。

我在电话中提前告诉了鸿池这里的地址，让她把我带了过来。这里是狛江市住宅区的边缘地带。

“我之前和你说过的，实习时住的宿舍。”

“哦，可你不是说它马上就要被拆掉了……”

“对，没错。所以这里一个人也没有，不是正适合藏身吗？”

“藏身是什么意思？你只跟我说要到这儿来，所以现在到底是什么情况？"

"我已经猜到这次案件的凶手了。"

"凶手！是谁？"鸿池睁大了眼睛。

"我也还不清楚具体是谁，但可以确定的是……和警察有关系。"

"警察？！"鸿池的眼睛瞪得更大了。

"对，只有这一种解释。这次案子的相关人员中，有不少人都知道我在天医会综合医院工作，但绝对没有人会知道我的家庭住址，可凶手竟然在我家门口放了盒子威胁我。"

"而跟踪你的警察，肯定知道你家的地址……"

鸿池小声说道。我点了点头说："没错。"

"肯定是某个警察和受害者之间存在利害关系，所以才要费尽心机制造出'人体自燃'的假象，还企图将罪名栽赃给我。如果这个人是搜查员，就能在案发现场隐藏真正的证据，还可以专门留下假证据。"

"这……那我们现在应该怎么做？"

"他的下一个目标是我，可能会制造出我畏罪自杀的场景。所以我首先要做的，就是甩开跟踪着我的警察。"

"可如果这个真凶真的是搜查人员，那你不就永远都没有办法洗清嫌疑了吗？难道你打算一直躲在这里吗？"

"不会的。知道凶手是搜查人员这一点已经是很大的突破了。鹰央大夫一定会找出真凶并且公之于众的，我只要在这里等着她就好。"

"真的会这么顺利吗？"鸿池的声音里充满怀疑。

"不顺利也没办法了，我现在唯一能做的就是躲在这里，为鹰央大夫争取推理时间。我想凶手一定猜不到我在这里，应该能抢到不少时间。啊对了，让你带的东西带来了吗？"

"……给你。"

鸿池抬起摩托车座位，从里面取出了一个小包。

"我按照你说的，把你收到的那个盒子里的东西都放进去了。你要这些做什么？"

"放到这里。到时候拆完房子，可以和那些瓦砾一起处理掉。就是有点对不住你，把你牵扯到这种事情里。"

"没关系的，这种时候不就得互相帮助吗。"

鸿池拍了拍我的后背。

"你真的是帮了我个大忙，谢谢。"

"那我就走了……小鸟大夫，你自己小心。"

鸿池跨上摩托车，放下了头盔上的护罩。

"我知道。"

我脸上的笑有些勉强。鸿池打着了火，轰鸣声让人振聋发聩。我目送鸿池离开后，回头望向身后的废墟。

4

院子里杂草丛生，除了一丝街灯的光芒透过围墙照射进来，整个院子都被黑暗笼罩着。

黑暗中，一个人影缓缓地挪动着，逐渐靠近院子里的建筑物。

不一会儿，他成功到达了目的地，手里拿出一个类似塑料瓶的容器，越过敞开着的窗户，将里面的液体倒进屋里。空气中传来隐隐约约的水声。

那个人影将瓶中的液体倒干净后，把瓶子扔在一边，后退了几步。同时从口袋里掏出了某样东西，一阵金属摩擦的声音响起。人影的手边突然明亮了起来，一片漆黑的夜幕被撕开了一个口子。男人沉醉地欣赏着手中打火机的火焰。

很快，他便将手中的打火机轻描淡写地扔进了窗户。橙色的火焰在空中划出一条完美的抛物线。

紧接着，是巨大的爆炸声。

房间里的大火仿佛愤怒的猛兽，不但疯狂地奔涌在室内，还通过窗户跃了出来，然后就像是长着触手一样，灵活地顺着墙壁向上攀爬，熔化了上面所有装饰物。男人沉迷地望着面前的大火，整张脸都被映照得通红。

是时候到我出场了。

我轻轻呼了口气，做好了心理准备，然后从隐藏了三个多小时的树丛中走了出来。听到叶片摩擦的声音，男人的身体开始了剧烈的抖动。

"哟，好久不见了，芦屋雄太。"

我一边拍打着身上沾着的泥土和树枝，一边微笑着和面前的人打招呼。

"凶手果然是你。"

"你，为什么……"

芦屋雄太喃喃问道。我上前一步，他马上吓得退了两步。

要是再靠近的话，他很有可能会直接逃跑，还是趁现在多问几个问题吧。我没有再走近，熊熊燃烧的火焰依然前赴后继地从窗口冲出，我隔着老远都能感觉到那股热气在炙烤着我的脸颊。

"我最开始觉得奇怪，是因为凶手竟然知道我家地址。与这次案子有关系的人里，几乎没有符合这个条件的。而且我平时都是开车上下班，别人很难通过跟踪找到我家。所以我甚至有一瞬间怀疑过，难道这个凶手是警方人员？是我太傻了，其实只要仔细想想就会发现，还有一个很大的线索。"

"线索？"雄太依然一脸不可置信。

"对，就是那个盒子，里面放着定时点火装置的制作材料。"

"盒子怎么了？！那是我为了消除痕迹专门跑到很远的地方买的……而且也没有留下任何指纹！"

大概是脑子还没转过来，雄太就这么直接承认了自己送盒子给我的事实。我得抓住这个机会，在他反应过来之前问出我想知道的一切。

"问题不在盒子本身，而在于它出现的场景。"

雄太呆呆地重复着："场景？"他失去焦距的双眼望向了我。

"没错，其实我一直很奇怪，为什么这个人不直接把东西寄给我，而是要专门把它放到信箱旁边。有可能是凶手想让我知道他已经来过公寓了，以此来威胁我。但还是不对，把盒子放在那个位置，很可能会有人在我回来之前，就把它扔掉或者偷走了。其实有一个非常简单的方法可以避免这种情况发生，那就是直接把它塞到我的信箱里。但凶手却没有这样做，为什么？想到这里，我突然就明白了。"

我眯起了眼睛，

"因为凶手虽然知道我住的公寓，但不知道具体的房间号。可即便如此，我的信箱上也很清楚地贴着'TAKANASHI'这个名牌，凶手完全可以看着名牌找到。可他只是在信封上写下了'TAKANASHI KOTORI'，然后将它靠在了信箱旁边的墙上。为什么？我开始思考他这么做的原因，然后我想通了。"

我顿了顿，观察了一下雄太的反应。但他只是一脸茫然地看着我，我甚至不确定他到底有没有听懂我在说什么，只好继续下去。

"凶手不知道我的真名，但奇怪的是他好像知道这栋公寓里不止我一个人姓'TAKANASHI'。我印象中，我最近应该只和一个人讨论过我们公寓还有其他'TAKANASHI'的事情，而那个人肯定知道我的名字。综合以上分析，我得出了唯一可能的答案。"

我竖起食指，模仿着鹰央常有的动作。

"有人在监听我。不过根据我的推测，他所听到的对话都是在我外出的时候发生的，而不是我平时经常待的地方。也就是说，监听器肯定不在我身上。分析到这一步，事情就很简单了。"

我从裤子口袋里取出一个小巧的机器，这是医院发给我的传呼机。雄太像是喉咙被什么东西堵住了一样，发出了"嗯"的一声。

"上周一，我发现找不到它了。但很快医院前台就通知我找到了，所以我一直以为它只是被我不小心落在了医院里的某个地方，可事实并非如此。在那前一天，我去碰的守灵仪式时，和你起过争执，你就是那个时候把它拿走的吧。"

"我没有偷！我只是把你掉了的东西捡起来而已！"雄太大声说着。

"所以你承认是你捡的了。"

我耸了耸肩。雄太愣住了，看来他还是没有清醒过来。我要抓紧机会，乘胜追击。

"这个传呼机里面除了监听器，应该还有GPS定位吧。你失业之前，是工厂的技术人员，这点手段对你来说应该是小菜一碟。可惜GPS只能定位平面上的位置，定位不了高度，所以就算你找到了我的公寓，还是不知道我到底住在几层。"

雄太没有说话，但从他扭曲的表情来看，我猜对了。

"明白这些以后，我开始思考我该怎么做。凶手很明显对我心怀怨恨，不但烧了我的车，还在我的公寓里放了这么个盒子来恐吓我。他最终的目的，是要烧死我。这个凶手纵火成癖，之前也用同样的手段杀害过两个人，所以这次对我也不会手下留情。"

"什么？我……"

雄太瞪着眼睛试图反驳。但我没有理会他，而是继续说了下去。

"但他却迟迟没有出手，为什么？因为他通过监听器，已经知道了有警察在跟着我，他若贸然出手肯定会被警方逮捕，所以才一直在隐忍。分析到这里，我要做的事情就只剩下了一件……给凶手挖个坑。"

雄太的脸开始抽动。

"我先是让医院的实习生帮忙，甩掉了跟踪我的警察。然后通过和她的对话，告诉凶手这里只有我一个人，给他的作案降低了难度。"

"所以你和那个女人说的话……"

"对，是我知道有监听器之后提前准备好的对话。我叫她来之前，已经通过通信软件和她打好招呼了。只有这样才能骗过你，让你掉进陷阱里啊。"

"这……"雄太的嘴唇颤抖着，说不出一句完整的话来。

"接下来就是将自己隐藏起来，等你上钩。值得高兴的是，你来得比我想象的早，这儿的蚊子实在是太多了，不过你……"

我压低声音，紧紧地盯着他。雄太的脸上闪过一丝胆怯。

"你该不会是因为祖坟被挖，就这么丧心病狂吧。所以'炎藏的诅咒'真的是他手下放火才得以应验的吗？总之，你连续杀害了两个人，肯定是罪不可赦了。"

"不、不是的！我从来没有杀过人！"雄太发出了嘶哑的大喊。

我大声咂了咂舌说："开什么玩笑！刚刚要放火烧死我的人不是你吗？"

"那是……因为守灵那天你让我难堪了，所以我想报复你一下而已……我只是想吓吓你，其他人身上发生的事情真的与我无关，我什么都没做，那真的是'炎藏的诅咒'。"

雄太脸上露出了谄媚的笑。我看到他的表情，恶心得想吐。

"还在狡辩，要是警察能相信你这种借口就好了。"我略带叹息地说。

雄太收起笑容，扭曲的嘴角透出明显的敌意。

"警察？就算警察来了又怎么样？你一个纵火嫌疑人，在甩开他们监视之后几个小时就再次出现在了火灾现场，你猜他们会怎么想？他们只会觉得火是你放的。"

"这个嘛，我怎么会考虑不到呢。"

我指了指刚刚藏身的草丛。

"确实不太明显，不过你可以借着现在的火光仔细观察一下，看到没？那边有一个小金属盒，是有红外线夜视功能的监控器，它在黑暗之中也能正常工作。所以你刚刚往屋子里倒汽油的过程都被录下来了，当然，也包括我们刚才的对话。你别说，我领导的这些危险的收藏品，还是有点用处的。"

鸿池按照我的要求，在带给我的小包中装了不少鹰央的收藏。

我露出胜利者的微笑。远处传来了警笛声，也许是周围的住户报了警。我们的聊天也该结束了，我从上衣口袋里拿出了另一件鹰央的藏品——手铐，将它套在手指上绕着转。

"趁着消防车过来之前，我们来做个了断吧。"

"了断……什么意思？"

雄太好像意识到了危险，看起来有些惊慌失措。

"这不是很明显吗？当然是把你抓起来交给警察啊。我相信他们会彻底调查清楚，并找到你所有作案证据的。"

我慢条斯理地向他走了过去。雄太粗喘着，紧盯着我，眼神中倒映着火光。突然，他发出一声大吼，伸出两只手试图袭击我。

但我早就摸清了他的心思，无非就是要打倒我，然后抢走监控器。这是他唯一的出路。

既然想到了他的目的，我当然也做好了充分的准备。我抬起右腿，对着雄太的腹部一个前踢，我的脚尖感受到了他腹部的凹陷。

雄太被弹飞出去，倒在地上，捂着肚子呕吐。我那一脚本身用力就不小，再加上他冲过来的力度，估计伤得不轻。

"RX-8，我替你报仇了。"

我抬头望着天空，告慰着我那被雄太烧毁的爱车。就在这个时候，蜷缩在地上的雄太突然动了下手，忽然我感觉眼睛一阵疼痛，下意识地背过脸去。透过被泪水模糊的视线，我看到雄太捂着肚子摇摇晃晃地站了起来。他脏兮兮的手让我很快反应过来，原来他刚刚是朝我脸上扔了一把土。

我连忙稳住重心，摆好了防御的架势。眼睛里进了土，让我有点看不清雄太的动作，他是打算再冲上来吗？

我迅速地揉了揉眼睛，然后模模糊糊看到了雄太仓皇逃走的背影。大概是刚刚被踢了一脚还没缓过来，他的脚步有些蹒跚，但以我目前的情况也没法追上去了。

不过监控里的录像就足以证明雄太是真正的凶手了，就算现在被他逃走了，警察一定也会靠着巨大的人力迅速将他抓捕归案的，结果都一样。话是这么说……

我脑海里又浮现出来鹰央躺在沙发上烦恼的画面。

我是真的想和她一起，用"我们"的力量去解决这个折磨着她的案子啊……

"别跑！快抓住他！"

正当我想要放弃的时候，一个人影突然从雄太面前的草丛中跳了出来。

雄太被吓得一个激灵，但依然保持着原来的速度冲了上去。

好不容易等到眼睛恢复，我看到了雄太被抓着胳膊，脸冲着地面的情景。

雄太向前猛冲的力量被顺势利用，被人以刁钻的角度和力度摔在地上。我慢慢走近，那个突然出现的人影已经完全控制住了雄太的手腕、手肘以及肩关节，将他狠狠地摁在地上。

再仔细一看，他的肩关节，脱臼了吧……

我脸上的肌肉抽动了一下。压制着雄太的身影，正是假装回家但依然潜伏在草丛中的鸿池舞。她看向我，自豪地说："我抓到他了，小鸟大夫！这下你愿意承认我是综合诊断部的一员了吧。"

警笛声越来越响亮，而我面前的鸿池依旧一脸天真无邪的笑容。

5

"就这样，我们在小鸟游大夫和鸿池大夫的帮助下，抓到了芦屋雄太。我们暂时以在狛江市待拆建筑内纵火的罪名逮捕了他，至于他和其他案件的关系，我们会仔细调查的。"

第二天傍晚，日野来到了天医会综合医院十层，坐在综合诊断部的门诊室里和我们交代后续的发展。而前川则冷着一张脸，坐在他旁边的患者专用椅上。对面是我、鹰央、鸿池，还有小葵。

昨天晚上，我们抓到了雄太，后来赶到的警察对他进行了正式逮捕。

早在雄太放火的时候，暗中隐藏着的鸿池就已经报了警。

日野他们比派出所的警察晚到一步，我和他们解释了整件事情的来龙去脉，并且将拍下了整个过程的监控器作为证据交给了他们。

今天中午，日野打电话来说"想详细说明一下案件的调查情况"，我想起之前小葵让我及时通知她案子的最新进展，就把她也叫了过来。

"等、等一下。"

鹰央一只手抚着额头，另一只手举到了日野面前，示意他停下。

"芦屋雄太真的是这一系列案件的真凶吗？"

鹰央的声音里充满怀疑。

我和鸿池昨天和警察解释了一晚上事情的经过，早上回到天医会综合医院后，又跟鹰央说了一遍。听到凶手是雄太，鹰央的表情十分困惑，说："不对，不应该啊……"然后又追问了我一堆细节。但是通宵的疲惫再加上上午还有门诊，我只是敷衍地说："具体细节我们以后再说吧。"

结束了上午的门诊和下午的病房巡视之后，我才逮着时间小睡了一会儿，所以到现在也没来得及和鹰央详细交流案情。

"他已经承认了自己昨天在待拆建筑纵火，还有之前烧毁了小鸟游大夫的车。啊，还有对小鸟游大夫的监听和在公寓放盒子威胁的事情。"

"那也就是说，室田和内村被烧死，碇的遗体被烧这几件事，他不承认是自己做的了。"

鹰央往前探了探身子。

"对，他说这几件事和他没有关系，是'诅咒'应验了，满嘴胡言乱语。"

日野露出一丝苦笑。

"擅闯阴阳师芦屋炎藏之墓的人，迟早都会因'诅咒'而死。但是在此之前，他想先报复一下让自己丢脸的小鸟游大夫，让他在无尽的恐惧之中死去。这就是他的口供。"

"所以他的意思是，没打算要杀我？可他明明连汽油都用上了……"我惊讶地问道。

日野耸了耸肩说："他刚开始是这么说的，但我们再一遍问，他又表示'就算死了也无所谓'，应该相当于是间接故意杀人未遂吧。而且他当初的想法是，如果有必要的话，就把当时闯进墓地的天久大夫和仓本老师也一起杀了。"

听到自己的名字出现在死亡名单里，小葵挑起了一边眉毛。

"如果有必要的话，是指我没有因'诅咒'而死的情况？"

对于小葵的问题，日野点了点头说："好像是。"

"根据他的口供，芦屋家族会给自己的子孙不停地灌输关于'诅咒'的思想，不过除此之外还有一个训示。"

"还有一个？"我追问道。

小葵抢先日野一步开口道："如果被诅咒的人没有死，那他们就要靠自己的力量完成'诅咒'，哪怕是脏了自己的手。"

"没错，就是这样。"日野慢悠悠地点了点头。

当初芦屋炎藏打响咒术师的名头，靠的就是让身边的手下到被诅咒的人家中放火。这个小葵前几天才告诉我的假说很有可能就是当年的真相，而且这个传统还传承了一千多年，一直延续到了现在。

"不过这一千多年来，也没有人再闯入过那个阴阳师的墓葬，所以之前他们也没有放火来延续'诅咒'的必要。但最近，擅闯墓葬的人出现了，所以从小就被家训洗脑的芦屋雄太成了第一个践行这项原则的人。大概就是这么回事吧，虽然听起来很莫名其妙。"

日野长叹了口气。

"可是除了小鸟的案子之外，芦屋雄太并没有承认自己伤害过其他人。他不是说室田、内村、碇三个人之所以被烧，都是因为'炎藏的诅咒'而不是自己吗？"鹰央连珠炮似的问道。

"这不明显是借口吗？如果承认了纵火烧死两人的话，他很有可能会被判死刑，所以他当然要撇清关系。不过像他这种被审一天就松口的懦夫，很快就会认下所有罪行的。"

"室田那个'人体自燃案'，真的是芦屋雄太干的吗？"

"天久大夫，你这是怎么了，干吗总是重复问这个问题？芦屋雄太是作为纵火现行犯被逮捕的，还被那两个人弄得肩膀都脱臼了。"

日野冷眼看着我和鸿池。鸿池害羞地挠了挠后脑勺，谦虚地说了句"没什么"。我有些无奈，日野听起来可不像是在夸奖我们……

"要说这一切都是芦屋雄太做的，我总觉得有点……怎么说呢……有点不合逻辑。他都能将纵火杀人伪装成是'人体自燃'了，还有什么必要用泼汽油点火这种低级手段呢？"

鹰央抬起两只手按了按额头继续说道："还有碇守灵仪式上的那个自动点火装置也说不通。碇当时已经因为隐球菌感染离世了，从某种意义上来说'诅咒'也应验了，那雄太又有什么理由非要去烧了他的遗体呢？"

"这个……可能是觉得这样更华丽、更引人注目？难道天久大夫你真的觉得其他案子是因为'诅咒'而发生的吗？"

日野语气中带着一丝惊讶，坐在他旁边的前川直接露出了嘲笑的表情。

"不是。碇的案子中出现了自动点火装置，室田和内村的案子也很明显是人为的，我知道肯定和'诅咒'无关。我只是不确定这个真凶到底是不是芦屋雄太，毕竟那个'人体自燃现象'背后的逻辑，我们还不清楚……"

鹰央低下头去，声音也越来越小，最后几乎听不清了。

"不管你怎么说都无法改变芦屋雄太就是幕后真凶的事实，我们已经找到物证了。"

"物证？"鹰央抬起头来。

"是的，我们今天就采取了行动，对芦屋雄太家里进行了搜查，有很多发现。比如线路、时钟等制作自动点火装置的材料，还有汽油等一系列危险物品。"

"都是在他家里找到的吗？"

我下意识地向前倾了倾身体。如果这是真的，那就是决定性的证据。

"说是家里，但其实是在一个用作仓库的板房里，里面还发现了大量的古籍。雄太应该就是在这个仓库制作自动点火装置的。"

"大量古籍？"小葵追问道。

"对，我们暂时还没有分析书籍的内容，不过我猜应该是关于他们先祖——阴阳师的记录。更重要的是，我们从里面搜出并扣押了大量的器械和化学物质，这些很有可能是用来纵火的。关于室田身体突然着火的现象，相信这些化学物质也能告诉我们其中的原因。现在科搜研的同事已经在勘验了。"

"……芦屋雄太怎么解释这些证据？"

鹰央仰视着日野。

"他坚持说没见过这些东西，那个仓库也废弃好多年了。真是死鸭子嘴硬，不过就我们目前掌握的证据完全可以证明，芦屋雄太就是这一连串案件的幕后黑手。我们接下来会继续搜查起诉所需的证据，当然了，除了小鸟游大夫的案子之外，还包括其他几个案子的证据。好了，前川，我们准备告辞吧。"

日野一边催促前川，一边站起身来。

"真是谢谢你们了，还专门来和我们解释一通。"我略带讽刺地和日野说道，旁边的鹰央依然一脸凝重地沉默着。

"哪里哪里，也是多亏了你和鸿池大夫，我们才能抓到人。"

"应该还有一丝丝对之前怀疑我的愧疚吧。"

我语气中的讽刺呼之欲出，而日野却眨了眨眼睛问道："你在说什么呢？"表情是发自内心的不可置信。呵，真是个好演员。

"没事，我也不在乎了。也要谢谢你们，那天不知道哪儿冒出来的实习生直接把嫌疑人的肩膀给卸了，你们也没多计较。"

我勾起嘴角。鸿池马上跳了起来："我那是正当防卫！是他先对我这么一个弱女子动手的。"

还弱女子呢，明明给雄太复位肩膀的时候笑得很开心，还饶有兴致地提醒他"有点疼哦——"。我回忆着当天发生的事情暗暗吐槽，而日野已经转身准备离去。

"对于这次将调查信息泄露给你们的人，我们也不予追究了。还有鸿池大夫超速的事情，我们就这样扯平如何？"

原来他早就知道成濑在偷偷帮我们，果然老奸巨猾。

"好，那就这样扯平了。"我回答道。

日野抬起一只手，说："那就这样定了，再见。"然后和前川一起走出了房门。

送走他们俩之后，我长呼了口气，终于搞定了。

"我说鹰央大夫，你还好吗？"

听到鸿池担忧地询问，我扭过头去。鹰央正一脸严肃地抱着头。

"就这样结束了吗？这一切都是芦屋雄太做的？真的是这样吗……"

"鹰央大夫，你不用再这么纠结了。肯定是那个男人为了证明'炎藏的诅咒’，所以才将进过墓穴的人都杀掉的，事情就是这么简单。"

我耐心安慰着，试图让鹰央平静下来。

"真的吗？不对，我也考虑过芦屋雄太是凶手的可能，从动机上来说他是嫌疑最大的。可是我们还不清楚室田发生'人体自燃现象'的原理……如果凶手真的是他，有好多地方都对不上……"

鹰央再一次迷失在了思维的迷宫中。

"那你也不用这么着急，现在我的嫌疑已经洗清了，综合诊断部也安全了。你要是觉得有什么疑点的话，可以慢慢想的。"

"也对……你说的有道理，确实没必要这么着急了……"

鹰央喃喃低语道，好像在说服自己。

"那个，说芦屋雄太是纵火犯的凶手我还可以理解，但室田教授的身体突然垮掉也是他干的吗？"

小葵仿佛突然想到了什么。

"室田先生生病是因为感染了隐球菌……"

我还没说完，小葵就摇了摇头。

"不是，我是说他病好之后。鹰央诊断出病因之后，他的肺炎很快就有所好转，不是还到冲绳去出差了吗？但他后来身体又出了问题，所以才被送到这家医院，然后被烧死的。我是问他后来这次生病，难道也是芦屋雄太动的手脚吗？"

我被问得哑口无言。确实，室田当时被送到医院来的时候，已经病危。那真的是慢性病恶化所导致的吗？还是和最近发生的一系列案件有关？

"关键就在这里，"鹰央指着小葵，"我们还不清楚他到底是为什么突然病危，这很有可能也是整个案子的一环。如果能找到他病情恶化的原因，我们一定能离案件的真相更进一步。可是我们还没来得及做详细检查，他就已经被烧了……"

鹰央咬了咬嘴唇，低下了头。

这时，鸿池小心翼翼地举起了手："那个……其实我有做检查的。"

"你做了？"

鹰央一下子抬起头来。我也睁大了眼睛。

"是的，室田先生被送来之后，我给他抽了血。火灾是在我把样本从注射器移送到采血管的过程中发生的……"

"可是这里没有室田做血液检查的数据啊。"

鹰央指了指旁边桌子上的电子病历。

"应该是检验部门那边觉得人都没了，所以不需要了吧。但是咱们医院为了方便二次检查，会将所有的样本保留两周……"

"室田的血液还在！我们还能查到他的血液数据！"

鹰央猛地站了起来，一把抓起了内线电话听筒。

"鹰央大夫，检查结果好像出来了。"

我放下听筒，向鹰央汇报道。正懒洋洋躺在沙发上的鹰央回了句"知道了"，然后将手上的文库本[1]放在一边，走到了电子病历前。

日野离开后的一小时，我们就在楼顶上的鹰央"家"里等待着室田的血液检查结果。

一个小时前，鹰央确定了室田的血液样本还保存在医院，然后她利用自己作为副院长的威严安排检验部门优先进行了检验。就在刚刚，中央检验部打来内线电话，通知我们结果出来了。

---

1 日本特有的一种廉价且外形便于携带，以普及为目的的小开本图书。——译者注

我避开重重叠叠的"书树"，走到了鹰央旁边。她正坐在电子病历前，我、鸿池、小葵都在她身后，越过她的肩膀紧紧盯着屏幕。鹰央轻点了一下鼠标，屏幕上出现了检查结果一览表，我不由自主地发出"啊"的一声。

"……太可怕了。"

鸿池一只手捂着嘴惊讶道。确实，表上的数字过于残酷了。

肝功能严重障碍、肾功能障碍、贫血，还有重度炎症。另外，代表凝血功能的数字也远远偏离正常值，这大概就是室田被送来之后，处于极易出血状态的原因。他这种情况，出现大范围的皮下出血以及便血实在是太正常了。从血液数据来看，室田当时已经处于多脏器衰竭的状态，甚至随时有可能因失血过多而死。这触目惊心的数字让我一时说不出话来。

"怎么会这样……"鹰央凝视着画面小声说道。

"肝功能障碍、肾功能障碍、凝血功能异常……呕吐、便血、意识障碍……"

"鹰央，你没事吧？"小葵担心地问道。但鹰央没有任何反应，继续自言自语着。

她应该是发现什么了，而且是一个大发现。我看向小葵，她食指放在嘴唇上，微微点头。

"烟草……氧气……古籍……还有……人体自燃！"

鹰央突然大叫一声，猛地站了起来，身后的椅子倒向地板，发出巨大的碰撞声。

然后她又盯着自己的手掌心开始喃喃自语，我继续安静地陪着她。

"可如果是这样的话，那为什么要烧掉碰的遗体呢？一开始为什么会留下证据呢？……不，不对！那个证据不是不小心留下的，而是故意留在那里的！这样一来……"

鹰央睁大眼睛，俯下身子，又一次凑近了屏幕。她操作着手上的鼠标，屏幕上室田的病历消失了，取而代之的是另一个人的诊疗记录。

"原来如此……"

鹰央的一双大眼睛仔细地看着屏幕。我望着她的侧脸，战战兢兢地开口："鹰央大夫，你发现什么了吗？"

"嗯，我全都明白了。这一连串'炎藏的诅咒'和'人体自燃现象'到底是怎么发生的，都清楚了。"鹰央头也没回地答道。

"所以不是芦屋雄太一个人做的？"

"他顶多就是个小角色，因为太蠢才当了替罪羊……"

鹰央说到一半突然停了下来，眼神有些游离。

"可这个替罪羊被小鸟和舞抓到了……这应该是他意料之外的，那他接下来会怎么做？"

鹰央抬头望着天空思考了一会儿，忽然全身剧烈抖动了一下。

"小鸟，我们走！"

鹰央冷不丁地说出这么一句，然后就抓着我的手往门口走去。

"欸？走去哪儿啊……现在是什么情况？"

"我没时间和你解释了，再不行动就来不及了！你别唠叨了，赶紧带我出发！"

从鹰央焦躁的态度中，我能感觉到事态的严重，可是……

"可是我的 RX-8 被烧了，没法开车载你……"

原本用力拽着我的鹰央停下了动作，表情逐渐僵硬。

"啊啊，你为什么没有准备一辆车备用！还是在这么关键的时候！"

"我也不想的……"

就在我不知所措的时候，突然有个小东西被扔了过来。我下意识地用手抓住，摊开一看，是一把钥匙。

"这是 z1000 的钥匙，我把它停在后院停车场了，你拿去开吧。"

原来是鸿池把摩托钥匙扔给了我。

"你真的愿意借给我？"

"鹰央大夫都说事态紧急了，现在也没有其他办法。不过我警告你，千万别把它弄坏了，不然你给我照价赔偿。"

"谢谢。那我们走吧鹰央，去哪儿？"

我脱下白大褂，露出里面的 POLO 衫，准备出发。鹰央小声地说出了目的地。

6

我握紧手柄，身下的 KAWASAKIz1000 一个急刹车，停了下来。后轮因为惯性离开了地面几厘米，吓得我冒出一身冷汗。

这辆摩托实在是动力太足了，鸿池那家伙居然能习惯这么一驾死亡坐骑。

我驾驶着好久没碰过的摩托车，努力适应着它过于强悍的性能，好不容易才到达了鹰央指定的"目的地"。

"鹰央大夫，我们到了。"

我回头说道。鹰央身上还穿着那套手术服，头上却带着巨大的全脸头盔，这身打扮怎么看怎么诡异。听到我的声音，鹰央慢吞吞地挪动着，想下车但脚又够不到地，看起来有些烦恼。于是我先下了车，再扶着她下来。

"啊啊，闷死了，这什么玩意儿？！"鹰央粗鲁地摘下头盔，烦躁地抱怨道。

"戴这个是为了安全。行了别管它了，先看看我们停在这里可以吗？"

我透过栅栏，看了看院子里的二层建筑。

"嗯，就是这里。"

鹰央双手推开了旁边的木制大门。我也紧跟其后，迈进了大门。我看着前面单薄的背影，小声问道："我们为什么要来室田先生家啊？"

鹰央指定的"目的地"，就是刚刚去世的室田的家里，也是我们和这次案件扯上关系的开始。

"因为真正的凶手就在这里。"鹰央大步走着。

室田已经死了，现在住在这里的应该只有他的女儿——春香。难道说，她就是"人体自燃现象"的幕后真凶？可就算真是这样，我们又是为什么要这么急着赶过来呢？

我有些摸不着头脑，只好亦步亦趋地跟着鹰央。但她却没有走向正对面的玄关，而是绕到了房子后面。

"欸？我们不是来找春香小姐的吗？"

"不是，我们现在最着急找的人不是她。"

鹰央头也不回地继续向前，来到了后院那座巨大的仓库前。

"首先是这里。"

"这个仓库怎么了……"

我话才问到一半，鹰央就猛地伸手堵住了我的嘴。

"你看那儿。"

她压低声音，指着仓库的入口。我仔细一看，才发现那扇厚重的铁门开着一条小缝。

"难道凶手现在就在里面？"我被堵上了嘴，闷声闷气地问道。

"嗯，应该是。"鹰央说着靠近了大门。

凶手就在里面，那个焚烧碰的遗体、制造"人体自燃"假象杀害了两个人的凶手，现在就在这里，我感觉自己心脏跳得越来越厉害。我跟着鹰央走近仓库大门。

"准备好了吗？我们一口气冲进去。"

"没问题。"我将手放在了虚掩着的门上。

"冲！"

鹰央一声令下，我手腕一个用力打开大门，冲进了仓库。仓库里被黑暗笼罩着，但隐约可以看到最里面有个人影。

"别动！"

鹰央摸索着打开了入口旁的电灯开关，房梁上的灯泡忽然一下全都亮了起来。那个蹲在保险柜影子下的人，用手挡着晃眼的光线，慢慢站了起来。

"你……"

我看清那人之后，竟一时不知该说些什么。旁边的鹰央扯了扯嘴角："你输了，加贺谷正志。"

翠明大学日本史学院的助教——加贺谷，正咬着唇盯着我们。

"加贺谷是凶手？可他为什么在这个仓库……"

我愣了好久才回过神来。鹰央抬头看了看加贺谷。

"为了销毁证据，没错吧？"

加贺谷的表情明显迟疑了。

"销毁证据？所以这个仓库里有这次案子的证据？"

"嗯，没错。而且是绝对不能被人发现的证据。因为发生了某个意外，所以不得不尽快处理掉，于是就趁着今晚偷偷潜入了这里。"

"意外？"我追问道。

鹰央轻轻拍了下我的背说："就是你把芦屋雄太抓起来的事。"

"芦屋雄太？和他有什么关系？"

我越发混乱了，感觉自己好像在陷入一片深不见底的沼泽。

"刚刚日野不是说了嘛，他们在芦屋家的板房里发现了自动点火装置制作材料的同时，还找到了大量的古籍。那些古籍就是从这个仓库里拿出去的。"

鹰央指了指仓库最里面，那里原本堆成一座小山的古籍确实少了很多。

"按照这个男人设想的情节，应该是芦屋雄太悄悄潜入这里偷走了古籍，最后把仓库一把火烧掉。芦屋雄太对炎藏抱有强烈的敬意，所以他恨室田，因为他挖了炎藏的墓。因此他有动机偷走室田手里关于炎藏的古籍，并且纵火烧掉仓库。再加上那个男人之前还烧了你的车，简直就是替罪羊的不二人选。我猜，芦屋雄太就是在碰守灵仪式那天被人盯上的。"

"守灵仪式？"

"守灵那晚，你把芦屋雄太赶走之后，加贺谷就出现了对吧？他当时和雄太擦身而过，应该听到了他在抱怨，比如'混蛋，我绝对会杀了你'之类的？"

鹰央语气中带有一丝询问。加贺谷把嘴紧紧抿成了一条线，没有反驳。看来鹰央的推理是对的。

"然后很快，你的爱车就被烧了。他很快意识到这是芦屋雄太干的，合情合理，毕竟守灵那天的纵火犯很清楚自己什么都没做。随即他决定将罪行嫁祸给雄太，并消灭证据。于是他把制作自动点火装置所需的材料和大量化学物质，还有从这个仓库里拿出去的古籍都搬到了芦屋家那个废旧的板房里。按照计划，很快这个仓库就会着火，到时候他再打个匿名举报电话，让警察去调查芦屋家就可以了。这样一来，不只是仓库的火灾，之前发生的所有罪名就都会被嫁祸到芦屋雄太头上。"

"但是我抓住了芦屋雄太，所以这个计划被打乱了……"

我脑海中零散的碎片渐渐拼接在了一起。

"没错，警察们一旦发现在芦屋家找到的古籍是从这里偷出去的，很快就会展开调查。所以，得知芦屋雄太被抓以后，这个人决定在警察行动之前先放火烧了这里。"

"这不太合理吧？芦屋雄太昨天晚上就被抓了，现在放火也没法嫁祸到他身上啊。"

"如果是单纯的放火确实不行，但是如果用定时自动点火装置呢？"

"自动点火装置，该不会就是在碰的守灵仪式上用过的……"

"嗯，是的。不管如何，只要让警察在仓库里发现这种装置的残骸，就能引导他们调查的方向。让他们以为芦屋雄太是在被抓之前潜入这里，并且安装了自动点火装置。被抓之后，他又启动了这个装置，点燃了仓库。"

"这个解释也太牵强了吧，他为什么要专门放一个第二天才能点火的装置呢？"

我歪着脑袋问。鹰央忍不住笑了出来。

"确实很牵强，但除此之外没有其他办法了。一旦警察查到这座仓库，那接连害死两个人的'人体自燃现象'的原理就藏不住了。我说的没错吧？"

面对鹰央的问题，加贺谷紧握着的两只手开始止不住地颤抖。

"鹰央大夫，这里到底藏着什么啊？到底怎么才能让人体自己燃烧起来呢？"我激动地追问着。

鹰央抬起头来，低沉着声音说出了一个词："黄磷。"

加贺谷的表情瞬间扭曲起来，像是被火焰炙烤的蜡烛一样。

"黄磷？"我问道。

鹰央重重地点了点头说："黄磷是磷的同位素之一，有剧毒，也被用在灭鼠药当中。人体致死量大约在五十毫克左右，一旦摄入了超过这个量的黄磷，就会出现由消化管道功能障碍引起的呕吐、腹泻、肾功能障碍、肝功能障碍、凝血功能异常等症状，快的话几个小时以内就会死亡。"

"这些症状……"

"没错，室田被送到咱们医院急诊，就是因为发生了严重的黄磷中毒。从血液数据来看，就算当时全力抢救，他也很难活下来。"

"但是'人体自燃现象'是……"我插嘴问道。

鹰央皱起眉头："你居然不知道！在这个案子中，黄磷最重要的不是它的毒性，而是它能在低温下着火的自燃性。"

"自燃性……"

"没错，黄磷在五十度左右就会发生自燃，如果湿度等条件适宜的话对温度要求还会更低，所以一般建议放在水里保存。"

"那室田先生和内村先生身上发生的'人体自燃现象'都是……"

"嗯，不是他们的身体着火了，而是放在衣服口袋或是其他什么地方的黄磷，在温度、湿度等条件合适的情况下自燃了。不幸的是他们当时穿的衣服都比较易燃，而且室田案时的氧气、内村案时的高浓度酒精都是非常好的助燃物，所以才导致了火势疯狂爆发。这就是'人体自燃现象'的原理。"

"等一下，你说把黄磷放在口袋里，怎么放？偷偷在别人口袋放这种东西，不会被发现吗？"

我单手按了按太阳穴。

"不用偷偷放，他们俩都是自己把黄磷放到口袋里的，完全没觉得它是什么危险物品。"

"自己放到口袋里？"我不解地思索着。

"你还记得吗，室田患有由腕管综合征导致的正中神经麻痹，所以惯用手的鱼际肌出现了萎缩。而且他还在患有肺气肿的情况下吸烟，从这两件事当中你没有发现什么线索吗？"

鱼际肌萎缩、吸烟……两者间的关系？我皱紧眉头思索着。

鱼际肌萎缩，也就是说大拇指没法用力，而要吸烟的话……我猛地抬起头来。

"没法用打火机？室田先生手上拉动大拇指活动的肌肉出现萎缩，说明他很难用打火机点火，所以他抽烟的时候需要用到其他工具……其他可以点火的工具。"

我看看了身边站着的鹰央。她满意地点了点头说："没错，就是火柴。"

"火柴导致了'人体自燃现象'的发生……"

"这可不是普通的火柴，而是以黄磷为原料的火柴。这种火柴发明于一八三〇年，由于极易被点燃而迅速普及。但它的自燃性和毒性又不断地导致事故发生，所以在十九世纪后半期就被禁止使用了。日本在一九二一年就彻底停止生产，现在国内使用的火柴大多都是用没有自燃性和毒性的红磷制作的。但是，这里却藏着很多本该销声匿迹的黄磷火柴。"

鹰央指了指加贺谷面前的保险柜。柜门半开着，里面放置的各种吸烟工具，还有堆成一座小山的火柴。

"阴暗、低温、完全密闭的保险柜，黄磷火柴就是在这样环境中没有自燃、没有氧化地一直保存到了现在。后来保险柜被打开，里面的火柴也重见天日，没想到却被有心人注意到，成了杀人的工具。"鹰央舔舔嘴唇，继续说道，"凶手一开始更想利用的应该是黄磷的毒性。室田习惯在嘴里叼个东西，像火柴之类的。而凶手一开始的计划就是利用这一点，让他把火柴放到嘴里，摄入黄磷。这样一来，他还能减轻一些自己下毒杀人的罪恶感。但事情发展并不顺利，因为接触黄磷会导致人体皮肤溃烂，所以想要让人没有任何生理反应地服用是很困难的。室田之前口腔炎症那么严重，估计也是因为叼着黄磷火柴，口腔感到疼痛所以将黄磷吐出来了。就在这个过程中，发生了一起意外。"

"意外？"我问道。

鹰央沉重地回答："没错。"

"这个意外就是内村被烧死。内村烟瘾很大，所以他很有可能从室田那里拿到了一些黄磷火柴，火柴发生自燃，加上他撒到身上的威士忌推波助澜，最后导致了他被烧死。"

"也就是说，内村先生的死是个意外？"

"嗯，是的，凶手的目标只有室田。但他一直没有得逞，于是干脆直接在室田的饭食里放了黄磷。室田吃了以后，发生了急性的黄磷中毒，被救护车送到了医院。在急诊室里，他身上用来保温的电热毯成了最终的导火索，引起了他口袋里火柴的自燃，最后导致悲剧发生。这就是整个案子的真相。"

鹰央说完后，眯起眼睛看着加贺谷。但加贺谷依旧紧抿着唇，一言不发。就在这时，外面传来了好几个人的脚步声。

"鹰央大夫！"

鸿池跑了进来，应该是打车追着我们过来的。后面是小葵，还有日野和前川。我们离开医院的时候，鹰央就让小舞联系日野，通知他到这里来。

"那个……请问这是怎么了？"

室田春香大概是听到这里的吵闹声，所以赶了过来，她的表情有些不安。

"这下演员们都到齐了，那我们就准备进入高潮吧。"

鹰央迅速舔了下嘴唇，向前迈出一步。

"别动！"

加贺谷哀号一声，从保险柜的阴影中取出了一样东西。两个塑料瓶被反方向固定在一起，里面装满了淡黄色的液体，上面还连接着各种线路和一个时钟。看清楚他手上的东西之后，我整个人僵在了原地。

"这个自动点火装置和碇教授守灵仪式那天的一模一样，但我加大了汽油量，一旦启动，整个仓库都会成为一片火海。你们不想死就别过来！"

加贺谷满眼血丝，歇斯底里地叫喊着。

"自动点火装置？所以守灵那天放火的人是你？！"

前川目瞪口呆。其他人也无法消化眼前的一切，表情充满震撼。

"没错，都是我干的。是我把室田教授用的火柴换成了仓库里的黄磷火柴，这样一来，习惯将火柴叼在嘴里的教授就会因中毒而死。但我没想到，内村老师也拿到了这些火柴，更没有想到火柴上的黄磷自燃害得他被烧死了。不过最终我的目的还是达到了，我亲手杀了室田教授。"加贺谷连珠炮似的说道。

"这……你为什么要杀室田教授呢？"小葵声音沙哑地问道。

加贺谷烦躁地摇了摇头说："因为他一直都看不上我。我明明对研究室做出了那么多贡献，可他就是不愿意把我从助教升为讲师，甚至还把我当成用人随便使唤，我早就想杀了他了！"

加贺谷一股脑儿说完，情绪十分激动，肩膀剧烈地上下起伏。

"加贺谷先生，请你跟我们回局里接受调查。"

日野不急不慢地走近了仓库。突然，加贺谷将自动点火装置举到了头顶。

"我不是说了别过来吗？！"

"好，我不会再靠近了，你冷静一点。"

日野停下脚步，好脾气地劝说着。

"我想先确认一件事。你说自己是杀害室田教授的凶手，而内村副教授的死，是你意料之外的对吧？"

加贺谷依然高举着点火装置，沉默了几秒后，他缓缓开口："……对，没错。这一切都是我干的。"

仓库里被一阵沉默笼罩。

所有人都为这出乎意料的发展震惊得说不出话来。这时，唯一预想到这一刻的人打破了空气中的寂静。

"不对吧。"鹰央的声音撞上墙壁，传来一阵回声，"如果你真的是害死室田和内村的凶手，有些地方说不通啊。"

"你什么意思？我都承认自己是凶手了，还有哪里说不通的？"加贺谷的脸涨得通红，急切地反驳着。

鹰央竖起了左手食指说："碇的守灵夜上灵柩着火的事情。如果你真的是因为私人恩怨而杀死了室田，那为什么要烧掉碇的遗体呢？"

"那、那是……碇老师的遗体失火，就可以制造出他们是因为擅闯炎藏墓才被盯上了的假象，这样就能撇清我的嫌疑了。说不定还能真的让别人以为他们是因'诅咒'而死……"

加贺谷前言不搭后语地胡乱辩驳着。鹰央像赶苍蝇一样挥了挥手。

"怎么可能。如果你真的想营造出'诅咒'的假象，就不会用自动点火装置这种能留下证据的东西了。这种装置一旦被发现，就能直接说明火灾是人为制造的。再说了，碇的守灵仪式那天，室田还活着，内村被烧死也被看作是意外事故。你没有必要为了撇清嫌疑而纵火。"

"那这件事到底是谁干的？"我忍不住问道。

鹰央竖起的手指指向了加贺谷说："守灵那天的大火是他放的。在整个案子中，他所做的就是烧了碰的遗体，并且设法将一切罪名推到芦屋雄太身上。杀害室田和内村的主犯另有其人，他就是为了保护那个人，才在灵柩里安装自动点火装置的，为了让人知道那天是有人蓄意纵火。"

"保护主犯？为了让人知道是蓄意纵火？"

"是的。他应该是在内村案发生几天后就知道了真相，就是室田在研究室的桌子突然着火的时候，那次着火就是由于桌子上的黄磷火柴发生自燃而引起的。火被扑灭之后，加贺谷看到了燃烧殆尽的火柴残骸，发现了那其实是黄磷火柴，当时他就明白了主犯的目的是杀死室田，还有内村只是被牵连而死的事实。如果他置之不理，那主犯很快就会成功杀死室田，并且被警方逮捕。所以他未雨绸缪，提前准备好了制造不在场证明。"

"不在场证明？你是说碰先生遗体被烧时的不在场证明？"

"是的。当时他趁着遗体被送到殡仪馆之后、守灵仪式开始之前，在灵柩里安装了自动点火装置，成功让所有人知道了那场火灾是有人故意放的，这一切都是他故意为之。"

"也就是说，主犯在这段时间里有非常确凿的不在场证明……"

"没错。不过碰的遗体被烧，从结果上来说确实导致了大家都误以为凶手的目标是踏入炎藏墓的所有人，他所谓的隐藏作案动机倒也不是全无道理。以上你有什么要反驳的吗？"

鹰央将话题抛给加贺谷。他颤抖着张开了嘴唇，但却没发出任何声音。

"那个主犯到底是谁？究竟是谁杀了室田和内村？"

前川仿佛隐忍了许久，终于控制不住大声问道。鹰央将指向加贺谷的手指收回自己面前。

"这个人不仅知道室田有叼火柴的习惯，还能自由出入这座仓库，甚至发现这里的黄磷火柴。这个人和室田很亲近，能轻松换掉他平时用的火柴。最后，这个人还有机会在室田的饭菜里混入黄磷，能让加贺谷宁愿牺牲自己去保护她。她还要在碇的守灵夜当天，和室田一起远赴冲绳，拿出可靠的不在场证据。同时满足这些条件的人，只有一个。"

鹰央猛地转过身去，指向了仓库门口伫立着的人。

"室田春香，你就是'人体自燃现象'背后的主谋。"

春香呼了口气，僵在了原地。

"春香小姐是……凶手？"鸿池站在春香旁边，不可思议地重复着。

"不是，和春香小姐没有关系！她没有理由杀害自己唯一的亲人啊！"加贺谷用嘶哑的声音大喊。日野点点头，表示赞同。

"我们对受害者的家属进行过调查，春香小姐没有任何杀害室田教授的动机。室田教授的负债大于财产，而且也没有买过人寿保险，他的死只会给春香小姐带来经济上的窘迫。"

"动机是有的，从我们医院的病历上就能看得出来。"

鹰央话音刚落，春香的表情就出现了明显的波动。

"病历？室田教授的诊疗记录上有什么线索吗？"日野惊讶地问道。

鹰央摇了摇头说："不是，我说的不是室田宗春的病历，而是他的妻女，也就是室田春香和她母亲的病历。室田的妻子曾经因为骨折在我们医院的整形外科接受治疗，当然了，这件事本身并没有什么特别的，问题的关键在于她的既往病史。也就是她过去曾经得过或目前正在治疗中的疾病记录，这一栏里写的是'无'。"

"欸？春香小姐的母亲不是因为体弱多病跑过好几家大医院吗？"

鸿池将手指放在唇上。

"啊啊，没错。警察那边应该也掌握这个信息了吧？"鹰央问日野。

日野犹豫着回答："是的。"

"可是病历上却显示她没有既往病史。话又说回来，就算她真的百病缠身，也不应该同时出入这么多家大型医院。"

"什么意思？能不能说点我们外行听得懂的。"

鹰央挤牙膏式的分析，让日野打碎了脸上平静的面具，焦躁地开口催促。

"这个其实很好理解。我们所说的'大型医院'，一般指的都是'综合医院'。也就是说能同时针对各种病症的患者，进行'综合诊疗'，所以一般不会有人同时出入两家以上的大型医院。"

我顿时恍然大悟。她说的完全没错，我怎么就没有注意到呢。

"那室田教授的妻子为什么要同时在多家综合医院接受治疗呢？"

"因为她就诊的原因并不'一般'。日本现在为了保护个人隐私，所以每家医院的电子病历都是保存在封闭系统中的。也就是说，如果没有介绍信的话，患者在某一家医院的诊疗信息是无法同步到其他医院的。所以，某一类患者就会像室田的妻子一样，每次都到不同的医院去就诊。"

"……'某一类患者'是？"

随着分析越来越接近核心，日野的语气中也充满了紧张。

鹰央长出了一口气，回答道："家暴受害者。"

"家暴……"

小葵声音嘶哑地重复着，然后偷偷地观察了一眼春香。春香脸上的表情仿佛海水退潮一般全部消失了。

　　"因为家暴而受伤的患者，如果每次都去同一家医院的话，很容易引起别人的注意。所以为了避免被人发现，她们每次都会去不同的医院就诊。有些是施害者强制要求的，有些是受害者为了保护施害者而命令他们这么做的。"

　　"所以，室田教授对自己的妻子实施了暴力……"

　　"没错，我看过他妻子的片子。除了前臂之外，还能观察到肋骨上有两处骨折过的痕迹。应该是长期遭受暴力，但一直强忍着没有告诉任何人。还有室田春香的片子，也能看出有骨折过的痕迹。你也遭受过来自父亲的暴力，对吧？"

　　鹰央问春香，可春香对此置若罔闻。鹰央也没在意，继续说道："你大学毕业之后，就直接在外地工作了。可是由于母亲从台阶上摔下，意外死亡，你只好辞职回家照顾体弱的父亲。表面上看也算是段父慈子孝的佳话，但是如果我们加上室田家暴的滤镜，这个故事就完全不一样了。"

　　"难道……"我脑海中出现了一种可怕的猜想，声音禁不住颤抖起来。

　　"没错，室田的妻子有可能不是意外死亡，而是被杀害的。"鹰央淡然地说道。然后直直地望向了毫无反应的春香。

　　"你当初就是因为受不了父亲的暴力，所以才逃到了外地。可没过多久，你就收到了母亲'意外去世'的消息。多年来目睹母亲被家暴的你，坚定地认为她的死不是意外，而是父亲将她推下楼梯所造成的。你很后悔，后悔自己一个人逃走，所以才导致他对你母亲的暴力再次升级。但很快，你母亲的死就被当作'意外'处理，你很难证明她是被杀害的。因此你才回到了家里，为了给母亲报仇。"

　　春香的身体开始轻微地抖动。鹰央漠然地继续："可你的父亲不管身体再怎么不好，也毕竟是个成年男性，加上常年被施暴的阴影，你不敢明目张胆地杀害他。所以你打算用黄磷火柴毒死他，可你没想到内村意外被烧死，甚至碰的遗体也不明原因地着起火来。所以你陷入了混乱，最终选择了直接在室田的饭菜里混入黄磷。室田吃下后，因为中毒被送到医院，随后他口袋里的黄磷火柴发生自燃，将他整个人烧死了。"

春香颤抖得越来越厉害，刚刚还面无表情的脸上渐渐出现了愤怒、悲伤、颓废、安详等一系列复杂的情绪。

"其实知道母亲去世之后，你一直都很混乱吧？最近发生的一系列案子之所以这么复杂，是因为中间夹杂着很多意外和其他人的私心。你一开始只是想换掉火柴，毒死自己的父亲而已，方法简单而又破绽百出。而且你从来没想过要掩盖自己的罪行，因为如果不是急诊室里意外起火，室田就会因黄磷中毒而死，到时候第一个被怀疑的就是给他准备饭菜的你。你当时看到他在火焰中挣扎而悲痛地呼喊，那不是演出来的，而是最真实的反应，对吧？"

鹰央温柔地说道，她的推测很有可能是正确的。

家暴受害者们承受着来自最亲近的家人的暴力，他们对施害者的感情通常都又爱又恨，十分纠结。所以春香一开始才想用黄磷火柴这种蹩脚的方法杀死自己的父亲，可是又在亲手下毒之后，陪着父亲赶到了医院。她当时明明可以拿走室田的电话，不让他和外界联系的。

她的行动从一开始就漏洞百出，是后来加贺谷和芦屋雄太的举动让整个案子变得扑朔迷离起来，导致鹰央也一度百思不得其解。

"我……"

春香的声音有些缥缈，我们连忙竖起耳朵。

"不要！春香！什么都别说！"

突然，一声尖叫打断了春香的自白。鹰央睨了加贺谷一眼说道："我现在是在和室田春香讲话，你给我闭嘴！"

"开什么玩笑，你刚刚不都说了我才是凶手吗！我都认了，这还不够吗？"

"看来你是无论如何都要牺牲自己保护春香了？"鹰央长叹了口气，"你又是为什么做到这一步呢？你一直跟在室田宗春身边鞍前马后，应该也目睹了他对自己独生女儿的暴力行为吧？哪怕身体已经虚弱到了要别人照顾，可他还是三天两头地实施家暴，这种人是不会轻易改变的。所以你不但没有制止春香的罪行，反而想方设法帮她隐瞒。你这样做是因为同情她，还是……因为爱她？"

加贺谷紧闭着嘴，偷偷瞄了眼春香。鹰央微微耸了耸肩说："应该是两者都有吧，不然你也不会烧了碰的遗体，太疯狂了。"

"闭嘴！你什么都不懂！我会保护春香小姐的，不管发生什么，都有我在！"

"……骗人。"

春香低垂着头，小声开口道。在场所有人的目光瞬间集中到她身上，春香抬起一双空洞的眼睛看着加贺谷。

"你骗人。没有人会帮我的……那个男人一直殴打我和妈妈，可是没有一个人帮过我们……就连我妈妈死了，警察也只是当作一个意外而已，我求过他们，让他们再仔细调查一下，可是没有人理我。没有一个人站在我这边，所以，我只能自己动手了……"

春香的语气中没有一丝起伏。室田被烧死之后，春香被诊断为"精神状态不稳定"，在精神科住过一段时间院。可是看她现在的状态，应该早在室田案之前，她的精神就接近崩溃了。

"怎么会！你还有我，不管发生什么事，我都会保护你的。每次我被教授训斥，都是你温柔地鼓励我、帮助我，可你明明比我还要难受。所以这一次，就换我来保护你！"加贺谷疯狂地大喊道。

春香却两只手捂住耳朵，剧烈地摇了摇头。

"你骗人！没有人会管我的！我一直都是一个人！不管是以前，还是以后……"

她细碎的、带着呜咽的声音在空旷的仓库中回响。她的眼泪滴在泥土上，倏地消失得无影无踪。

"……我会证明给你看的。"加贺谷喃喃自语道。

我感受到了他声音中的危险，心脏猛地跳了一下。加贺谷冲着日野说："刑警先生。"

"怎么了？"日野脸上浮现出戒备的表情。

"我说过很多次了，是我杀死了室田教授和内村老师，一切都是我干的。"

"你先跟我们回局里，至于真相是什么，我们会继续调查的。"

"抱歉，我拒绝。连续杀了两个人，我下半辈子估计都要在监狱里度过了……我受不了。"

加贺谷缓缓转动着点火装置侧面的刻度。鹰央站在我旁边，倒吸了口凉气。

"住手！"她着急地大喊。

与此同时，加贺谷将点火装置朝我们这边扔了过来。

"鹰央大夫！"

我终于反应过来到底发生了什么，然后条件反射地扑到了鹰央身上。点火装置在距离我们几米外的地方落下，然后……爆炸。

那声音震得我耳朵生疼，同时后背感受到了被火烤一般的热气。我回头一看，面前出现了一面高耸的火墙。

塑料瓶中的汽油被点燃，凶猛的火焰不断向上攀升，一路窜上了仓库通风口的高度，直逼天花板。它一点点地吞噬着脚下的收藏品，用来壮大自己的力量，周围飘散着的黑烟让我的视线逐渐模糊起来。

"快跑啊！快出去！"

鹰央在我身下喊叫着。我连忙站起身来，环视了一圈。火势越来越大，房顶上木制的悬梁也开始燃烧了。

"你发什么呆呢！快跑啊！"

鹰央拉着我的手说道。我连忙应下："好、好的。"然后和鹰央一起冲向了出口。

走出仓库，我看到鸿池他们都已经安全脱身，静静地站着。我和鹰央也模仿着鸿池的动作，抬头望着十几米远的仓库。仓库上方的窗户里，飘散出一阵阵浓浓的黑烟。

"大家都逃出来了吗？"鹰央轻咳了两声后询问道。突然，有人发出了悲痛的尖叫。

"加贺谷先生不在！"

原来是春香。她面色惨白，两只手捂着嘴说道。我迅速地确认了一下身边站着的人，确实没有看到加贺谷。

"所以他还在里面……"我紧紧盯着面前被火焰席卷的仓库。

"愚蠢。他是想把证据一把火烧了，让这个案子就这么不了了之吧。"鹰央一脸严肃，咬牙切齿地说道。

确实，这样一来能作为证据的黄磷火柴都会随着这场大火全部消失。也许在室田家里也能找到黄磷的痕迹，但加贺谷也经常出入这里，而且他还认下了所有的罪行，最后自杀了。这样一来，警方很难证明春香才是真正的凶手，很有可能会以嫌疑人死亡的形式将相关文件送检，结束这个案子。

加贺谷是在用实际行动践行自己说过的话——拼命保护春香。

"都是我干的！是我把火柴换了，想杀死我爸爸，也是我在他饭菜里下毒的。加贺谷不是凶手，求求你们，求求你们救救他。"春香声音嘶哑地喊着。

"可是这个情况……"

前川含糊其词。很明显，他完全被这猛烈的火势吓退了。春香一脸失望，突然，她向前跑了出去。

"危险！"

站在她旁边的鸿池马上反应过来，冲上去抓着了春香的腿，两人一起倒在了松软的土地上。

"放开我！我得去救加贺谷先生！"

"不行！他要是晕倒在里面了的话，你一个人也抬不动的。"

鸿池依然紧拽着春香的腿，大声阻止着她。

确实，这不是一个女人能做到的，日野个子不高，应该也很难。但如果是我……

我刚朝着仓库迈出一步，就被人拽住了衣服下摆。

"你想干什么？"

鹰央抓着我的衣服，满脸严肃地看着我。我舔了舔干燥的嘴唇。

"我去救加贺谷先生出来。"

"说什么蠢话！火势你也看见了，你进去会被烧死的！"

"是啊！你没必要去冒这个险啊！"

小葵走过来，和鹰央统一了战线。

"可是除了我没有人能救他了。没关系的，仓库这么大，要被火全部覆盖还需要一些时间，而且中间那条通道上没有任何障碍物，我可以沿着那条路，避开大火进到最里面。"

我看了看旁边的春香。她正伸着双手，拼命想要靠近那座起火的仓库。

如果事情就这么结束的话，没有任何一个人能获得解脱。我脑海中突然出现了一个强烈的想法：不能就这么结束。

"为什么是你去！为什么你要去冒这个险！"

鹰央又伸手抓住了我的衣领。

"谢谢你，为了洗清我的嫌疑而拼命解开了这个'谜团'。可是如果事情就这么结束了，那所有人都会陷入不幸当中，没有人愿意看到这样的结果。所以我要去救加贺谷先生，让这场闹剧有一个完美的结束。"

鹰央的脸被火光映照成红色，她的表情纠结起来。

"可是……可是为什么是你……"

"没事的。"

我抬起手来，握住了鹰央拽着我衣领的手。

"我绝对不会死的，我答应你，很快就回来。"

鹰央紧紧地抿着嘴，直勾勾地看向我的眼睛。她那猫一样的大眼睛深邃得仿佛要把我整个人吸进去。

鹰央松开了手，转身拿起旁边浇花用的水管，打开了阀门。水管里的水喷了我一身。

"好凉！你这是干吗？"我抗议道。

鹰央从手术服的口袋里掏出一块手帕，也用水管里的水沾湿。

"这样才能抵挡得住火势，还有这个手帕，你挡在嘴上。火灾最恐怖的不是火本身，而是吸入过多浓烟导致一氧化碳中毒。你进去以后尽量放低身体，避免吸入浓烟。"

"等一下，鹰央！你真的要让他去吗？"小葵激动得都破音了。

"小鸟答应过我会安全回来了，所以肯定不会有事的，对吧？"

鹰央把手帕递给了我。我一边接过，一边自信满满地回道："对！"

"这个手帕我很喜欢的，你一定要记得还我。"

"知道了……那我去了。"

我走向仓库。身后传来鹰央的回复："嗯，快去快回。"

我来到了浓烟滚滚的仓库入口，将鹰央拿给我的湿手帕挡在嘴边，按照她说的那样，弓着身子走了进去。

火势远比我想象中扩散得更快。仓库里的藏品大多都被点燃，浓烟飘满了整个空间，就连房梁都被大火包裹着。

没时间了，我得赶快找到加贺谷。我沿着仓库中心的通道，匍匐前进。

火焰无情地炙烤着我的皮肤，每一次呼吸都能感觉到有浓烟侵入气管，让我止不住地咳嗽。

在哪里？他到底在哪里？我强忍着被烟熏出来的眼泪，努力睁大眼睛寻找着。终于，我看到了通道旁有一个倒下的人影。我弯着腰跑过去，地上躺着的正是加贺谷。也许是在爆炸发生的时候伤到了头，他现在双眼紧闭，失去了意识。

我把加贺谷的身体反过来，让他仰面朝上，然后用力拍打着他的脸，

"醒醒！快醒醒！"

很快，加贺谷便皱着眉睁开了双眼。

"啊！啊！这是怎么回事……"

他刚睁开眼睛，就恐慌地摆动着四肢。

"这是你用自动点火装置放的火。好了不说这个了，我们赶紧出去吧。"

　　加贺谷连续眨了好几下眼，脸上浮现出惊讶的表情，然后后退几步，拉开了和我之间的距离。

　　"……你干什么？"

　　"我要……死在这里。这样春香小姐就能安然无恙了！"

　　"你认真的吗？"

　　"当然。室田教授一直在虐待春香小姐，对他来说，春香小姐根本就不是他的女儿，而是一个奴隶。就连我在旁边看着的时候他都毫不避讳，这对他来说是家常便饭。"

　　加贺谷紧闭双眼。

　　"她一直都很痛苦，没有任何人帮她，可即便如此她还是一直对我那么温柔……所以，我必须要救她！"

　　"……救她？"我靠近加贺谷，"你所谓的'救她'，就是把自己烧得灰都不剩吗？"

　　"没错！只要我承担所有的罪名后死去，她就可以幸福地生活了。"

　　"狗屁！"

　　我握紧拳头，一拳打在加贺谷脸上。

　　"你就是想这么自我陶醉，然后让春香小姐背负更大的罪恶感吗？"

　　加贺谷倒在地上，我双手抓着他的衣领，将他的上半身从地上拽了起来。

　　"罪……罪恶感……"加贺谷嘴边滴着血，不可置信地喃喃低语。

　　"没错，就算能逃脱法律的制裁，但春香小姐永远都不会忘记自己杀害父亲和内村的罪恶，不会忘记是你牺牲了自己才换取了她的自由，她会永远背负着这些活下去。"

　　"这……"

"春香小姐的精神已经快要崩溃了，她很有可能承受不住，被这莫大的罪恶感所击溃，甚至……自杀。"

加贺谷显然被我说得慌了神，喉咙深处里发出了"嗝"的一声。

"那我该怎么办？"

"当初你发现春香小姐想要杀害自己父亲的时候，就应该马上阻止她，而不是帮她制造什么不在场证明。你应该劝她迷途知返，而不是和她一起沉沦！"

加贺谷的表情渐渐无力起来。

"你现在说这些还有什么用！我已经……选错了……"

"是啊，所以你才更不应该一错再错。你要做的就是从这里走出去，和春香小姐一起弥补你们的罪过，这也是唯一有可能让她幸福的办法，只不过那一天不知道什么时候才会来。"

我松开了他的衣领。加贺谷失去支撑，忽然垂下了头。

"出去吧，就当是为了你爱的人。"我吐出一句矫情的台词。

加贺谷双手掩面，声若蚊蝇地回道："好"。

我将加贺谷的胳膊扛在肩膀上，扶着他走向出口。就在这时，天花板上传来了咔嚓咔嚓的声音，我预感到不妙，抬头一看，眼前的情景让我忍不住瞪大了双眼。被火焰包裹着的横梁裂成两段，眼看着就要砸下来。

"快趴下！"

我和加贺谷一起扑倒在地上，同时耳边传来轰的一声巨响，我慢慢抬起头来，无言地看着面前的一切。熊熊燃烧着的横梁正好落在了通往出口的通道上，把路完全封死了。

我焦急地看向周围，可是四面八方都是屹立着的火墙，我找不到任何一条能逃出去的路线。加贺谷指着火焰："这还出得去吗？我们现在怎么办？"

"怎么说话呢？我们现在这样还不都是怪你。"

目前的状况不容乐观，我拼命在脑海里搜索着逃出去的方法，可绞尽脑汁也想不出来。

只能等消防队来了，可是……我抬头看着被浓烟铺满的天花板，由于横梁掉落，其他支撑体负担加大，现在整个屋顶都被烧得摇摇欲坠。仓库随时有可能会全面崩塌，而在此之前，浓烟就会充满整个空间，到时候等待我们的，就是一氧化碳中毒。

啊啊，亏我刚刚说得那么冠冕堂皇，这下我也要让那个人背负一条人命了。

鹰央坏笑着的表情在我脑海中掠过。希望她一定不要被罪恶感所吞噬，因为现在的结局，是我自己选择的。相信她以后就算没有我，也能过得很好。正在我绝望地在心里感慨的时候，突然听到了一阵巨响。

"……欸？"

我定睛一看，一个巨大的物体正快速地冲进燃烧的瓦砾中。

"摩托车……"

看着火焰中横躺着的物体，我不可思议地眨了眨眼睛。那是一辆外表极具攻击性的摩托车。

"这边！快过来！"

烟雾中传来了我熟悉的声音。下一秒，我就站了起来。

"走了！"我拉着加贺谷的手腕。

"去哪里？这什么都看不见啊。"

"别问了，跟我来！"

是那个人让我过去的，我只要百分之百相信她就可以了。

为了防止吸入浓烟，我一直屏着呼吸前进。不一会儿，泪水模糊的视线中出现了仓库的墙壁，还有墙壁上巨大的洞。

我拉着加贺谷的手，向那个洞飞奔过去。

包围着我的浓烟消失了。我倒在地上，大口呼吸声新鲜的空气，火烧火燎的肺慢慢冷却下来。

"总算是捡回一条命来。"

我眼前出现了穿着手术服的两条腿。我放松表情，抬头看着她。

"不是都说了吗，我会安全回来的。"

"装什么酷啊，要不是我在墙上撞开一个洞，你就危险了。"

鹰央扬起嘴角，露出笑容。

"真的是多亏你了。不过，那个不是鸿池的摩托吗……"

说到这里，我才注意到旁边泪眼婆娑、双膝跪地的鸿池。

"我的爱车……我可爱的 z1000……"

鸿池双手抱头，难过地呻吟着。

我明白了，是她发动了摩托车，在没有人驾驶的情况下让车在墙上撞出一个洞来。多亏那辆车冲进火场，才给我们开辟了一条生的道路。

"唉……节哀吧。我的车之前也被烧了，我完全理解你的痛苦。"我站起来，把手放在她的肩膀上安慰她。

鸿池狠狠地瞪着我说："我家宝贝这次可是为了救你才挺身而出的，你得赔我辆新的。"

"额……我自己也得买辆新车，手头实在是……"

"给我买嘛！"

鸿池顶着一双泪眼凑了过来。

"好好好，我赔，我会赔的，放心哈。"

"先别聊这个了，这个仓库随时会倒塌，我们得走远一点。"

在鹰央的催促下，我们远离了被大火吞噬的仓库。春香一脸僵硬地朝我们走来，在加贺谷面前停下了脚步。

"……抱歉，是我没有保护好你。"

春香慢慢靠近低着头的加贺谷，也低下头来，两人之间距离近得仿佛春香的额头抵在了加贺谷胸前一样。从她的声音里能听出来，她在强忍着泪水。

加贺谷小心翼翼地将手放在了春香颤抖着的肩膀上。

远处传来消防车的警笛声。

看着他们俩在大火映照中的身影，我把手里浸湿了的手帕展示给鹰央。

"这个，谢谢你啦。不过被我弄脏了，等我洗干净再还你。"

"没关系的。最重要的是，你按照约定安全回来了。"

鹰央微笑着从我手中接过了手帕。

至此，由"阴阳师诅咒"为起点，发展到"人体自燃现象"的这一连串案件终于落下帷幕。

尾声

Spontaneous human Combustion

"不行了……要死了……"

我摇摇晃晃地来到屋顶边缘，将整个身体的重量都放在铁栅栏上。

不行，我得赶紧离开这里，不然太危险了。

"你还好吗？"

突然，一阵风铃般清凉的声音响起。我往旁边一看，原来是仓本葵正靠着栅栏，冲我微笑着。

"不好……我脑子里好像有一群小人儿在跳舞。"

"我也快到极限了。我本来对自己酒量还挺自信的，没想到啊，人外有人。鹰央的胃是竹篓吧，喝进去的酒都会漏出来那种。"

"我看更像是没有底的米斗。"我按了按疼得仿佛要裂开的头说。

上周，室田春香和加贺谷正志被逮捕归案，这场假借"人体自燃现象"之名的杀人案也终于落下帷幕。新的一个月开始了，鹰央的禁酒令也解除了，今天是周六，我们为了庆祝案件顺利解决，一起聚在鹰央"家"里开了个酒会。

说是酒会，实际上就是个酒精的地狱。不管度数多高的酒，鹰央都能面不改色，咕咚咕咚地一口干掉。我们几个被迫陪着她一起拼酒，结果就是还没到两个小时我就不行了。

我对自己的状态进行了准确的判断，如果继续喝下去，我可能又要在厕所待一晚上，和坐便器一起畅谈人生了。于是我找了个机会，把鹰央推给鸿池，跑到外面来躲一躲。

"你听说加贺谷先生和春香小姐的事情了吗？"

小葵一边把手当作扇子给绯红的脸降温，一边不经意地问道。

"昨天日野刑警来和我们说了一下，听说他们承认了所有罪行。"

那座仓库里的黄磷火柴已经和仓库一起被付之一炬，消失得无影无踪了。如果春香坚持否认，警方是很难举证的，但她选择了为自己的所作所为承担后果。

"不知道会判多少年。"小葵抬头望着夜空说道。

"加贺谷先生不太清楚，不过春香小姐应该要判很多年吧。其实我觉得以她的情况，应该是能酌情减刑的，可中间毕竟还牵扯到了内村先生。"

"这样啊……我不知道自己这样说对不对，但我真的觉得春香小姐挺可怜的。"

"是啊，不过至少还有加贺谷先生，他肯定会一直等着她、支持她的。"

"那样最好。"

小葵冲着天空呼了口气。我沉默地望着她完美的侧脸，突然，小葵瞟了我一眼，我们的视线在空中交缠。

"趁着这会儿喝醉了，我可以问你一个私人问题吗？"

小葵脸上浮现出恶魔般的笑容。

"私人问题？你问吧。"

"就是上次咱们俩一起去喝酒的时候，你为什么放我一个人回去了啊？我还以为你百分之百会带我去宾馆呢。"

"啊啊，那件事啊……"我苦笑着耸了耸肩，"因为你感兴趣的人不是我，而是鹰央大夫啊。"

"咦？你看出来了？"小葵吐了吐舌头，"那是因为我想了解更多案情。"

"那、那如果那天晚上我邀请你了……"因为过于紧张，我的声音甚至有些嘶哑。

"以当时的气氛来说，我应该会答应你的吧。"

"啊啊啊啊啊——"

我双手抱头。我怎么会干出这种蠢事，放过了这么个千载难逢的好机会。如果可以的话，我真想穿越回去重新选择一次。

"额……那个，小葵啊，那我们要不下次再一起吃个饭……"

我抬起头来想要挽回。但没等我说完，小葵就用手指挡住了我的嘴。

"不可以，因为我已经亲眼见证了你和鹰央之间的'羁绊'，所以我不会对你出手了。"

"羁绊？"

"那天你冲进起火的仓库之前，答应了鹰央'绝对会回来'，鹰央也没有任何怀疑地相信了你。看到那一幕的时候我就知道，没有任何人能插进你们两个人中间。"

"啊，那个怎么说呢，其实也是因为当时的气氛……"

小葵的话让我又回想起了自己当时矫情的台词，本来因为喝酒而涨红的脸又滚烫了几分。

"现在只有你们两个人当局者迷了。不过你以后也会一直陪在鹰央身边的吧，她虽然能力很强，可就凭她自己是没办法百分之百发挥出来的，能陪在她身边的……现在只有你。"

小葵用力拍了拍我的后背，我只能露出一丝苦笑。

小葵妩媚地舔了圈嘴唇，那充满冲击力和魅惑感的动作让我有些晕眩。就在这时，鸿池打开"家"门冲了出来。

"你们俩也太坏了……把鹰央大夫推给我一个人……我们三个人加起来才勉强拼得过她一个啊……"

鸿池像僵尸一样晃晃悠悠地走了过来，一脸气愤地埋怨着。

"还……还有，你别忘了答应我的，下次要给我买新摩托。失去爱人的痛苦，只能靠新的爱人来抚平了。"

鸿池一边嘴里叨叨着情场浪子的说辞，一边把身体靠到栅栏上。也怪我们留下她一个人对付鹰央，弄得她现在整个下半身都软绵绵的，直不起来。

啊啊啊啊！给她和我自己买好新车之后，我的小金库应该就彻底空了。我有点悲伤地回答道："知道了。"这时，鹰央拿着酒瓶从玄关走了出来。

"喂——你们怎么回事，美好的夜晚才刚刚开始呢，快回来继续喝啊。"

"好好好，这就回去。"

我口齿不清地回应着，做好了再一次英勇赴死的准备。

清凉的夜风吹过我滚烫的脸颊，真舒服。

图书在版编目（CIP）数据

火焰的凶器：天久鹰央的事件病历表 /（日）知念
实希人著；周洁如译 . -- 北京：台海出版社，2021.5
ISBN 978-7-5168-2898-4

Ⅰ. ①火… Ⅱ. ①知… ②周… Ⅲ. ①推理小说－日
本－现代 Ⅳ. ① I313.45

中国版本图书馆 CIP 数据核字 (2021) 第 030493 号

版权合同登记号　图字：01-2020-7751

火焰的凶器：天久鹰央的事件病历表

著　　者：[日]知念实希人		译　　者：周洁如	

出 版 人：蔡　旭　　　　　　　　　　封面绘制：noizi ito
责任编辑：员晓博　　　　　　　　　　封面设计：MF

出版发行：台海出版社
地　　址：北京市东城区景山东街 20 号　　邮政编码：100009
电　　话：010-64041652（发行、邮购）
传　　真：010-84045799（总编室）
网　　址：www.taimeng.org.cn/thcbs/default.htm
E - mail：thcbs@126.com

经　　销：全国各地新华书店
印　　刷：北京盛通印刷股份有限公司
本书如有破损、缺页、装订错误，请与本社联系调换

开　　本：880 毫米 ×1230 毫米　　　　1/32
字　　数：205 千字　　　　　　　　　印　　张：8.5
版　　次：2021 年 5 月第 1 版　　　　印　　次：2021 年 5 月第 1 次印刷
书　　号：ISBN 978-7-5168-2898-4

定　　价：48.00 元